이건숙 문학전집 19

예수 씨의 별

한국 최초 여의사 김점동 이야기

이건숙 문학전집 **19**

예수 씨의 별

1쇄 발행일 | 2023년 11월 06일

지은이 | 이건숙
펴낸이 | 윤영수
펴낸곳 | 문학나무
편집 기획 | 03085 서울 종로구 동숭4나길 28-1 예일하우스 301호
이메일 | mhnmoo@hanmail.net

출판등록 | 제312-2011-000064호 1991. 1. 5.
영업 마케팅부 | 전화 | 02-302-1250, 팩스 | 02-302-1251
ⓒ 이건숙, 2023

ISBN 979-11-5629-168-8 03810

이건숙 문학전집 19
·

예수 씨의 별

이건숙 장편소설

문학나무

차례

ㅇㅖㅅㅜㅆㅣㅇㅡㅣㅂㅕㄹ

예수 씨의 별

박에스더(김점동)와 박유산 _ 1893년 결혼식을 올린 뒤 찍은 신혼 사진

프롤로그

토굴 속에 갇혀 지내던 소녀는 산자락을 휘감은 구름처럼 하늘하늘 정상을 향해 기어오른다. 암록색 소나무 잎 사이로 굴참나무와 떡갈나무 여린 잎들이 미풍을 타고 하얀 꽃처럼 일렁인다. 다홍치마에 색동저고리를 입은 여덟 살을 갓 넘긴 소녀는 이마 위로 흥건히 흘러내리는 땀을 소매 끝으로 쓰윽 닦아냈다. 무지근하게 내려앉은 봄 아지랑이 틈새를 비집고 시원한 한 줄기 바람이 소녀의 귓가를 스쳤다. 이 바람은 예사 바람이 아니다. 지쳐버린 몸과 영혼을 싱싱하게 살려내서 마치 오이얼음냉국을 마신 듯 상큼하다. 사방을 둘러보니 아무도 없다. 아득히 아랫마을의 초가지붕들이 안개 속에서 자맥질을 하여 한 폭의 동양화처럼 신비스러운 모습을 드러냈다. 간밤에 산봉우리를 감싸 안고 있던 구름이 는개가 되어 촉촉하게 내리다 머츰한 뒤끝이라 산야가 싱그러운 기운을 쏟아내고 있다. 구름 이부자리에서 부스스 깨어난 햇덩이를 등지고 서 있는 소녀의 모습은 햇살을 듬뿍 머금고 되 뱉어내서 또 다른 태양이 타오르는 것처럼 눈부셨다.

　소녀보다 나이가 훨씬 많아 보이는 소년이 숨을 할딱거리면서 그녀 곁으로 다가와 투덜댄다.

　"네가 돌부리에 걸려 넘어질까 봐 조마조마했다. 산매가 들렸나? 어찌나 빠른지 쫓아오느라고 온 몸이 땀투성이다."

　길게 누운 구름이 바람결을 따라 두 사람의 발목을 스멀스멀 휘감고 돌아서 구름 위에 올라탄 기분이다. 허리까지 치렁하게 땋아 내린 숱 많은 댕기머리가 무거운지 소녀는 이따금 머리를 좌우로 흔든다. 산의 어깨걸이가 되어 부유하던 구름이 아침햇살을 먹고 몸을 풀어내면서 아랫마을이 서서히 시야에 또렷하게 다가왔다. 산자락 밑으로 옹기종기 초가지붕들이 아침이슬에 푹 젖어 동백기름을 발라 머리를 곱게 빗은 처녀들처럼 서로 이마를 맞대고 평화롭게 어우러져 있다.

　"바로 저기야. 저기가 내가 꿈에 본 곳이야. 저길 가보라고 일러준 사람은 선녀였어. 아니 산신령님처럼 보이기도 했어. 아니 그보다 더한 이 세상에서 제일 높은 분이었어."

　"넌 꿈을 자주 꾸더라. 언제나 꿈 이야기야. 아무튼 넌 상상 속에서 허우적거리며 사는 아이가 아니냐. 지난번에는 산신령님들이 모여 살고 있다는 산속 마을에 간 꿈을 꾸었다고 했잖아."

소녀가 멈춰 서서 중얼거렸다.

"꿈이 많은 건 좋은 거야. 힘든 현실을 떠나 꿈속에서 행복할 것이 아니냐."

두 사람은 천천히 산을 내려가기 시작했다. 기근으로 그들이 살고 있는 곳의 사정은 말이 아닌데 이곳은 들판이 퍼렇게 살아있다. 샘물 곬을 끼고 있는 웅덩이로 인해 들판에 물이 풍족한 모양이다.

그들을 보자 마을사람들이 반기며 모여들기 시작했다. 모두 젊은 사람들이다. 백발노인은 단 한 사람도 보이지 않았다.

배고픔이 전신에 흠뻑 고인 소년이 먼저 입을 열었다.

"여긴 가뭄이나 기근이 없나 보지요. 다들 배가 부른 모습이네요."

그러자 제일 연장자인 40대의 남자가 빙그레 웃으면서 말했다.

"이 마을엔 세상살이에 실망하고 지친 사람들이 험산준령을 넘어 와서 모여 살고 있지요. 여긴 먹을거리가 풍성해서 서로 싸우지도 않고 사이좋게 살아가는 아주 평온한 마을이에요. 여러분들! 잘 왔어요. 환영합니다. 저 세상 사는 사람들이 여길 몰라서 못 오고 있어요."

사방을 둘러보니 얼굴에 걱정, 근심 있어 보이는 사람은 아무도 없다. 모두가 빙글빙글 웃고 있었다. 이 마을사람들은 누구나 행복하고 평안해 보였다.

남루한 옷을 걸친 소년이 검측한 얼굴에 환한 미소를 흘리면서 성큼 말했다.

"우와! 우리 여기 잘 찾아왔다. 우리들 이제 험한 산을 넘어 배곯는 마을로 돌아가지 말고 여기서 살자."

그러자 마을사람들 중 한 사람이 어렵게 입을 열었다.

"그런데 여긴 큰 문제가 있습니다. 그걸 받아드리면 여기서 살아도 됩니다."

다홍치마에 색동저고리를 입은 소녀가 총명한 눈을 반짝이면서 다급하게 물었다.

"문제라니요?"

"여기서는 장수하지 못합니다. 모두 서른 줄에 들어서거나 사십 중반에 정신에 이상이 와서 미친짓을 하다가 죽습니다. 그래도 여기서 살고 싶다면 머물러도 우리 모두 환영합니다."

그러자 남루한 옷을 걸친 소년이 눈을 깜빡이고 진지하게 사방을 살피면서 물었다.

"여기 사람들이 먹는 우물을 볼 수 있을까요?"

그러자 나이가 제일 지긋한 사내가 앞장서서 저들 두 사람을 동네 우물가로 인도했다. 우물로 뚫린 고샅길은 온 동네 사람들이 얼마나 많이 드나들었는지 빤질빤질 닳아서 비가 오면 빗방울이 또로록 흘러내릴 정도다. 집집마다 마당에 연이은 남새밭에는 봄기운을 받고 한창 자라오른 푸성귀들이 참기름을 발라놓은 듯 반지르르하다. 길가에는 채송화가 소복하게 자라 올랐고 이른 봄에 피는 자목련과 피를 토하듯 붉은 철쭉이 입을 벙긋 벌리고 있다.

몰골이 초췌한 소년이 황홀경에 빠져 감탄사를 연발한다.

"우와! 너무 아름다운 곳이다. 꼭 무릉도원에 온 것 같구나."

오륙 길 정도 깊이의 우물 가장자리에는 미나리꽝이 있고 온갖 구정물이 잔뜩 고여 있었다. 마을의 시궁창과 뒷간의 더러운 물이 가축의 오물과 섞여 시궁창을 타고 우물가로 흘러들고 있다. 머지 않는 곳에 작은 구릉만한 두엄더미가 겨우내 푹 썩은 퇴비냄새를 물씬 풍겼다.

우물가를 둘러본 소녀가 자신 있게 입을 열었다.

"바로 우물에 문제가 있습니다. 제가 잘 아는 분이 중국을 수없이 드나들면서 수질이 나쁜 중국 마을의 이야기를 많이 했어요. 우물을 산 중턱에 깊이 파면 광질(狂疾)에 걸리지 않고 병도 없이 장수할 수 있습니다. 깨끗지 못한 물이 병을 부르는 것입니다. 설사, 이질, 괴질, 체증, 오랜 열병이나 목병, 하혈 나중엔 미친증 등등 여러 가지 병은 다 좋지 못한 물에 있는 무서운 독 때문입니다."

그러자 모인 사람들이 모두 한 마디씩 거칠게 내뱉었다.

"이 마을을 세운 조상이 파놓은 이 우물물을 나시다가

우리도 그들이 가신 곳으로 가는 것이 옳습니다. 절대로 다른 샘물을 마시지 않을 것입니다."

"대대로 유산으로 물려 내려온 이 우물을 버린다면 돌아가신 부모나 조상들에게 불효하는 것이고 먼저 간 친구나 이웃을 거역하는 일이라 못합니다."

"오랜 세월 이 샘물이 우리 생명줄이었는데 이걸 바꾸라니 기가 막혀."

"이 물로 조상 대대로 천답이 토옥(土沃)했고 초목이 무성하며 오곡이 풍성하여 산수의 낙이 있었습니다. 이곳이 인간의 낙토가 아니겠습니까. 우린 죽어도 이 우물물을 포기하지 않을 것입니다."

저들의 거친 항의를 입을 꼭 다물고 암팡진 표정으로 듣고 있던 소녀가 결기어린 목소리로 대들었다.

"여기 사는 사람들이 이 물을 마시고 미친짓을 하다가 죽는다니 이 물이 사람을 상하게 하고 있습니다. 몸뿐만 아니라 정신까지 병들게 하니 이 우물은 덮어버리고 다른 우물을 파는 것이 옳습니다."

도리질하는 저들이 너무 답답한지 소녀와 소년, 두 사람이 마을에서 한참 떨어진 산기슭으로 향했다. 우물 자리를 정해놓고 적어도 삼십 길 깊이의 우물을 파자고 채근했다. 그러자 마을사람들이 일제히 주먹을 휘두르면서 반항했다. 기세가 사뭇 거칠어서 살인이라도 저지를 분위기였다.

"제 정신이 아닌 미친 어린 것들이 갑자기 험산준령을 용케 넘어 와서 무릉도원처럼 살아가는 우리 마을을 가지고 이상한 짓을 하고 있다. 저들을 어서 쫓아내야 한다!"

그들이 내지르는 함성이 하늘을 찔렀다. 그래도 둘이서 열심히 우물을 파내려가자 사람들이 덤벼들어 흙으로 메우고 새 우물은 싫다고 아우성이었다.

"저희 두 사람도 이 마을에서 살기를 원합니다. 그러나 병들지 않고 장수하기를 바랍니다. 그러자면 생명과 영혼을 지켜줄 새 우물을 파야지요."

"이 마을에 살려면 우리처럼 대대로 내려오는 물을 먹어야 허락할 것입니다."

"아니요. 생명을 건지는 우물을 파야 여러분들도 살고 우리도 삽니다."

미나리꽝에 고인 물이 스며드는 오염된 우물물을 마시기를 저들은 악착같이 주장하며 핏대를 세워가며 헤살을 부렸다.

"고집불통인 이 사람들을 어찌할꼬!"

저들의 질타를 등에 업고 두 사람은 힘을 합쳐 새 우물을 파느라고 땀을 비 오듯 흘렸다. 소녀가 입은 붉은 치마와 색동저고리의 눈부신 빛이 햇덩이를 등지고 있는 탓일까. 또 하나의 태양이 타오르는 것처럼 보였다. 신비스럽도록 황홀한 빛이 우물가에 어른거렸다.

1부
숲을 흔드는 바람

1

오늘은 김점동이 오링거 목사에게 세례를 받는다. 이름
이 바뀌는 날이다. 김에스더가 그녀의 이름이 된다.

1891년 추위가 기승을 부리는 정월 말, 새벽에 눈을 뜨
자마자 김점동은 간밤의 꿈을 또렷하게 떠올렸다. 닥터
하워드나 최근 보구여관에 새로 부임한 닥터 로제타처럼
점동이 하얀 의사가운을 입고 환자들을 돌보는 꿈이었다.
열다섯의 나이에 서양의사들처럼 백색가운을 입다니! 절
대로 있을 수 없는 일이다.

기숙사의 창문을 열고 남쪽을 바라보았다. 새벽의 산뜻
한 바람이 코끝을 스친다. 시야 가득 몸을 드러내던 목면
산이 이 새벽엔 자취를 감췄다. 짙은 안개 속에 몸을 숨기

고 뿌연 기운만 감돈다. 그 너머로 아득히 피안의 세계가 펼쳐져 몸과 마음이 빨려 들어간다. 세례를 받으니 남자 이름인 점동을 버리고 에스더란 이름을 지니고 저 목면산 봉우리 넘어 멀리 깊은 창공으로 날아올라야 한다. 여자의 몸으로 태어났기 때문에 긴 세월 들볶인 체질이 강인한 유전자로 변하여 진짜 여자의 길을 가야 하는 몸으로 변해서 그곳까지 가야 한다. 종달새처럼 제비처럼 휙휙 날라서 멀리 신비로운 세계로 가야 한다. 점동은 창가에 우두커니 서서 아침 식사시간을 알리는 종소리를 들으며 굳세게 다짐했다.

'세례를 받고 새롭게 태어나서 저 안개 속으로 멀리 자유롭게 부유하는 구름 속으로 날아오르리라. 신비한 세계의 노래를 부르고 싱그러운 삶을 살면서 미지의 세계로 깊숙이 들어가리라.'

오후 수업이 끝난 뒤 이화학당 옆에 담을 사이에 두고 자리잡은 보구여관으로 학생들이 줄을 서서 들어간다. 학생들에게 보구여관이 무엇을 하는 곳인지 현장교육을 실시하고 있었다. 보구여관은 여자들만을 위한 여성전용병원으로 조선 땅에 처음 문을 열었다. 지난 2년간 여성 환자들만 혼자서 치료했던 여의사 닥터 하워드는 과로로 쓰러져 미국으로 가버렸고 그 뒤를 이어 닥터 로제타가 왔다.

학생들은 신기한 의료 기구랑 늘어선 환자들을 보면서 재깔거렸다.

"한의사가 있는 한방하고 완전히 다른 분위기다."

"한약냄새가 아니고 이상한 냄새가 코를 찌른다."

진료실 문이 빠끔히 열린 안으로 모두의 시선이 집중되었다. 닥터 로제타와 환자 사이에 말이 통하질 않아 쩔쩔매고 있었다. 옆에서 봉선오마니가 손짓발짓 다해도 불통인 모양이다. 닥터 로제타는 조선말을 배울 시간도 없이 이 나라에 도착한 즉시 환자들을 치료하고 있었다. 소통의 고통을 지켜보던 여학생 한 명이 큰 목소리로 말했다.

"에스더가 통역을 하면 잘할 터인데……."

그녀의 말에 모두 이구동성으로 합창을 했다.

"그래, 맞다. 영어를 잘하는 에스더가 있잖아. 그 애가 소통을 도와주면 치료를 잘 할 거야."

마침 그 곁을 지나던 스크랜턴 대부인이 여학생들의 재잘거림을 들었다. 아하! 에스더가 있었구나. 에스더를 닥터 로제타 옆에 두면 총명한 아이니 통역도 하고 간호사 보조 역할을 할 것이다. 그걸 왜 몰랐단 말인가.

다음날부터 에스더로 이름이 바뀐 점동이 보구여관에서 일하게 되었다. 스크랜턴 대부인이 에스더를 닥터 로제타에게 통역사로 소개한 것이다. 에스더가 지난 5년간 이화학당에서 갈고 닦은 영어실력이 이제 빛을 보기 시작했다. 의학에 대하여 너무 모르니 그녀는 보구여관에서 창설한 기초의학 반에 입학하여 밤에는 의학 분야의 전문 용어와 기초 지식을 배우기 시작했다.

에스더의 목소리는 부드럽고 생동감이 넘쳐 보구여관에 밀려오는 많은 여성 환자들이 조선말을 전혀 못하는 서양 여의사를 만나는 공포감을 덜어주었다. 더구나 전신에 흘러넘치는 다정함과 활짝 웃어주는 미소는 아픈 환자들이 의사보다 에스더를 더 믿고 의지하게 만드는 마력이 있었다.

"우리나라 처녀가 어떻게 그렇게 영어를 잘하시오?"

"학당에서 선교사들이 가르쳐주는 걸 배웠어요. 따님이 있으시면 제가 다니고 있는 학당에 보내세요. 임금님이 학교 이름도 이화학당이라 지어주셨어요. 그걸 예쁘게 써서 학당대문에 내걸었답니다."

"처녀처럼 영어를 잘하는 딸을 둔 부모는 참 좋겠다."

에스더를 선망의 눈으로 바라보던 여인이 피부가 심하게 헐은 목 언저리와 어깨 밑을 슬그머니 에스더의 눈앞에 내보인다.

"피부병이 심하네요."

"가려워서 미칠 지경이야. 좀 가렵지 않게 해주구레."

눈언저리에 그물처럼 깔린 잔주름이 지독한 가난을 드러냈다. 에스더를 보고 멋쩍게 희죽 웃는 오십대 여인의 얼굴이 첫눈에 애처로워 보였다. 묵은지의 골마지 냄새를 물컥 풍기는 남루한 옷차림의 아낙은 에스더가 손녀라노

되는 듯 스스럼없는 사이로 다가왔다. 소통이 되질 않은 서양의사보다 에스더를 진짜 의사인 것처럼 의지했다.

에스더가 두어 달 여기서 일해 보니 아프다고 오는 환자들의 병은 이런 종류로 분류할 수 있었다. 연주창, 성병인 매독, 회충, 눈병, 귓병, 피부병, 제거해야 할 이빨이 대부분이었다. 웬만한 상처는 집에서 민간요법으로 스스로 치료하면서 시간을 끌어서 병을 더 키우기도 했다. 시골 아낙의 피부병도 너무 오래 방치해둔 탓에 화농이 심해서 아주 심각한 지경까지 가 있었다. 너무 안타까워서 에스더는 제일 심한 화농부위를 알코올로 닦아주었다. 여자는 따갑다고 소릴 지르면서 진짜 아가처럼 앙앙거렸다.

"일찍 병원에 오시지 왜 이렇게 늦게 왔어요?"

"작년엔 눈 다래끼가 나서 눈썹을 뽑아 문지방에 올려놓았더니 낫더라고."

"누가 그런 방법을 일러주었나요?"

"이웃 마을에 사는 유명한 무당이 그렇게 하라고 했어. 몇 달 전에는 뱀에게 물린 총각이 된장을 발랐더니 나았다는 소문이야. 그래서 나도 피부가 가려우면 된장을 발랐더니 점점 나빠지면서 온몸에 퍼졌지."

"된장이 약인가요?"

"우리 없는 사람들에겐 된장이 제일 빠르고 싼 약이지. 벌에 쏘여도 된장을 바르고 불에 데어도 된장을 바르고……."

닥터 로제타가 가장 심한 부위를 째고 고름을 짜내려고 수술하기 위해 마취를 해서 여인은 스르르 잠속으로 빠져 들어갔다. 화농이 심한 부위들을 수술하고 전신에 퍼진 피부병을 고치기 위해 그녀를 한쪽 구석방에 입원을 시켜서 돌보게 되었다. 피부병이 점점 나아가면서 감기가 왔는지 여인은 기침을 심하게 했다.

"처녀! 어디서 호두 기름을 구할 수 없을까?"

"왜 기름이 필요하세요?"

"기침에는 호두 기름만큼 좋은 것이 없거든."

"제가 더 좋은 약을 드릴게요."

닥터 로제타에게 말하여 조제한 감기약을 먹고 놀랄 정도로 빨리 기침이 나았다. 그러자 그 여인은 말이 많았다.

"사실은 내가 배가 너무 아파 죽을 지경이라 유명한 무당을 찾아갔더니 내게 우리 조상 중에 억울하게 누명을 쓰고 자결한 여자가 여귀가 되어 내게 달라붙었다는 거야. 그 귀신은 자손들이 제사를 드리지 않아 젯밥을 받아먹지 못하는 무사(無祀)귀신이 된 거지. 그게 내 안에 들어와서 그러니 여제(厲祭)를 드리라고 해서 여러 번 엄청난 돈을 주고 굿을 했었지. 나 때문에 남편이 가산을 많이 탕진했어."

배운 것이 없는 농투성이 여인이 구사하는 단어들이 에스더에게는 너무 생소하고 어려웠다

"여제가 뭐예요?"

"처녀는 영어를 잘하는데 이런 말도 모르다니. 쯧쯧……. 제사를 받아먹지 못하는 원혼인 여귀에게 드리는 제사야."

"그래서 병이 나았어요."

"더 심해졌어. 굿을 하느라고 재산을 날리고는 남편이 날마다 술을 마시고 들어와서 나를 두들겨 팼지. 매를 맞으면서 배가 너무 아프더니 나중엔 등이 아프고 이런 피부병까지 났다고. 사실 여기 오기 전에 무당 집에 피신을 했었는데 내게 붙은 여귀가 어찌 힘이 센 귀신인지 떨어져 나가지를 않는다고 무당은 더 많은 재물을 바치라고 야단인데……."

"그게 귀신인 줄 어떻게 알아요."

에스더는 생글생글 웃어가면서 물었다.

"무당이 공창(空唱)하는 걸 내가 직접 들었어. 여귀의 목소리가 어찌나 서글픈지 나도 엉엉 울었다니까. 조상 중에 가엾게 죽은 시할머니의 시할머니라고 하는데 강물에 빠져 자살했다는군. 손자며느리의 손자며느리인 나를 떠나지 않고 악착같이 매달려 너무 괴로워 몸부림치니까 여길 가보라고 사람들이 말해서 한번 와본 거지."

"지금은 어떠세요?"

"아주 편안해. 아마도 여귀가 서양귀신을 무서워하는 모양이야. 여기까지 따라오기는 힘이 약한 거 같아. 내게 붙어있질 못하는 걸 보니."

"예수를 믿으세요. 그분을 믿으면서 꼭 붙들고 있으면 여귀도 꼼작 못하고 덤비지 않아서 병에 걸리지 않아요."

"그럼 처녀가 말하는 예수라는 귀신이 여귀보다 더 센 귀신인가?"

"아무튼 예수를 믿으세요. 그러면 만사형통하고 마음이 편안해지고 기쁘면 피부병, 위병처럼 아픈 병이 모두 없어져요."

"돈이 얼마가 드는가? 예수귀신 모시고 굿판을 벌이자면."

"돈이 한 푼도 들지 않아요. 그냥 저처럼 손을 맞잡고 아침에 정화수를 장독대 위에 놓고 빌 듯 그렇게 하면 돼요."

그리고 에스더는 여인의 손을 잡고 기도하기 시작했다. 마지막을 '나사렛 예수이름으로 명하노니 여귀야 물러가라' 하면서 끝을 맺었더니 그 여인은 다른 것은 다 잊어버리고 '나사렛 예수이름으로 명하노니 여귀야 물러가라'란 말을 밥을 먹으나 물을 마시나 하루 종일 눈을 뜨고 있는 순간마다 파리 손을 하고 빌면서 웅얼거렸다.

이화학당에서 함께 공부한 라이벌이라고 할 수 있는 일본 소녀 오와가는 영어도 잘하고 키가 에스더보다 작지만 아주 영리했다. 닥터 로제타는 낮에 외출할 적에는 일본 소녀인 오와가를 데리고 왕진을 했다. 낮에 나살 수 없는 에스더는 수업이 없는 밤에 회색장옷을 뒤집어쓰고 얼굴만 내놓은 채 가마를 타고 닥터 로제타의 왕진을 따라다녔다.

손이 모자란 닥터 로제타는 약을 조제하는 법을 오와가와 에스더에게 가르쳤다. 에스더는 약을 만지는 걸 별로 좋아하지 않아 약제실에 들어가면 시무룩했다. 그런 에스더를 향해 닥터 로제타는 드디어 참지를 못하고 버럭 소리 질렀다.

"에스더! 넌 약봉지를 싸는 일에 성의가 없어. 이렇게 일하면 약을 잘못 넣어서 큰일 난다."

오와가 하고는 달리 에스더는 환자들과 담소하고 닥터 로제타와 아픈 사람들 사이의 소통을 거들어주는 걸 즐겨했다. 다행히 오와가는 혼자 척척 약사의 일을 해냈다. 모두들 꼬마 약제사가 될 거라고 농담을 할 정도로 그녀는 약을 다루는 일을 좋아했다.

오와가와 헤어져서 서로 다른 분야에서 일을 하지만 에스더는 수술하는 닥터 로제타 옆에 서서 거들어주는 일이 너무 무서웠다. 닭의 목을 쳐서 죽이는 것도 보지 못하는 여린 마음을 지닌 에스더가 사람의 상처를 째고 배를 가르는 수술로 피가 솟구치는 장면을 볼 때는 기겁을 하며 욕지기를 하면서 비틀거렸다. 흔들리는 이빨을 실에 묶어서 문고리에 달고 문을 여닫으며 이빨을 빼는 것은 봤어도 기구를 들이대면서 이빨을 빼는 장면은 기절할 정도로 무서웠다.

자연분만이 어려워 제왕절개수술을 돕던 에스더는 닥터 로제타가 칼로 배를 가르는 순간 수술대 모서리를 잡고 구역질을 하면서 비틀거렸다. 뒤로 훌떡 나자빠질 것처럼 현기증이 났다.

"에스더! 왜 그래. 어서 가위를 줘요. 솜으로 수술부위의 피를 닦아요."

아직 간호학을 공부한 간호사가 없으니 영어를 아는 에스더가 옆에서 닥터 로제타를 도와줘야 했다.

"저는 의사는 될 수 없어요. 피를 보면 정신이 아득해지고 토할 듯 구역질이 나고 몸이 덜덜 떨려요. 너무너무 무서워요. 그냥 이 자리에 서 있다가는 뒤로 나자빠질 것처럼 몸이 흔들리고 어지러워요. 칼로 배를 가르는 걸 지켜보면 몸에 소름이 쫙 깔리고 숨을 쉴 수조차 없다니까요."

에스더가 훌쩍이면서 닥터 로제타에게 고통을 호소하자 그녀는 미소를 지으면서 이렇게 말했다.

"에스더는 사랑이 부족해서 그래요."

"저도 여기 오는 아픈 사람들을 아주 사랑해요."

"그런 인간적인 사랑이 아니야. 내가 말하는 건 예수님이 주시는 사랑이야."

"예수님이 주시는 사랑이라고요?"

"아무도 그런 사랑이 없으면 이런 어려운 일을 할 수 없어요. 내가 말하는 사랑은 육신적이고 인간적인 속마음에서 울어나는 사랑이 아니에요."

"그럼 제가 예수님의 사랑을 받아 그 사랑으로 이런 수술을 할 수 있다는 뜻인가요?"

"맞아요. 우리 영리한 에스더는 내 말을 잘 이해하는군."

그런 후부터 에스더는 기도할 적마다 그런 사랑을 달라고 간구하기 시작했다. 수술할 적에 피를 봐도 구토하지 않고 닥터 로제타처럼 환자를 사랑하게 해달라는 기도를 했으나 그런 사랑이 에스더에게는 임하지 않았다. 언제나 피를 보면 소름이 끼쳤고 수술 자리를 꿰매는 것을 두 눈으로 똑바로 볼 수가 없었다. 어떻게 사람의 살을 옷처럼 바늘로 기울 수가 있단 말인가!

날마다 환자는 구름처럼 밀려와서 줄을 세우는 일도 진땀이 났다. 하루에 적어도 50명이 넘는 환자를 진찰하는 날도 있었다. 매일 이런 일이 반복되다 보니 육신의 피로가 밀려들어 에스더는 눈이 자꾸 감겼다. 아무리 봐도 서양에서 온 여의사 닥터 로제타는 철인이었다. 허약한 에스더에 비해 체력이 강철처럼 단단한지 항상 미소를 지으면서 밀려오는 환자들을 어루만졌다.

새벽부터 비가 부슬부슬 와서 그런지 이날 오전에는 환자가 그렇게 많지를 않아 에스더와 닥터 로제타는 여유를 가지고 웃으며 일반적인 대화도 나눌 수가 있어 즐거웠다.

여유 있게 즐거운 담화를 곁들인 휴식을 취하고 대기실

에서 기다리고 있을 환자를 맞으러 나간 에스더는 그 자리에 우뚝 서버렸다. 앞집에 사는 역관의 아들 필봉이 여동생인 언청이 필선을 데리고 차례를 기다리고 있었기 때문이다.

"어떻게 여길?"

"여동생, 필선의 입술을 여기서 고칠 수 있을까 해서 고민하다가 용기를 냈다. 네가 여기서 일하고 있으니 큰 도움이 될 게 아니겠니."

그간 에스더는 종기를 제거하려 피부를 째고 수술하는 것을 많이 보았으나 언청이를 수술하는 걸 본 적이 없었다.

"안으로 들어와요. 닥터 로제타를 만나면 곧 알 수 있어요."

에스더를 따라서 두 사람은 쭈뼛거리면서 진찰실 안으로 들어왔다. 에스더의 유창한 영어에 필봉과 필선은 놀라서 눈을 크게 떴다. 닥터 로제타의 수술 여부를 기다리는 동안 에스더와 필선은 긴장해서 조마조마했다. 필봉은 놀라운 모습으로 변모한 점동이를 앞에 두고 감탄이 담뿍 고인 눈을 크게 떴다. 넋을 놓고 에스더를 외경(畏敬) 넘치는 시선으로 바라보고 있었다. 그의 눈에 점동은 마치 징그러운 벌레가 고치 속에 있다가 아름다운 나비로 우화(羽化)된 모습이었다. 전신에 신묘한 빛이 서린 점동은 옆에 걸린 붉은 그림 탓일까. 한 마리의 찬란한 빛을 자랑하는 붉은 새로 변해서 그의 앞에 다가왔다. 담 밑의 풀을 뜯어 풀각시를 만들어 소꿉놀이를 하거나 공기놀이를 하면서 시간을 보냈던 점동에게 저런 놀라운 재능과 총기가 숨어 있었단 말인가!

필봉은 필선의 언청이 입술 치료를 잊은 채 점동을 황홀한 눈으로 바라보느라고 정신을 차릴 수가 없었다.

2

필선은 태어날 적부터 입술이 갈라져 토끼를 닮았다고 토순이가 되어버렸다. 그녀의 백지장처럼 하얀 얼굴에 파란 실핏줄이 거미줄처럼 선명하게 뺨에 어렸다. 언청이로 태어난 필선은 처녀로 죽어 몽달귀신이나 만나 시집을 갈까. 역관의 집안에서는 늘 이런 딸로 인해 모두가 우울했다. 가족들은 누구나 사람들 앞에 나서면 부끄럽고 창피하여 몸 둘 바를 몰랐다. 조상을 잘 받들지 못하여 이런 괴변(怪變)을 당했다는 자괴지심(自愧之心)으로 인해 어디를 가나 머리를 들지 못하고 살아왔다. 이 땅에서는 처녀가 십육 세를 넘기면 그건 가문의 수치였다. 그 나이에 이르기 전에 출가를 시켜야만 한다. 필선이 지금은 이러고 식솔들 속에 파묻혀 울안에서 살고 있지만 십육 세가 넘으면 큰일이다. 시집도 못가고 부모들이 돌아가시면 하나뿐인 오라비 필봉에게 일생 붙어살아야 하는 신세였다.

닥터 로제타의 입을 바라보는 필선의 마음은 이생과 저생의 갈림길인 찰나를 기다리는 심정이었다. 필선의 언청이 상태를 입을 벌려 샅샅이 진찰한 뒤에 닥터 로제타는 에스더의 통역을 기다렸다.

"어머머! 다행이에요."

에스더가 필봉 오라버니와 필선을 함께 끌어안고 기쁨의 함성을 질렀다.

"한번 수술로 가능하다는군요. 입원하여 일주일이면 입술이 정상처럼 딱 붙는다고 걱정 말라고 하네요. 다행히 입술만 갈라진 구순열이라고 하네요."

입천장이나 잇몸이 갈라져 있으면 수술횟수가 많아지게 마련이다. 다행히 입술만 갈라진 것이니 한번 수술로 가능하다고 친절하게 닥터 로제타가 설명을 덧붙였다. 닥터 로제타의 진단을 통역하는 동안 필선의 눈에 눈물이 차고 넘쳤다. 통역을 해놓고도 정말로 그게 가능한 일인가 하는 의구심을 품고 에스더는 닥터 로제타의 얼굴을 믿지 못하겠다는 시선으로 훔쳐보았다.

"에스더! 날 믿지 못하는 눈치군. 이번 수술에는 처음부터 끝까지 다 참석하여 날 도와달라고. 주님의 사랑으로 임하면 불가능한 일이 없고 하나도 무섭지 않아요."

긴 수술 끝에 마지막 갈라진 필선의 인중을 바늘로 곱게 꿰매는 닥터 로제타의 모습은 에스너의 눈에 신너치럼 보이기도 하고 어머니의 이야기 속에 자주 등장하는 산신령으로 둔갑하여 다가왔다. 그녀의 상식으로는 도저히 불가능한 수술이었기 때문이다.

붕대를 푸는 날을 기다리는 동안 에스더는 벌벌 떨었다. 정말로 갈라진 입술이 감쪽같이 딱 붙는 기적이 일어날 것일까. 성경에는 예수님의 말 한마디에 죽은 지 나흘이 지난 베다니의 나사로도 무덤에서 벌떡 일어나 전신을 흰 헝겊으로 꽁꽁 묶은 채 뚜벅뚜벅 걸어 나왔다고 기록되어 있다. 더운 지역이라 죽은 지 나흘이 지났으면 악취가 진동하는 썩은 시신이 아닌가. 문둥병도 그 자리에서 깨끗하게 나았으며 앉은뱅이가 벌떡 일어나는 기이한 이적이 기록되어 있지만 언청이를 고쳤다는 기록은 없었다. 닥터 로제타의 말처럼 필선의 찢어진 인중이 감쪽같이 짝 붙어버렸다면 이건 기적일 터이다. 이런 일은 인간이 할 수 있는 사안이 아니다. 어쨌든 이런 수술은 지옥에 떨어져 있는 불행한 한 여자의 인생을 끌어올려 건져내 구원하는 대사건이다.

필선의 얼굴이 백지장처럼 핼쑥해졌다. 죽음의 자리에서 삶의 자리로 옮겨 앉을 순간이 판가름나는 판이다. 삶과 사망의 간극이 깊은 벼랑처럼 느껴지면서 필선은 으스스한 계곡으로 떨어질 각오를 하고 있는 터였다.

닥터 로제타가 아주 신중하게 천천히 마지막 붙은 거즈를 때는 순간 에스더는 비명을 질렀다.

"어머머! 갈라진 입술이 감쪽같이 붙었어."

오라버니 필봉도 필선의 완전해진 입술을 보고는 생각할 여유도 없이 곁에 서 있는 점동을 와락 껴안았다. 순간 점동이 어색한 듯 화들짝 놀라 뒤로 물러서자 대신 필선을 껴안고 흐느꼈다. 입술이 봉해졌다는 믿기지 않는 말에 필선은 놀란 토끼눈을 하고 주위 사람들을 휘둘러보기만 했다. 에스더는 뛸 듯이 흥분해서 마구 지껄이며 기쁨을 감추지 못했다.

"이건 정말로 기적이야. 하나님이 하신 일이야. 사랑이 많은 닥터 로제타가 한 일이야."

늘 주눅이 들어 머리를 들지 못하던 필선이 병실 벽면에 걸어놓은 색경에 자신의 얼굴을 비춰보았다. 그제야 수술이 성공한 것을 알아채고 덩실덩실 춤을 추었다.

어느 정도 기쁨의 순간이 가시자 필봉은 점동에게 단호하게 말했다.

"양인들의 의술이 참말로 놀랍구나! 넌 여기서 반드시 그런 기술을 배워 우리 것으로 삼아야 한다. 하지만 우리 조선의 대대로 물려온 정신만은 동학을 따라야 된다고."

필봉이 가려는 길과 다르지만 이런 의술을 배우고 있는 점동이 자랑스럽고 대견스러워서 가슴이 뿌듯했다.

"이런 좋은 기술을 너도 어서 배워서 우리 조선 사람들을 위해 일해야 한다. 네가 양인들을 대신해야 한다는 뜻이다. 열심히 배워라. 넌 할 수 있어. 총명하니까. 난 널 믿는다."

필봉이 필선을 데리고 병원 문을 나서면서 낮은 목소리로 중얼거리자 에스더는 결심하고 있다는 자세로 머리를 끄덕였다.

문을 나서 몇 발자국 걷던 필봉이 주위를 살피면서 점동의 귀에 입을 바짝 대고 속삭였다.

"난 에스더란 이름을 싫어한다. 네가 다른 사람 같은 느낌이 들 정도로 싫어. 난 점동이란 이름이 좋아."

"에스더란 이름은 세례명이에요. 세례 받으면 모두가 이름을 받아요."

"낯선 외국 이름이 난 정말 듣기 거북해."

"이름이 바뀐다고 사람이 달라지는 것은 아니잖아요. 난 점동이고 또 에스더예요."

"넌 내게 일생 점동일 뿐이다."

"오라버니는 그럼 저를 늘 점동이라고 불러주세요."

"필선이 치료되었으니 나는 동학군에 가담하려고 수일 내에 떠난다. 너는 여기서 나는 동학에서 서로 할 일을 성실히 하면서 다시 만나자. 어디에 있든 모두가 조국을 위한 일이 아니겠니."

일방적으로 말하고는 휑하니 필봉은 여동생을 데리고 골목으로 사라졌다. 에스더는 잠시 멍하니 그들이 사라진 방향을 바라보다가 줄을 서서 기다리고 있는 환자들에게 돌아갔다.

머리에 쇠똥이 엉겨 붙듯 납작납작 거뭇한 때로 머리가 온통 지저분한 어린 아이가 어미의 무릎 위에 죽은 듯 축 늘어져 있다. 순간 에스더는 속이 상했다. 머리를 잘 감기지 않아 쇠딱지가 앉을 정도로 저렇게 더러우니 아이 몸에 균이 침범하여 배탈이라도 난 것일까. 요즘 배운 균이란 단어를 반복하여 떠올리면서 에스더는 기분이 언짢았다. 그녀의 짐작대로 설사병이었다. 닥터 로제타가 써준 처방으로 조제한 약병을 건네주면서 주의를 주었다.

"아기 머리를 깨끗하게 씻어주세요. 머리에 앉은 쇠똥은 모두 더러운 것들이니 더운 물로 불려서 빡빡 닦아 씻어내야 해요."

그 다음 차례는 귀한 집 딸로 보이는 처녀와 함께 온 부인으로 옷매무세가 아주 단정했다. 보구여관에는 돈 없는 환자들이 오는 곳이다. 잘 사는 사람들은 왕진을 청한다. 사람들 눈에 띄는 걸 꺼려하기 때문이다. 이곳 환자들은 거의가 살에 피딱지가 엉켜 붙었든지 아니면 오줌버캐가 치마나 저고리 앞섶에 눌러 붙어 있다. 그들에게서 늘 골마지 낀 간장처럼 쾨쾨한 냄새가 나게 마련이다. 지금 앞에 앉아있는 모녀는 허름하지만 깨끗하게 손질한 옷을 입고 있다. 양반은 양반이지만 몰락하여 낙향한 양반인 모양이다. 에스더의 눈엔 건강이나 영양 상태가 양호하여 병든 모습은 아니었다.

"어디가 아파서 오셨나요!"

에스더의 질문에 모녀는 경계하는 눈빛이 역력했다. 주위를 슬금슬금 훔쳐보는 것이 비밀이 드러나는 걸 꺼려하는 눈치였다. 에스더는 저들을 조용한 대기실로 데리고 가서 나지막한 음성으로 물었다.

"의사를 보러 오셨으면 제게 말씀하셔야지요. 아픈 내력을 서양의사에게 제가 통역을 해야 하니 여기에 온 이유를 상세히 말해보세요."

에스더의 다부진 언질에 처녀는 마지못해 치마자락에 감추고 있던 왼손을 내밀었다. 검지와 중지 그리고 반지 끼는 손가락 세 개가 손바닥에 찰싹 붙어 있었다. 엄지와 새끼손가락만 움직일 뿐 가운데 세 손가락이 하나로 뭉그러져 있는 괴이한 손이다. 손가락들이 어쩌다 손바닥에 들러붙었는지 아주 흉했다.

에스더가 놀란 표정을 지으면서 입을 다물었다. 처녀의 어머니가 큰 죄를 지은 듯 차마 에스더를 쳐다보지도 못하고 주눅 든 얼굴을 푹 숙이며 애걸하는 음성으로 말했다.

"어릴 적에 화로에 올려놓아 팔팔 끓고 있던 된장찌개가 엎질러지는 바람에 손을 데서 이렇게 되었어요. 이 손으로 시집도 갈 수가 없네요. 지금 나이가 열아홉인데 이러고 있어요. 마지막 희망을 가지고 여기 왔습니다."

모녀는 거의 사색이었다.

"여기서 고치지 못한다면 절에 들어가서 여승으로 일생

을 마치라고 할 예정입니다. 이런 몸으로 어디로 시집을 가겠습니까."

어머니의 얼굴은 울음을 참느라고 뺨이 실룩거렸다.

그때 장난기가 동한 에스더가 웃으면서 물었다.

"만약 이 손이 펴지고 손가락이 따로따로 떼어져서 고쳐진다면 절에 가지 말고 예수를 믿으실 마음은 없으세요."

놀란 모녀가 한참 에스더의 얼굴을 뚫어지게 응시하다가 처녀가 먼저 입을 열었다. 열등감에 빠져 기가 푹 죽은 외모에 비해 아주 단아하고 당돌할 만큼 또렷한 음성이었다.

"저를 고쳐주신다면 예수를 믿겠습니다. 울안에 갇혀 지내면서 가끔 들리는 전도부인이나 방물장수에게서 조금은 들은 바가 있습니다. 예수가 누구인지 잘 일러주시면 그분을 믿겠습니다."

"예수를 믿는다고?"

처녀의 어머니가 눈을 크게 뜨고 두려움을 감추지 못한다.

"절간에 들어가 염불을 외우며 일생을 보내는 길보다는 이런 좋은 일을 하는 서양사람들이 믿는 예수를 믿을 마음이 있습니다."

그러자 처녀의 어머니가 자글자글 훌쩍이면서 말이 많았나.

"지금 몰락하긴 했지만 넌 종갓집에 태어난 여식이다. 비록 남아는 아니지만 그래도 집안 어른들의 눈이 많은데 서양귀신인 예수를 믿는다니 그건 아니다."

"아니요. 전 오그라든 이 병신 손을 고쳐준다면 집을 나와서라도 예수를 믿겠습니다."

그런 대화가 오가는 소리가 컸는지 닥터 로제타가 다가왔다. 처녀가 재빨리 왼손을 치마 자락으로 감싸자 빙긋 웃던 닥터 로제타는 어서 진찰실로 데리고 들어오라고 에스더의 통역을 재촉했다.

"손을 의사선생님께 보이세요."

멈칫거리던 처녀가 진찰실로 들어와 치마말기에 숨기고 있던 종주먹이 된 왼손을 의사 앞에 내밀었다. 닥터 로제타는 그녀의 손을 잡고 한참 여기저기 만지면서 살펴보더니 한참 만에 입을 열었다.

"붙은 손가락을 손바닥에서 떼어내고 그 다음에 손가락을 하나씩 독립시켜야 합니다."

에스더가 천천히 통역을 한다.

"그럼 손을 고칠 수 있다는 뜻입니까?"

"시일이 걸리지만 고칠 수 있습니다."

에스더의 통역을 듣고 반가운 기색을 감추지 못하고 울음이 터져 나와 입을 삐죽거리는 처녀를 향해 닥터 로제타가 미소를 지으며 머리를 크게 주억거렸다.

"어머니! 전 살았어요. 제 손을 고칠 수 있다고 하네요."

"그럼 손을 고치고 난 뒤에 건너 마을 대감댁 총각과 혼
례를 치룰 수 있겠구나."

처녀의 어머니 머릿속은 온통 딸의 혼삿길에만 골똘해
있었다. 과년한 딸이 시집을 못가고 있어 종갓집의 체면
이 말이 아니었기 때문이다.

"수술과정이 좀 복잡합니다. 오랫동안 여기 입원하셔야
합니다. 수술 전에 해야 할 일이 많습니다. 그럴 수 있습
니까?"

그렇게 하겠다고 모녀는 머리를 크게 주억거렸다. 조막
손만 펴지도록 고쳐준다면 죽은 사람이 살아나는 엄청난
사건이다. 처녀 일생의 대전환점이 된다. 즉시 처녀는 입
원하여 수술준비를 했다. 우선 손가락을 손바닥에서 떼어
내는 수술은 무사히 마쳤으나 손가락 하나하나를 독립시
키는 수술은 문제가 많았다. 손가락을 펴서 부목을 대어
단단히 묶어야 한다.

게다가 떼어낸 손가락 사이사이 부위에 처녀의 피부를
도려내서 붙이는 피부이식수술이 필요했다. 처녀의 몸 깊
숙이 잘 눈에 띄지 않는 부위인 복부나 허벅지, 아니면 엉
덩이에서 피부를 떼어내서 이식해야 했다. 그냥 놔두면
상처가 아물기 힘들기도 하지만 흉터가 보기 흉해서 피부
를 오려붙이는 수술은 필수적이었다. 닥터 로제타가 처녀
의 넓적다리에서 살갗을 도려내려 하자 처녀는 악을 쓰넌

서 치마로 몸을 가리고 도사려 수술을 진행할 수 없는 지경에 이르렀다. 에스더도 닥터 로제타도 모두 돌처럼 굳어져서 어쩔 줄 모르고 서 있었다. 반드시 성공해야 하는 수술인데 이렇게 환자가 거절한다면 너무 난감했다. 몸에 무슨 큰일이라도 일어날 듯 두려워하는 처녀는 넓적다리를 성한 손으로 죽을힘을 다해 감싸 안고 공포에 질린 눈으로 수술팀을 반항적으로 대했다.

피부이식수술에 목숨을 건 사람처럼 로제타는 마구 이 수술을 강행하려 하여 환자와 에스더, 그리고 수술실에 들어온 사람들은 사색이 되었다. 귀신에게라도 홀린 듯 도저히 이해할 수 없는 사태가 벌어졌기 때문이다.

3

피부이식을 해야만 하는 닥터 로제타는 자신의 허벅지에서 피부를 떼어내 처녀의 손가락에 붙이기 시작했다. 너무 놀란 에스더와 옆에서 거들던 봉선오마니는 어머! 어머! 소리를 지르며 하얗게 질려버렸다.

에스더가 보다 못해 닥터 로제타의 손을 잡으면서 만류했다.

"이러지 마세요. 아파요. 제발 고만 둬요. 자신의 몸을 상하게 하다니 이건 아니에요."

눈물을 글썽거리면서 애걸하는 에스더의 얼굴을 잠시 응시하던 로제타는 빙긋 웃었다.

"나의 사랑하는 점동아! 사랑은 모든 것을 주는 것이란다."

마음이 통하는 소통을 할 적에는 닥터 로제타는 언제나 에스더 대신 옛 이름이 다정한지 '점동아'라고 불렀다.

"이러다 병이라도 나면 환자들을 돌보지 못하는데 그게 더 큰 손해에요. 이러지 마세요."

에스더가 흐느끼자 닥터 로제타는 피가 묻은 손을 높이 들어 승리의 표시로 브이 자를 만들어 보이고 하늘을 향해 함빡 웃음을 보냈다.

처녀의 손가락 피부를 잡아당겨 수술부위를 덮었으나 피부가 모자랐다. 그냥 두면 보기 싫은 흉터가 남아 일생 그 손을 감추느라고 처녀는 고생할 것이 뻔했다. 다급해진 닥터 로제타는 손짓 몸짓까지 해가며 식피(植皮)술이 왜 필요한가를 설명해도 여자와 통하질 않았다. 따지고 보면 말이 통하지 않는 것이 아니다. 이곳 사람들에게 그런 행동은 있을 수 없는 일이라 도저히 용납하지 못했다. 보통사람들의 의식수준, 특히 이 나라의 가치관으로는 절대로 감당 못할 일이다. 남자나 여자가 절간의 스님이 되기 위해서는 머리를 깎아도 그 일 말고는 부모가 주신 몸을 온전히 보존해야 한다는 뿌리 깊은 가치관 때문에 어느 누구도 머리를 자르는 사람이 없는 나라가 아닌가. 너구나 의사 자신의 피부를 떼어내서 환자를 치료하는 일은 감히 상상조차 힘들었다. 더구나 멀쩡한 성한 부위의 피부를 도려내는 일은 더욱 이해할 수 없다.

어쩔 수 없이 로제타가 도움을 요청하여 현장으로 달려온 여선교사, 로드와일러와 벵겔 양이 자신들의 피부를 내놓았다. 이를 보다 못한 아주 씩씩한 이화학당 학생도 팔뚝을 내밀어 피부를 떼어가라고 했다. 바깥에서 기다리며 이 모든 일을 지켜보던 처녀의 여동생도 이렇게 야단인 수술실의 소동에 감동하여 자신의 팔뚝을 내밀어 피부를 떼어내게 했다. 눈에 잘 띄지 않는 허벅지나 엉덩이 아니면 배에서 식피술에 쓸 피부를 떼어내야 하는데 여자들의 은밀한 부위를 들어내는 걸 꺼려하며 모두 팔뚝을 내밀었다. 아무튼 수술은 성공적이었다. 째진 살을 바늘로 꿰매는 것은 그래도 여러 차례 보아서 익숙한데 피부를 이식하는 수술은 에스더가 보기에도 정말로 놀랍고도 신기한 일이었다. 에스더는 그런 수술을 지켜보면서 의사는 위에서 내린 신묘불측(神妙不測)한 재능을 지닌 사람이요, 하나님에 속한 사람이요, 소명감을 지닌 인물이란 생각을 지울 수가 없었다.

200백 리나 떨어진 시골에서 가마를 타고 왔던 처녀가 한 달 뒤에 완쾌되어 돌아가는 날 처녀의 어머니가 닥터 로제타 앞에서 손을 맞잡고 감사의 읍을 올렸다.

"많이 고맙소. 정말 많이많이 고맙소."

닥터 로제타의 손을 잡고 수없이 중얼거리면서 연신 머리를 조아렸다.

"진찰실 밖에 감사하는 마음을 전하기 위하여 부끄러운 선물을 조금 가져왔소. 조선 산골에서 난 산물이라 어쩔지 모르지만 힘든 일을 하시는데 보신해야 합니다."

늦가을이었다. 그녀가 선물보따리를 풀자 어른 주먹크기의 감이 20개, 토실토실 살이 오른 알밤 다섯 되, 짚으로 엮은 계란 마흔 개였다. 보구여관 마당에는 암탉 두 마리와 수탉 한 마리를 묶어놓고는 찹쌀 한 되까지 내놓았다. 에스더가 선물하는 마음을 통역해주었건만 처녀의 어머니는 마음이 놓이지 않는 모양이다. 닥터 로제타 앞에 서서 기쁨으로 열이 올라 불쾌해진 얼굴로 딸을 반듯하게 고쳐낸 서양의사에게 인간이 할 수 있는 모든 몸짓을 다 연출해서 고마움을 전했다.

닥터 로제타의 책상 위에 그날의 일을 메모한 종이쪽을 에스더가 지나가다 슬쩍 훑어보게 되었다.

'나는 이 민족을 사랑할 수밖에 없다. 감성이 부드럽고 착한 여자들, 감동을 주는 정이 많은 여인들이다. 내가 태어나고 살았던 미국보다 더 아름다운 심성을 지닌 이 나라의 여성들을 위해 내가 헌신하는 것은 당연한 일이고 보람된 봉사다.'

순간 에스더는 벼락이라도 맞은 듯 온몸이 떨리기 시작했다. 이방여인이 이런 메모를 하다니! 자신의 피부를 때어내어 주는 희생을 하면서 자기 민족이 아닌 조선 여자들을 사랑하고 있는데 에스더 자신은 수술 중에 흘러나오는 피를 보고도 구역질을 참지 못하고 뒤로 나가자빠질 듯 정신이 몽롱해지는 것은 정말로 창피한 일이다.

에스더는 병실 한 모퉁이에 서서 중얼거렸다.

"정신을 차리자. 바로 서자. 내가 할 수 없을 적에는 닥터 로제타가 의지하고 붙드는 예수 씨를 굳게 잡자. 그녀처럼 나도 이런 일을 해야 한다. 내가 해야 한다. 이방여인에게 이런 일을 항상 맡길 수는 없다. 바다를 건너 한 달이나 걸리는 먼 길을 온 그들에게는 시간적 공간적 물질적 제한이 따른다. 그들이 이 나라에 와서 이런 일을 한다는 건 어쩌면 기한이 정해진 제한적인 일일 수밖에 없다. 내가 해야 한다. 그리고 많은 조선 여인들에게 이런 기술을 배우도록 전수해주고 저들이 이런 일을 할 수 있는 힘의 원천인 예수를 꼭 붙들게 도와주자."

에스더가 보구여관에서 통역을 하고 일을 돕다보니 그간 이화학당에서 배운 모든 것들이 합력하여 선을 이루는 과정이었다는 점을 깨달았다. 선교사들과 조선인 선생 두 사람이 가르친 지식은 인생살이에 밑거름이 되었다. 아니 필수적이라고 해도 과언이 아니었다. 한문과 한글을 가르치는 두 여선생님이 소통의 기본을 일러준 셈이다. 로드와일러란 여선교사는 성경, 지리, 산수를 조선어로 강의했고 벵겔 양은 영어로 읽기, 쓰기, 작문과 심지어 미용체조도 가르쳐주었다. 특히 상급학생이 된 에스더에게 산수를 영어로 가르치는 로드와일러는 참으로 좋은 선생님이었다. 이 모든 배움이 보구여관에서 일하는 근간이 되어 닥터 로제타와 소통하고 두 문화가 충돌하는 현장에서 교량역할을 하고 있다는 뿌듯함이 넘쳐서 순간순간 감사함으로 다가왔다.

눈이 멀어 지팡이로 길을 두드리면서 가족들의 몸에 의지하여 들어선 할머니는 한 치 앞도 보지 못했다. 일생 밝은 눈으로 살아왔는데 차츰 눈앞이 흐려지더니 어느 날 갑자기 시력을 잃었다고 한다. 이런 맹인을 맞으면서 에스더는 걱정이 앞서 불안한 마음을 가누지 못했다.

가만히 닥터 로제타에게 다가가서 속삭였다.

"장님의 눈을 뜨게 할 수 있어요? 이건 불가능한 일이지요. 하지 못하면 애초에 거절하세요. 한다고 했다가 못하면 환자를 실망시키고 선생님에 대한 신뢰가 떨어지면 어떡해요."

"에스더! 그런 걱정하지 마라. 모든 것은 사랑으로 하면 된다. 이 여인은 앞이 보이질 않으니 얼마나 깜깜하고 답답하겠느냐. 절망하고 슬프겠지. 이들을 도울 수 있도록 최선을 다 하려고 난 의사가 되어 이 나라까지 왔단다.”

닥터 로제타는 의연한 모습으로 맹인여인의 눈을 진찰하기 시작했다. 한참동안 눈 속을 헤집고 진찰하던 그녀는 미소를 지으면서 머리를 끄덕이는 것이 아닌가. 에스더가 화들짝 놀라서 자신도 모르게 큰 목소리로 항변했다.

“어쩌려고요?”

두 사람이 영어로 주고받으니 눈이 먼 환자는 무슨 소린지 알 수가 없어 그저 맹한 얼굴로 소리 나는 쪽으로 귀를 기울인다.

“오우 케이. 이 환자 입원시키고 내일 수술한다.”

“네에? 내일 수술한다고요? 눈을 칼로 쨴다는 뜻인가요? 정말 있을 수 없는 일인데…….”

“에스더! 진정하라고. 이건 의사인 내가 할 일이야. 난 할 수 있어. 눈을 뜨고 환한 세상을 볼 수 있게 수술해 줄 수 있어.”

이런 말을 환자에게 통역하면서 에스더는 몸을 떨었다. 이게 정말 가능한 일이란 말인가! 환자가 나간 뒤에 에스더는 그래도 두근거리는 마음을 진정할 수 없어 닥터 로제타에게 따지듯 물었다.

“눈에 칼을 댄다고요? 살이 아니고 눈이라고요.”

“걱정이 되는 모양이구나. 에스더는 그저 옆에서 통역을 하면서 필요한 일을 도와주면 된다. 수술하는 걸 똑똑히 지켜보렴. 우리 예수를 믿는 사람들에게는 불가능이 없다. 내게 능력 주시는 분 안에서 내가 모든 걸 할 수 있다. 모든 일은 사랑으로 할 수 있단 말이다."

"병명이 무엇인가요?"

"혈관의 풍부한 섬유조직이 자라서 흰자위가 눈동자를 덮어가는 병이야. 나이가 듦에 따라 나타나는 결막의 퇴행성 변화란다. 병변이 날개 모양으로 생겨서 붙여진 이름으로 익상편(翼狀片 pterygium)이라고 한다. 너에겐 어려운 단어이니 영영사전을 찾아보아라."

닥터 로제타는 다음 환자를 진료하려고 서둘렀다. 에스더도 그녀의 뒤를 따라 바쁘게 움직였다. 만약에 맹인이 눈을 뜬다면 그녀 자신의 갈 길을 확고하게 정해야 한다는 생각이 퍼뜩 스쳤다. 요즘은 결혼이라는 장벽을 앞에 놓고 학당까지 어머니와 할머니가 오가면서 시끄럽게 굴고 있었다. 아버지가 작년 겨울에 돌아가신 건 얼마나 다행한 일인가! 아버지가 살아계셨다면 할머니, 어머니와 합세하여 더 소란했을 터이니 말이다. 결혼도 집어치우고 자신은 닥터 로제타가 걷고 있는 여의사의 길을 가야 한다는 생각에 이르자 입술을 잘근잘근 깨물었다. 혼자 해결할 수 없는 난관에 이르면 항상 입술을 잘근잘근 깨무는 건 에스더의 몸에 밴 습관이다.

점심시간에 에스더가 닥터 로제타에게 진지하게 물었다.

"미국에서는 여의사가 되는 게 흔한 일인가요?"

"미국에서도 여자가 의사가 되는 걸 허용한 것은 겨우 몇 십 년이 되었어. 내가 졸업한 펜실베이니아 여자의과대학이 여자를 위한 의과대학으로 미국에서 최초로 설립되었으니 최근이라고 보는 것이 좋아."

"우리나라에서도 여의사가 될 수 있을까요?"

이런 질문을 던지면서 에스더는 조선 여자들의 한계를 실감했다. 여자는 한의사를 돕는 의녀가 되는 길이 있었다. 의녀란 한의사를 돕는 역할만 할뿐 여자로서 한의사가 된 사람은 없다. 중인이지만 한의사가 되는 길도 남자에게만 주어진 특권이다.

지리 시간에 배운 여러 나라들을 떠올리며 에스더가 질문을 던졌다.

"미국 말고 불란서나 독일, 영국 같은 다른 나라는 어떤가요?"

닥터 로제타는 에스더의 얼굴을 뚫어지게 응시하면서 살살 웃었다. 그리고 재미있어 하는 표정을 지으면서 이야기보따리를 풀어놨다.

"지금부터 오십여 년 전 영국에서 일어났던 실제 사건이다. 이름이 알려진 유명한 의사가 나이 들어 죽었는데 시신을 수습하던 장의사가 기절할 정도로 놀라는 사건이 일어났단다. 웬 줄 아니?"

닥터 로제타는 입이 찢어질 정도로 함박웃음을 터뜨리

면서 에스더를 향해 장난기 어린 표정을 지으며 물었다.

"왜요? 의사의 시신이라 그렇겠지요. 병이 많았으나 잘 치료하여 기막힌 상태를 유지했던 모양이지요. 의사니 얼마나 몸을 잘 돌봤을까요."

"오호호……. 그게 아니야. 의사의 시신은 놀랍게도 남자가 아니라 여자였어."

"어머머! 그럼 남장한 여자였단 말인가요?"

"그렇지. 여자가 의대에 입학하는 것이 불가능한 시대라 이 여자는 남장으로 가장하고 의대에 입학하여 죽을 때까지 남자로 행세하면서 의사 일을 감당하다가 죽은 거지."

"그럼 지금도 영국에서는 여자가 의사 되려면 남장을 해야 하나요. 남자들이 여자들 의사 공부 못하게 하는 모양이지요?"

"그 사건 뒤에 영국도 여자들에게 의사의 길을 터주어서 여자의과대학이 많이 생겼지."

"제가 의학을 공부해도 우리나라에서 받아드리지 않겠지요. 저도 영국의 그 여의사처럼 남장을 해야 하나요?"

"하하하……. 우리 에스더 너무 귀엽다."

"제가 여자라 조선에서는 의사가 될 수 없겠지요?"

"어렵겠지만 극복해야지. 정글을 개척하는 결심을 가지고 길을 트면서 걸어야겠지. 내가 너의 나라에 와서 앞장서 이 길을 가고 있으니 넌 아마도 이런 길을 걷기 그리

힘들지 않을 거다. 집안에 갇힌 여자들이라 남자의사를 거부하고 여의사를 찾아오는 나라가 바로 너의 나라가 아니냐. 미국에서는 여자들도 남자의사에게 진료를 받는데 이 나라에서는 남자에게 여자의 몸을 보이는 것을 금기로 여기고 있다. 이 나라는 여의사가 절대적으로 필요한 나라이니 네가 그 길을 개척해야 한다."

그 순간 에스더가 어린 시절 어머니에게 들은 이야기가 퍼뜩 떠올랐다.

'어느 양반집 규수는 배가 뒤집혀 물에 빠져 죽게 되자 사공이 그녀의 팔을 잡아 물에서 끌어내어 생명을 구할 수 있었다. 뭍에 나온 이 여자는 가슴에 품고 다니던 장도칼로 자신의 팔 피부를 벗겨냈단다. 외간남자의 손이 닿은 부분이 그녀의 수치였기 때문이다.'

어린 시절에 이런 이야기를 들으면서 왜 그런 짓을 여자가 했는지 도저히 이해할 수 없었으나 어머니는 그런 행위가 얼마나 훌륭하냐고 감탄했다. 정결을 지키려는 조신하고 정숙한 여자라고 칭찬하는 걸 들으면서 괜스레 분통이 치밀어 마음이 상한 적이 있었다.

토굴 속에 갇혀 지내는 조선의 여자지만 닥터 로제타처럼 훌륭한 의사가 되기로 단단히 결심을 하면서 에스더는 몸을 떨었다. 영국의 첫 여의사처럼 남장을 하고라도 의사가 될 결심을 했다.

다음날 맹인여인의 눈 수술이 진행되었다. 눈꺼풀을 벌

려놓고 섬세한 기구를 가지고 눈알에 얇게 낀 희뿌연 껍질을 긁어내는 수술은 자그마치 한 시간이나 걸렸다. 마취한 상태라 백발의 할머니는 전혀 미동도 없이 편안하게 몸을 내맡겼다.

엄청난 신경전을 치루는 수술이었는지 닥터 로제타는 수술 뒤에 잠깐 휴식을 취한다고 작은 침대 위에 누워버렸다. 봉선오마니가 그녀를 안타깝게 지켜보다가 마실 것과 과자를 쟁반에 담아 간이침대 곁에 놓아두었다.

눈을 붕대와 안대로 가리고 입원실로 들어간 맹인 할머니를 에스더는 떨리는 가슴을 쓰다듬으며 결과를 보아야 한다고 중얼거렸다. 병실과 닥터 로제타의 방을 오가며 에스더는 마음이 진정되질 않아서 자꾸 서성거렸다. 왜 그리도 몸이 사시나무 떨리듯 흔들리는지 정신을 차릴 수 없었다.

침대 위에서 깊은 휴식을 취한 닥터 로제타는 부스스 일어나 환자들을 진료하기 시작했다. 이런 그녀를 에스더는 경외심 넘치는 시선으로 우러러 보았다. 어떻게 이런 여인이 세상에 있을까? 이건 사람이 아닌 신(神)이거나 신의 경지에 이른 여인이 분명했다. 에스더에게 닥터 로제타는 그녀가 도달해야 할 절정이 되어 국화빵처럼 그대로 모방해야 할 모델로 앞에 우뚝 섰다.

맹인 환자의 눈이 완전히 아물게 되어 눈을 덮은 안대를 떼는 날이 에스더에겐 인생길의 전환섬이 될 것이리는 마음이 들어 밤에 잠도 설쳤다. 정말 눈이 반짝 떠지는 것일까. 심청의 아버지 심 봉사의 눈이 떠지는 이적이 닥터 로제타의 손에서 진짜로 일어나는 것일까. 두려움과 기대와 경외심으로 에스더는 밤잠을 설쳤다. 과연 맹인 여자 환자가 세상을 환히 볼 수 있게 되는 것일까? 아무래도 에스더의 작은 소견과 믿음으로는 불가능한 일로 다가왔다. 봉사가 눈을 뜬 이야기는 어려서부터 귀가 닳도록 들어온 『심청전』뿐이다. 이건 하늘이 감동하여 내려준 기적에 속한다. 이런 일이 한 이방여인의 손으로 이뤄진다는 건 도저히 이해가 되지 않았다. 여직 많은 환자를 치료하면서 더러는 못 고치는 병도 있었고 실수로 더 아프게 하는 경우도 있지 않았던가. 기다려 보자 하는 생각을 하면서 두 손을 가슴 위에 얹고 침대 위에 반듯하게 누웠다. 에스더는 자신이 걸어야 할 길을 놓고 이런저런 생각을 하느라고 잠을 이룰 수가 없어 기숙사의 침대 모서리에 주저앉아 두 손을 모았다.

'저를 붙들어주세요. 저의 길을 인도해 주세요. 터주시는 길이면 그게 어떤 길이든 전 따라가겠습니다. 그게 비록 희생으로 내 몸이 짓이겨지고 고난으로 인해 나중에는 죽음으로 뚫린 길일지라도 거절하지 않고 순종하고 따르겠습니다. 저를 닥터 로제타처럼 의사가 되도록 인도해주시면 저도 죽도록 헌신하겠습니다. 이 길이 제 목숨을 일찍 잃게 되는 일이라도 저는 의사가 되겠습니다.'

에스더의 맞잡은 두 손 위로 줄줄 흘러내리는 눈물이 무릎을 푹 적셨다.

4

1890년대 한성과 그 근교에 사는 인구는 어림잡아 약 일백만 명 정도였다. 유월 망간(望間)이 다가오자 보리를 수확하고 모심기가 끝났다. 더위가 시작되면서 콜레라가 퍼지기 시작했다. 이 병은 주기적으로 이 땅을 강타했고 사람들은 치료법을 알 수 없어 괴질이라고 했다. 날씨가 더워지면서 전염병은 점점 더 맹위를 떨쳤다.

일단 병에 걸리면 격리시키는 방법으로 환자들을 성 밖에 내다버렸다. 뒤숭숭하고 음울하고 사방에 울음소리가 요란해서 돈의문 안팎이 귀신의 도시처럼 으스스했다. 성문 밖에 나가면 애오개가 있다. 거기엔 죽은 아이들을 묻은 아총(兒冢)들이 즐비했다. 그 옆에 거지나 임자 없는 나그네, 행려병자들을 묻는 공동묘지인 고택골이 있다. 이름도 모르고 주인도 없이 죽은 날송장이나 거적송장을 묻은 무덤들이다. 고택골은 비가 오는 밤이나 이슬이 푹 내리는 밤이면 불이 번쩍번쩍 지나가는데 이걸 사람들은 도깨비불이라고 해서 무서워했다.

콜레라가 창궐하자 성 밖 언저리에는 병는 사람이나 죽

은 시신을 내다버려 이들이 뒤섞여 가마니를 깔거나 덮고 즐비하게 누워 있었다.

집들 주변은 어디를 둘러보나 엇비슷했다. 울타리 밑 하수 도랑으로 연결된 마당 한 귀퉁이나 골목 가장자리를 따라 골을 판 시궁창 언저리엔 푸르스름한 이끼가 끼어 있고 고여서 썩은 탁한 물이 쾨쾨한 냄새를 풍겼다. 하수 시설로 도랑을 파서 물을 버리는 탓에 골목은 고인 오물이 썩는 냄새가 진동했다. 무더기로 버린 남새 쓰레기가 길바닥이나 창문 밑에서 그냥 썩고 있으니 이런 환경에서 콜레라는 발 빠른 맹수가 되어 사방을 들쑤시고 다니며 사람들을 쓰러트렸다.

대부분의 사람들은 이렇게 믿고 있었다. 쥐가 잠든 사람의 다리 안쪽을 콕콕 물어뜯다가 기어 다니면서 가슴까지 올라가면 걸리는 병이라고. 쥐 귀신인 악귀가 사람의 배속에 들어와 경련을 일으키는 병이라 괴질의 고통스러움을 쥐통이라고 했다. 사람들 사이에 퍼진 치료법은 쥐가 문제를 일으키니 경련이 나는 아픈 부위를 고양이 털가죽으로 문지르는 사람도 있었다. 쥐의 천적인 고양이를 모셔놓고 빌기도 했다. 더러는 쥐 귀신을 쫓기 위해 대문이나 방안에 종이로 만든 고양이를 붙이거나 매달아놓았다. 아니면 막치그림을 그리는 싸구려 환쟁이를 시켜 괭이 그림을 그리게 하여 대문이나 문설주에 붙여놓기도 했다.

괴질에 걸리면 처음에는 토하고 설사를 하기 시작한다. 나중엔 쌀뜨물 같은 물똥을 누다가 탈수현상이 오고 고열에 시달렸다. 근육통이 오고 복부통증이 너무 심해 뒹굴다가 죽어갔다. 이 괴질에 걸리면 너무 아파서 호랑이가 살점을 뜯어가는 듯 참기 어려운 고통을 주는 병이란 뜻인 호열자(虎列刺)라고 칭했다.

조정에서는 서양의사가 제시한 콜레라퇴치법으로 하수구나 뒷간에 석회가루를 뿌리게 하고 무상으로 가루를 사람들에게 배급했다. 방안에 유황을 태우는 등 소독을 철저히 하고 물을 반드시 끓여 마시라는 예방법을 일깨웠으나 병은 만연했다.

전염병으로 뒤숭숭하니 어느 선교사는 병인을 조선 사람들의 정결하지 못한 생활 탓으로 돌렸다. 이 나라 사람들은 더럽고 게으르고 무디고 어리석고 느리고 열등한 민족이라고 스스럼없이 사람들 앞에서 개탄했다. 그러나 닥터 로제타 입장은 달랐다. 에스더나 봉선오마니 같은 조선 사람을 가까이서 지켜본 바로는 그렇지 않았다. 물론 한성거리를 빈들거리며 활보하는 게으른 남자들이나 거친 짐꾼들을 보면 그렇게 생각할 수도 있다. 잘 사는 친척집에 식객 노릇을 하며 사는 쓸모없는 건달들만 본다면 이런 견해도 내릴 수 있다. 하지만 엄밀히 따지고 보면 그런 계층은 어느 나라에서나 볼 수 있는 군상들이다.

콜레라에 걸리면 많은 여자늘이 그래도 보구여관을 찾

았다. 탈수현상이 오면 수분과 소금을 충분히 공급해주어 치료를 받아 나아서 나가는 사람도 있었으나 그 숫자는 아주 미미했다. 하루 종일 밀려드는 콜레라 환자들을 치료하고 너무 기진하여 닥터 로제타와 에스더는 나란히 의자에 앉아 숨을 돌리고 있었다.

닥터 로제타가 안타까운 음성으로 걱정스럽게 말했다.

"위생교육이 필요해. 환자를 줄이는 방법은 그 길밖에 없어."

에스더는 구체적으로 위생교육이 무엇인지 몰라 뚱한 표정으로 닥터 로제타의 얼굴을 응시했다.

"에스더, 네가 빨리 공부를 해서 위생교육도 하고 이 민족을 밑바닥부터 계몽시켜야 한다."

몸이 여러 개여도 감당 못할 정도로 환자들은 밀려들어 오고 있었다. 지쳐버린 닥터 로제타는 자꾸 위생교육이란 말만 되풀이했다.

에스더가 아주 진지하게 닥터 로제타에게 바짝 다가갔다.

"제가 얼른 공부 많이 해서 그 위생교육이란 것도 하지요. 저에게 위생교육을 가르쳐주세요."

"사람이란 하루아침에 길러지는 것이 아니다. 교육은 시간이 많이 필요하단다. 그러나 꾸준히 노력하면 언젠가는 이뤄질 것이다."

에스더는 그간 물어보고 싶었던 속내를 풀어놨다.

"왜 로제타 선생님은 가지 않아도 될 길을 택해서 여기까지 오셨을까 늘 생각해요."

그러자 닥터 로제타는 빙긋 웃으면서 말을 받았다.

"이 나라 사람들을 사랑해서 왔다고 했잖아."

"말도 설고 문화도 다르며 음식도 제가 보니 양식과 한식은 아주 달라요. 닥터 로제타에게 이곳은 남의 나라이고 남의 땅이잖아요. 이런 데를 왜 사랑하지요?"

그러자 닥터 로제타는 턱을 고이고 앉아 한참 깊은 생각에 잠기더니 진지하게 답해주었다.

"내가 보기에 조선 사람들은 일본 사람처럼 무지막지(無知莫知)한 무뢰한도 아니고 중국 사람처럼 간사한 장사꾼도 아니야. 일본 사람들은 아주 경박하고 중국 사람들은 무단 보수성이 강해서 교만하다는 생각이 들어. 내가 만난 조선 사람들은 친절하고 오랫동안 고통을 겪어서인지 인내심이 아주 강해. 그런 점에서 아일랜드 사람하고 조선 사람이 아주 많이 닮았다는 생각을 지을 수 없구나. 이 민족은 다른 나라 사람들 눈에는 쓸모없어 버려진 돌멩이들처럼 보일지 모르지만 내 눈에는 그렇지가 않아. 지금은 지저분하게 오랜 세월 내려앉은 더께로 인해 두껍게 가려 있지만 꾸준히 벗겨내고 닦아내면 엄청나게 귀중하고 빛나는 보석으로 변할 거라고 믿어. 스스로 가꾸고 닦아서 적당한 환경이 되면 굉장한 민족이 될 거라는 확신이 든단 말이야. 머리가 아수 뛰어난 민족이야. 비로 네

앞에 앉아있는 에스더, 네가 길가에 버려진 쓸모없는 돌멩이가 아니고 값진 보석이란 말이다. 네가 너 같은 보화를 찾아낸 것이지. 앞으로 부지런히 갈고 닦아서 세상을 비추는 엄청나게 찬란한 다이아몬드가 되어 빛을 발할 줄로 안다."

"선생님은 어째서 우리민족을 그렇게 훌륭하다고 보세요?"

"우리가 세상에서 가장 기쁜 소식인 복음을 전하려고 이 나라에 왔는데 벌써 복음이 들어와 있더라고. 우리는 그저 추수하러 왔을 뿐이야."

에스더는 무슨 뜻인지 몰라 뚱한 표정을 지었다.

"이 세상에서 복음을 원주민 스스로 가져다가 믿은 민족은 이 나라밖에 없단다. 우리 선교사들이 이 나라에 오기 전에 이미 일본에서는 이수정이란 조선 사람이 성경을 한글로 번역해서 우리가 일본 고베를 거쳐 부산항에 도착할 적에 그의 조선 판 성경을 가지고 왔지. 이보다 먼저 만주에서는 의주청년들을 데리고 로스 목사가 번역한 성경이 있었어. 의주 말이라 방언이긴 하지만 황해도나 의주에 이 성경이 많이 퍼져서 자기들끼리 믿어 이미 추수할 정도로 많은 믿음의 식구들이 있었으니 얼마나 기막힌 민족이냐! 정말로 아주 특이한 사람들이다. 이 조선이란 나라를 하나님이 택한 나라라고 나는 확신한다. 진짜 축복 받을 나라이다. 선교사들이 보고한 통계를 보면 1884

년까지 조선에 들어온 성경이 9,500권이나 된다. 압록강과 북부 서해안 지역에 반포되어 많은 사람들이 읽었다고 한다."

그녀의 말에 에스더는 필봉이 쪽복음이라고 건네준 성경을 떠올렸다. 닥터 로제타의 말이 놀랍고 기뻤으나 두려움이 앞섰다. 정말 그녀의 말처럼 우리 민족이 그렇게 될 것인가 하는 의구심이 앞섰다. 이 서양여의사는 사랑 덩어리이니 어딜 찔러도 사랑만 나오는 여인이 아닌가. 그녀의 눈에 비친 조선은 어디를 둘러보나 온통 사랑스러운 대상으로 보이니 그럴 수 있을 것이다.

"전 걱정이 돼요. 이 나라가 정말 축복을 받을 수가 있을지 어쩔지……."

"넌 아직도 의심이 많구나. 내가 걱정하는 건 이런 축복을 받으려면 엄청난 고난과 고통이 따르게 마련이란다. 그걸 통과하고 견뎌내 승리하면 받을 수 있는 것이지. 엄청난 고난의 터널을 지나서 승리해야 얻을 수 있다는 말이다."

"그런 걸 이화학당에서 배웠어요. 고통 속에서 단련되어 정금처럼 되어 나온다고요."

"맞다, 맞아. 우리 에스더는 참으로 총명하고 귀여워."

한참을 망설이다가 에스더가 조심스럽게 입을 열었다. 이건 아마도 오랜 세월 염원했던 바람이었다. 이걸 소망이라고 해도 옳을 것이다.

"제가 하나님을 잘 믿다가 죽으면 천국에 가겠지요. 거기서 하나님을 만나서 저더러 제일 원하는 걸 말하라고 하면 전 주저 않고 이 세상에 남자로 태어나게 해달라고 할 겁니다."

"여자로 태어난 것이 얼마나 큰 축복인데 왜 남자가 되기를 원하느냐?"

"남자로 태어나 돈을 많이 벌어 불쌍한 우리 어머니가 원하는 모든 걸 사주고 싶어요. 옷이랑 금반지랑 맛있는 모든 걸 사다 안겨드리고 싶어요."

"어머나! 넌 너무 보잘 것 없는 꿈을 꾸고 있구나! 여자도 남자처럼 공부를 많이 하면 직업을 가질 수 있고 돈을 벌어서 그런 걸 다 할 수 있단다. 전문적인 지식을 얻도록 공부한 다음에 선생님이 되어 학당에서 학생들을 가르치면 되지 않겠니? 큰 꿈을 지녀라. 우린 그걸 비전이라고 한다. 원대한 비전을 지녀라."

"선생이 아니라 닥터 로제타처럼 제가 의사도 될 수 있나요?"

진지한 음성이었다. 몹시 경직된 얼굴로 그녀를 응시하는 에스더를 향해 닥터 로제타는 빙긋 웃고 의미 있는 표정을 지으며 머리를 끄덕여주었다.

긴 대화를 나누느라고 시간이 많이 흘러 어스레한 땅거미가 자욱하게 깔렸다. 기숙사로 돌아오기 전에 에스더는 병원으로 가서 흩어진 의료기구들을 잘 정돈해놓았다. 방에 들어서니 에스더의 책상 위에 필봉오라버니가 보낸 편지가 놓여 있었다. 지친 몸을 의자의 등받이에 기대고 앉아 천천히 겉봉을 찢었다.

나는 전라도지역으로 떠난다. 동학군에 가담하여 이 나라를 구하려고 한다. 하얀 서양 옷을 입은 점동이 네 모습은 감탄할 정도로 멋지고 훌륭해 보였다. 점동아! 네가 양인들의 기술을 잘 배워서 불쌍한 조선의 여자들을 위해 일할 것을 믿는다. 그러나 꼭 기억할 것이 있다. 이건 명심해라. 양인들이 병원을 세워 우리들을 고쳐주고 학당을 열어 세상지식을 가르쳐주는 것은 좋다. 우리가 배우는 것들이 엄청난 속도로 변하는 이 세상에서 살아남을 비결이 된다고 믿는다. 그러나 우리가 잊지 말아야 할 점이 있다. 이방인이 가르치는 모든 걸 몽땅 모래에 스미는 물처럼 우리 것으로 삼지 말고 필요한 것만 택하여 쓰고 나머지는 버릴 수 있는 지혜와 용기가 필요하다. 너는 그런 총명함을 지녔다고 이 오라버니는 믿고 있다.

나는 역관인 아버지를 따라 중국에도 여러 번 갔었고 일본에도 다녀와서 무서운 속도로 변하고 있는 세상의 물결을 잘 알고 있다. 우선 급하게 우리 민족이 배워 깨우쳐야 하는 교육은 피해 갈 수 없이 꼭 가야 할 길이다. 이 길만이 이 민족이 살 길이라고 확신한다. 그러니 열심히 배워라.

하지만 선교사나 양인들을 조심해라. 한 예로 어떤 양인은 벌써 북쪽의 금광을 뒤에서 조정하여 헐값에 팔아넘기려하고 있다. 사방에 그런 조짐이 보인다. 외국인들은 광산 채굴권은 물론 앞으로 압록강, 두만강, 울릉도의 삼림을 채벌하는 벌목권을 주장할 것이다.

이 오라비의 말을 믿고 조심하기 바란다. 우리는 같은 피를 나눈 한 민족이 아니냐. 알 것은 알고 미리 조심해야지. 너는 양인들 틈에서 서학을 배우고 나는 동학에 들어가게 되었구나. 우리가 가는 방향은 다르지만 이 나라를 위해 어쩔 수 없이 걷는 길이다. 각자 가는 길이 틀리지만 우린 다시 만날 것이다. 떠나기 전에 숯장사하는 작은아버지 집으로 간 봉운이를 남대문시장에 가서 만나보고 데리고 가서 함께 동학군에 가담하려고 한다.

건강에 유의하길 바란다. 오라비 필봉이가.

편지를 접으면서 에스더는 씁쓸함을 감출 수가 없었다. 진짜 양인들의 얼굴이 어떤 것일까. 그러나 그녀가 접하는 스크랜턴 대부인이나 스크랜턴 박사, 그리고 그녀가 제일 사랑하고 롤 모델로 삼고 있는 닥터 로제타는 절대로 그럴 리가 없다. 양의 탈을 쓴 염소나 늑대는 절대 아니다.

에스더는 머리를 갸웃거리면서 늘 다정하지만 이따금 엄한 모습으로 다가오는 무사처럼 딱딱한 필봉의 얼굴을 도리질하면서 떨쳐냈다.

비가 추적추적 내리는 금요일 오후. 에스더는 스크랜턴 대부인과 닥터 로제타가 소곤거리면서 주고받는 대화를 엿듣게 되었다. 닥터 로제타가 주위를 의식한 듯 기어들어가는 목소리로 말했다.

"알렌 의사가 드디어 선교사직을 버리고 조선주재 미국 공사관의 서기관에 임명되었다는군요."

"중국 선교사로 파견 받아 조선으로 들어올 때 처음부터 신분을 속이고 왔잖아요. 주한 공사관 의사라고."

"우리 선교사들이 기대를 많이 했는데 결국 우리와 다른 길을 가는군요. 그 사람은 한때 하늘에서 내려온 의사라는 칭송을 들으면서 제중원의 책임자가 되었고 고종의 시의로 왕궁도 자유로 드나들 정도로 특권을 누렸는데 무엇이 부족해서 선교사직을 버렸을까요? 이해할 수가 없어요."

스크랜턴 대부인이 한숨을 삼키며 역시 기어들어가는 목소리로 말했다.

"조선에 진출한 미국자본가들의 이익을 옹호한 외교관이란 소문도 나돌고 있어요. 그게 무슨 소리지요?"

닥터 로제타도 사뭇 창피하다는 표정을 감추지 못했다.

"민비를 꼬드겨서 평안북도 운산채굴권을 미국의 자본가에게 넘기려고 한다는군요."

"어머! 운산은 금방으로 상당히 일러진 곳이 아닌가요."

"맞아요. 그뿐인가요. 전등, 전화, 전차부설권도 따내서 넘기고 경인선 철도 부설권을 헐값으로 가져가려한다니 이거 너무 창피한 일이요. 우리 선교사들을 조선 사람들이 앞으로 어떻게 볼지 걱정이 앞서는군요."

"그래서 제물포의 바닷가에 개인 명의로 화려한 별장을 지을 계획이라는 소문이 도는군요."

"이들을 중개하며 소개비로 받아낸 이득금이 엄청난 모양이요. 알렌은 정치계로 나갔으니 조선선교역사에서 그의 이름을 아예 지워버려야 해요."

스크랜턴 부인의 목소리가 분노하여 아주 커졌다.

"알렌이란 사람은 선교사란 신분에 맞지 않게 경제적 이해득실에 밝은 자로 보는 것이 좋아요. 포도주를 즐겨 마시고 파티를 즐길 뿐만 아니라 개인의 영달에 혈안이 되어 있어요."

스크랜턴 대부인의 목소리가 격분하여 떨렸고 얼굴이 불콰해진 걸 보니 몹시 분이 난 모양이다. 그러자 닥터 로제타가 한숨을 쉬면서 속삭였다.

"그는 조선을 위해 일하러 온 선교사가 아니고 미국의 이권수호에 앞장선 미국 외교관이 되었네요."

에스더는 두 손으로 귀를 틀어막았다. 천천히 숙소로 향하면서 필봉 오라버니의 말이 아주 틀리지는 않다고 수긍할 수밖에 없었다.

2부
유년의 숲

1

귀밑머리를 총총히 땋아 붉은 댕기를 드린 점동의 머리
가 복더위로 흥건히 젖었다. 앞가르마를 반듯하게 갈라서
짝 달라붙은 까만 머리에 앙다문 입이 고집스러워 보인
다. 이 봄에 여덟 살 생일을 맞았던 점동은 소녀티를 벗어
나고 있었다. 동네 입구에 서 있는 목장승을 바라볼 수 있
는 곳으로 갔다. 시원한 그늘을 넓게 드리우며 동네 입구
를 지키고 있는 느티나무 밑에 자리를 잡고 앉았다.

"어머니, 여기서 쉬었다 가요. 너무 더워 숨이 막혀요."

점동이 울퉁불퉁 튀어나온 느티나무 뿌리 위에 털썩 주
저앉으면서 그 옆의 나부대대한 놀 위에 어머니더러 앉으
라고 손짓을 한다. 어머니 수원댁의 치마말기는 땀벌창이

되어 가슴과 배가 땀으로 끈적거렸다. 젖가슴 밑에 땀띠라도 났는지 너무 가려운터라 딸의 말에 못이기는 척 수원댁은 털썩 주저앉아 가슴언저리를 긁적거린다.

수원댁의 입에서는 한숨 섞인 넋두리가 쏟아진다.

"점동아! 네가 아들로만 태어났어도 내가 이렇게 힘들지 않았을 터인데. 너마저 고추를 달지 못한 딸로 태어나서 내가 이 고생이구나. 그 놈의 아들이 요물인가 보다. 남자의 고추가 나를 죽이고 있다."

세 번째 딸로 태어난 점동이로 인해 어머니에게 가해지는 할머니의 구박은 날이 갈수록 심해졌다. 밥도 부엌 바닥에서 식구들이 먹은 밥상 위에 남은 찌꺼기를 먹으라고 며느리를 내쫓았다. 어쩌다 식구들과 밥상을 대하고 함께 앉기라도 하면 아들도 못 낳는 년이라고 대놓고 할머니는 호통을 쳤다. 6년 터울로 낳은 딸들 셋은 할머니에게 아무짝에도 쓸데없는 것들이었다.

어머니는 아들 낳는 비방을 알아오라는 할머니의 지청구에 결국 내쫓겼다.

마을 어귀에 사자밥으로 차려진 밥상에는 밥 세 그릇, 술 석 잔, 명태 세 마리, 짚신 세 켤레, 엽전 세 닢, 불 꺼진 초토막이 놓여 있었다. 먼 길을 걸어온 탓에 점동이는 배가 고팠다. 사자밥은 어린 점동의 입에 군침을 그득 고이게 했다.

"이 더위에 초상이 났구나. 죽은 사람을 수시(收屍)걷고 있는 모양이다."

"수시가 뭐야?"

점동은 호기심이 많아 이상한 말을 듣거나 보면 무엇이나 물어댄다.

"시체가 굳기 전에 죽은 사람의 머리, 팔다리를 바로 잡아 끈으로 대강 묶어주는 일이다."

"왜 밥도 세 그릇, 짚신도 세 켤레, 명태도 세 마리, 엽전도 세 닢이야. 모두 셋씩이네."

언제나 끈질기게 물고 늘어지는 점동을 향해 수원댁은 곱게 눈을 흘겼다.

"염라대왕이 두 명의 저승사자를 보내서 사람의 목숨을 빼앗아오게 하거든. 그러니 그들 두 사람하고 죽은 사람하고 셋이서 멀고도 먼, 험한 저승길 가는 동안 배 불리 먹고 짚신 신고 노자 돈 받아서 죽은 사람을 잘 모셔달라고 비는 것이다."

상갓집에서는 고복(皐復)이 끝났는지 울음소리가 진동한다.

동네 초입부터 분위기가 어수선했지만 점동은 심심함을 달래려고 허리에 감아 묶은 보자기를 풀어 기다란 노끈을 꺼내 두 팔목에 걸쳤다.

"나랑 실뜨기놀이 해요. 이젠 어머니보다 제가 더 잘할 수 있어요."

점동이 어머니 무릎 앞으로 다가앉는나. 세일 처음 실

뜨기의 단계는 날틀이다. 그 다음은 쟁반이고 연이어 젓가락이 나왔다. 어머니 수원댁은 마음을 멀리 허공에 던져놓고 점동이 하는 대로 두 팔을 벌리고 시늉만 하다가 결국 딸의 짜증어린 지청구를 듣게 되었다.

"어머니! 이젠 베틀을 만들 차례라고요."

넋이 빠져나간 손길로 끈을 간신히 손가락에 꿰어서 베틀을 만들자 점동은 척척 방석과 가위, 줄, 물고기와 톱질뜨기를 노련한 솜씨로 연출한다. 아아! 점동이가 고추만 달고 나왔더라면 얼마나 좋았을까. 딸의 총명함이 수원댁의 가슴을 더 아리게 했다.

"어머니! 저에게 반짇고리를 주실 거지요. 거기에 실이랑 바늘, 바늘꽂이, 골무를 넣어서 말이에요."

"아이쿠! 네가 남자로 태어났다면 반짇고리가 필요하지 않을 터인데 하필 여자로 태어나서 나처럼 살려고 그러냐. 그까짓 반짇고리가 뭐가 좋다고 그러니. 그게 여자들의 목을 묶어 개새끼 신세로 만들고 있는데 말이다."

어머니의 시큰둥한 대꾸와 혼을 빼놓은 사람처럼 흐느적거리는 표정이 점동의 마음을 몹시 상하게 했다. 큰이모댁에 다 왔건만 어머니는 좀처럼 움직일 기미를 보이지 않는다. 그저 뜨거운 열기를 팡팡 쏟아 붓고 있는 김이 서린 듯 한 깊은 하늘을 뚫어져라 보고 있다. 아들도 낳지 못하는 칠거지악을 범한 여자가 대낮에 언니 집에 찾아드는 일이 창피해서 일까. 해가 기울면 슬쩍 부엌 뒷문으로 들어가 밥술이나 얻어먹고 떠날 작정인가 보다.

수원댁은 뜨거운 복더위에 바짝 마른 흙 위로 어쩌다 잘못하여 기어 나온 굼벵이처럼 움직이는 일이 힘겨웠다. 목도 마르고 실뜨기놀이에도 지쳐버린 어린 점동은 가파른 산 위로 치닫기 시작했다. 이 계절에 한창 맹위를 떨치는 하늘말나리가 그늘진 나무 밑에서 황적색 빛깔의 꽃을 뽐내고 있다. 나무 밑 풀숲을 헤치고 한 다발 꺾어들고 내려왔다. 여전히 어머니는 허공만 보고 있다. 어머니의 검정 치마 위에 하늘말나리 꽃묶음을 올려놓아도 예쁘다는 말 한마디 없다.

점동은 풀각시를 만들기로 했다. 하늘말나리 꽃을 꺾은 곳으로 다시 가서 풀잎을 치마폭에 잔득 뜯어 담았다. 풀각시의 몸채가 될 도톰한 나뭇가지를 하나 주워 어깨 밑에 고이고 어머니 곁으로 왔다. 어머니는 허수아비처럼 미동도 하질 않는다. 치마폭에 담아 온 풀잎을 잘 가다듬어 풀각시의 머리를 만들고 나뭇가지로 목과 몸뚱이를 삼아 꽂았다. 자신의 봇짐에서 꺼낸 헝겊 쪼가리로 치마와 저고리를 삼아 걸쳐주었다. 어머니의 무릎 위에 놓인 풀각시에게 노란빛을 띤 붉은색 하늘말나리 꽃잎을 따서 쓰개치마처럼 어깨에 둘렀다. 납작한 돌 위에 풀각시를 뉘고 잎을 쫙 편 고사리 서너 잎을 뜯어다 병풍으로 세웠다.

점동은 가만가만 노래를 부르기 시작했다. 개성에서 이사 온 이웃 순둥이와 함께 목청껏 흙담 밑의 풀을 뜯어 풀각시를 만들어놓고 늘 불러대던 노래였다.

앞산에는 빨간 꽃이요, 뒷산에는 노랑꽃이요
빨간 꽃은 치마 짓고 노랑꽃은 저고리 지어
풀 꺾어 머리 허고 그이딱지 솥을 걸어
풀각시 절시키자
풀각시가 절을 하며 망건을 쓴 신랑이랑
꼭지꼭지 흔들면서 밥주걱에 물마시네.

바로 앞집 역관의 아들 필봉과 몇 집 떨어져 살고 있는
봉운이 자치기를 하다가 노랫소리에 홀려 다가왔다. 점동
과 순둥이가 만든 풀각시를 보고는 웃긴다고 배를 잡고
낄낄거렸던 두 소년의 모습이 눈앞에 알찐거렸다. 점동이
보다 두 살 위인 필봉과 봉운은 일곱 살을 넘긴 다음부터
는 어른들의 지청구로 잘 다가오지 않았지만 걸음마를 시
작한 점동이와 함께 돌담 밑의 흙을 파서 새금파리에 담
고 소꿉놀이를 했던 사이였다. 담 밑에 잔뜩 심어놓은 꽈
리 잎을 따서 조가비에 담아 김치라고 했다. 옥잠화의 흰
꽃은 백김치가 되고 분꽃은 맛있게 무친 얼갈이김치가 되
었다.

왜 갑자기 어렸을 적에 소꿉놀이를 했던 저들이 떠오르
는 것일까. 아마도 그 시절 불렀던 풀각시노래 탓일 게다.
저들이 그립기까지 했다. 두 소년의 얼굴을 떠올리며 살

살 웅얼거리는 그녀의 풀각시노래를 찍어 누르는 엄청난 소리가 났다. 갑자기 굉음으로 요란해진 마을이 들썽거렸다. 마치 천둥번개라도 치는 듯했다. 화들짝 놀라 눈을 들어 소리 나는 쪽을 응시하는 수원댁과 점동은 너무 놀라서 입을 딱 벌렸다. 마을의 아낙들 모두가 소리를 낼 수 있는 모든 기구들을 들고 나와 무리지어 안개 속을 부유하듯 몸을 흔들어댄다. 꽹과리, 징, 솥뚜껑, 양철조각, 바가지, 냄비까지 동원하여 젓가락이나 나무토막. 심지어 부지깽이로 요란하게 두드리면서 목청껏 고함을 내질렀다. 막혔던 둑이라도 터진 듯 그 함성은 산언저리에 피어 있는 하늘말나리꽃잎까지 흔들어놓을 지경으로 우렁찼다. 게다가 모두가 너풀너풀 춤을 추고 있다니! 저들의 짓거리를 찬찬히 보고 있던 수원댁이 입을 손으로 막으면서 억! 외마디 소리를 내질렀다.

"어억! 억! 저건 분명히 몸엣것이 아닌가!"

"엄마! 몸엣것이 뭐야?"

"넌 아직 몰라도 된다. 저건 개짐이란다."

개짐이란 말에 어머니가 밤중에 숨어서 몰래 빨던 피걸레가 떠올랐다.

점동의 어머니는 못 볼 것을 봤는지 두 손으로 얼굴을 가려버렸다. 그건 분명 눈 시리게 흰 눈 위에 날카로운 화살에 찔려 죽어 자빠진 토끼나 노루의 몸에서 흘러나오는 핏물처럼 보였다. 그렇게 흘러나온 죽은피가 아니라 싱싱한 피 빛쌀이었다. 참으로 기이한 일은 남자란 단 한 사람도 없었다. 고추를 달고 있는 갓난아기조차 보이지 않았다. 쪽을 찐 여자들이 소리를 낼 수 있는 것들을 몽땅 들고 나와 두드려가면서 목이 터져라 고함을 친다. 맨 앞에 선 여인이 무리의 우두머리로 보였다. 그 여인의 손에 들린 긴 장대의 꼭대기에 백옥처럼 흰 아낙의 속곳이 매달려 있다. 그뿐인가! 아랫도리에서 금세 여인의 비밀스러운 곳을 스며 나온듯한 달거리 피가 홍건하게 묻어 있다. 그걸 창피스럽지도 않은지 높이 치켜들어 깊은 하늘에 창을 꽂듯 힘차게 들어 올리고 흔들어댄다. 작년부터 이어온 가뭄으로 하늘과 땅은 매캐한 흙먼지로 희뿌옇다.

장대를 치켜든 여인의 떡 벌어진 어깨가 혈기 넘치는 튼실한 청년의 몸집을 떠올렸다. 우두머리격인 이 여인이 선창을 하면 따르는 무리들이 추김세를 넣었다.

"남정네들이 못해내는 걸, 우리 여자들이 할 수 있다."

"할 수 있다. 우리 여자들이 할 수 있어."

"주눅 들어 살아온 우리 아녀자들이 꼭 해낼 거다."

"맞다, 맞아. 우리 여자들이 해낸다."

"우리를 찍어 누르던 남정네들이 지금 방안에 숨어서 문고리를 잡고 달달 떨고 있다."

"고거 참 고소하다. 이젠 우리 여자들이 나설 차례다."

"우리가 남자들보다 낫다. 우리가 할 수 있다. 우리 여자들이 꼭 해낼 거다."

"맞다. 맞아. 우리가 해낼 거다."

짚신을 신은 여인들이 더러는 젖가슴을 저고리와 치마
말기 사이로 털렁털렁 내놓고 야단들이다. 저들은 급류를
이뤄 소용돌이치며 흐르는 계곡물 같았다. 하늘을 향해 삿
대질을 하면서 멋대로 몸을 흔들어가며 악을 쓰고 있었다.

"어머니! 저 사람들 왜 저 야단들인가요?"

"액막이굿을 하고 있다. 도깨비를 쫓고 있구나. 도깨비
가 무서워하는 것은 요란한 쇳소리와 여자 달거리 속곳이
라 저 야단을 치는 거다."

사내들이 별별 수를 다 써보았지만 가뭄은 계속되었다.
남자들이 해내지 못한 일을 해보겠다고 마을 여자들이 단
비를 기원하는 진도 도깨비 굿판을 벌리고 있었다.

점동이 어머니의 귀에 대고 소곤거렸다.

"엄마! 힘내요. 여자가 남자보다 낫다고 야단이야. 그
까짓 아들 소용없어. 내가 아들보다 더 잘 될 거야."

갑자기 수원댁의 눈에 생기가 돌기 시작했다. 말라비틀
어진 나뭇잎이 살아나듯 머리를 번쩍 들더니 쏜살같이 저
들의 무리 속으로 뛰어들었다. 저들의 대열에 끼어서 수
원댁도 저들처럼 고함을 내지르면서 발을 구르고 악을 쓰
기 시작했다.

"여자가 남자보다 힘이 세다. 우리가 이 세상에서 제일
이다. 악귀야 썩 물러가라."

'악귀야 썩 물러가라'라는 외침은 할머니가 늘 정회수

를 떠놓고 손을 비비면서 하던 말이라 점동이도 익히 알고 있었다. 본래 도깨비는 피를 싫어하고 붉은 빛깔을 좋아하지 않는다고 할머니가 말했다. 생산력이 강한 여자의 경수가 묻은 속곳과 월경대를 도깨비가 가장 징그러워하는 것이라 저들이 월경수로 푹 젖은 속곳을 저렇게 치켜들고 도깨비와 맞서고 있었다. 이런 가뭄은 도깨비들의 장난이니 해코지하는 그 놈들을 물리치기 위해 여자들의 은밀한 음핵을 도깨비들에게 대담하게 드러내며 겁을 주며 도전하고 있었다.

여인들은 동네를 한 바퀴 돌고 골목골목을 누빈 뒤 피 묻은 속곳과 개짐을 마을 밖에서 태우고 뒤도 돌아보지 않고 모두 집으로 뜀박질을 하여 돌아갔다. 가뭄을 몰고 온 도깨비들을 마을 밖으로 쫓아내는 굿은 끝이 났다. 곧 비가 펑펑 쏟아질 것을 기대하면서 말이다.

점동은 목장승 옆에 앉아서 여인들의 굿판을 넋을 놓고 구경했다. 가뭄을 가져온 귀신을 향해 여자들의 반항적인 굿이 진한 감동으로 그녀에게 다가왔다. 어린 나이지만 내심 귀신을 빙자해서 여인들이 남자들에게 반기를 들고 있는 모습이 고소하고 좋아보였기 때문이다. 남자들을 향해 이렇게 반기를 들고 하늘을 향해 주먹질을 하며 떠들어대는 여인들이 멋있고 훌륭해 보였다. 저들의 몸짓에서 곰삭아 부글부글 끓어올라 밖으로 솟구치는 여인들의 분노와 한(限)을 느낄 수 있어 점동은 피식 웃었다.

그간 어머니가 아들을 낳기 위해 몸부림쳤던 모습이 주마등처럼 스쳤다.

왕소금을 배꼽 언저리에 놓고 살이 타들어가는 뜸을 이를 악물면서 참던 어머니의 얼굴.

보름달이 뜨면 두 손을 합장하고 달님에게 아들을 점지해달라고 빌었던 불쌍한 어머니!

흡월정(吸月精)이라는 기속을 따라 한 숨통, 두 숨통 해가면서 달을 마셨던 어머니.

깊은 산중을 헤집고 다니면서 아들을 낳게 한다는 공알바위를 찾아가 남근을 상징하는 뾰족한 돌멩이를 비비면서 치성을 드렸던 어머니.

남의 집 금줄에 매달린 고추를 훔쳐 젖가슴 깊숙이 간직하기도 했던 어머니.

아들로 인해 고달픈 삶을 살아가는 어머니의 나날이 점동이 여자에 대하여 알고 있는 모든 것이었다.

여자란 아들을 낳기 위해 살아야 한단 말인가! 순간 점동은 다짐했다. 절대로 어머니처럼 살지 않으리라. 남장을 하고 가출해서라도 어머니의 인생을 답습하며 살지 않으리라. 점동은 턱을 괴고 앉아 먼지가 잔뜩 고여 있어 숨쉬기도 거북살스러운 뜨거운 공기를 천천히 깊이 들이마셨다. 여인들의 굿판이 끝났건만 점동의 귓가에 아직도 여자가 남자보다 낫다는 여인들의 함성이 귀청이 찢어지도록 파고들었다.

2

공알바위의 기도가 효험이 있었는지 수원댁은 임신을 했고 열 달을 채웠다. 점동의 동생이 태어나려고 한다. 온 가족이 6년이나 기다린 후 다가온 순간이라 집안엔 팽팽한 긴장감이 서렸다. 아들을 낳기 위해 전국을 돌아다니면서 좋다는 비방을 찾아내 모두 해본 끝이라 가족의 설렘이 대단했다. 아버지와 할머니는 간절한 기대에 차서 문고리를 잡고 신음하는 어머니의 뒤태를 보면서 전전긍긍했다. 태어난 아기의 첫 울음소리를 듣고 할머니가 방문으로 치닫는다. 이번에도 고추가 아닌 걸 확인한 할머니는 문을 박차고 뛰어나와 발을 구르고 손에 잡히는 물건들을 내박치며 넋두리를 늘어놓는다.

"며느리가 잘못 들어와서 우리집 대가 끊기는구나. 그러게 내가 이웃 동네에서 아들을 쑥쑥 잘 낳는 과수를 소개했는데 너희들이 거절했다. 네 번째는 꼭 아들을 낳을 것이라고 우기더니 또 딸이야. 이제 우리집은 망했다. 이를 어쩌면 좋으냐!"

아버지는 머리를 푹 숙이고 왼새끼를 꼬면서 훌쩍였다. 아들이면 오른쪽으로 새끼를 꼬지만 여자아이라 외로 꼬아가며 준비해놓은 빨간 고추를 내동댕이쳤다. 그는 숯과 청솔이 갈마드는 새끼줄을 잡고 소리 없이 눈물을 떨어뜨린다.

점동은 그런 아버지를 보고는 마음이 뜨끔했다. 사실은 아들을 낳을 수 있는 비법을 진도의 여자들만의 굿을 보면서 내팽개쳤기 때문이다. 어머니와 둘이서 동해안의 깊은 산속에서 천신만고 끝에 찾아낸 돌부처 코 가루를 점동이 땅바닥에 쏟아버렸기 때문이다. 그게 어떤 가루란 말인가! 밤중에 사람들 몰래 숨어들어가서 날카로운 돌로 돌부처의 코를 갈아 얻은 것이 아닌가. 산속은 한밤중에 사람들이 가기를 꺼려하는 곳이다. 호랑이들이 많이 출몰해서 몇 달 전에도 나무꾼이 물려갔다는 소문도 있다. 아들을 낳지 못하는 많은 여인들이 너도 나도 모두 코를 갈아가서 돌부처의 코는 볼 높이로 너부데데했다. 그런 귀한 부처님 코 가루를 여자들만 날뛰는 진도 굿을 보면서 점동이 과감하게 버렸다. 그걸 물에 타서 먹으면 아들을 낳는다고 하는데 개짐을 장대 위에 달고 춤을 추는 여인들을 보고 돌가루가 무슨 효험이 있어 아들을 낳겠느냐는 생각에 미쳤다. 이것저것 생각할 겨를도 없이 어머니의 보따리에서 돌가루를 꺼내 목장승이나 먹으라고 풀이 우거진 곳에 거름처럼 주어버렸다. 그걸 먹었으면 아들을 낳을 수 있었을 터인데 점동이 욱대겨서 쏟아버렸으니 큰 잘못을 저지른 셈이다. 넷째도 딸이면 어쩌느냐고 울어댔던 어머니의 일그러진 얼굴과 진도의 돌가루를 먹어버린 장승의 굳은 표정이 그녀를 숨 막히게 했다.

할머니는 미역국노 못 끓이게 했다. 아들을 낳았다면

고깃국을 열 근이라도 사서 끓여 먹일 터이지만 연거푸 네
명이나 쓸데없는 딸들을 낳았으니 그냥 굶으라고 호통을
쳤다. 어쩔 수 없이 점동이 몰래 누룽지를 끓여 김치 몇
조각을 놓은 상을 산모 앞에 들여놓고 할머니의 동태를
살피면서 두 여인의 겯고트는 갈등에 끼어들어야 했다.

점동이 아침을 먹고 이웃에 사는 순둥이를 찾아나섰다.
그때 인기척이 났다.
"순둥아! 너도 날 만나러 왔니? 공기놀이할까? 싫으면
네가 좋아하는 풀각시놀이를 해도 돼. 풀각시 이부자리로
쓸 예쁜 헝겊조각이 내게 아주 많아."
순둥이 말이 없다. 두어 달 전부터 작아진 짚신을 억지
로 꿰신었더니 발꿈치가 아려서 발가락만 걸치고 찌그려
트려 신은 점동이 머리를 들어 인기척이 나는 쪽을 보는
순간 움찔했다.
"네게 주려고 이거 받아."
앞집 역관의 아들 필봉이다. 지난번에 풀각시에게 입힐
치마저고리 감으로 예쁜 헝겊조각들을 점동에게 그가 준
적이 있었다. 이번엔 손바닥 크기의 얇팍한 책이었다. 점
동은 머리를 살래살래 흔들면서 뒷걸음질쳤다. 점동이와
바로 위의 언니를 마주한 밥상머리에서 할머니가 귀 따갑
게 늘어놓았던 지청구가 스쳤기 때문이다. 여자아이와 남
자아이가 일곱 살이 넘으면 함께 앉지도 말라는 교훈을

매일 하는 바람에 귀에 인이 박힐 지경이다. 첫째 언니는 농촌으로 시집가버리고 없다. 바로 위의 언니는 점동이보다 여섯 살이 많으니 시집갈 날을 앞두고 할머니의 잔소리가 된통 내려지는 나날이었다.

"아버지가 이번에 중국에서 구해온 거야. 너 언문 읽을 줄 알지? 이건 의주청년들이 만주에서 미국사람하고 함께 우리 글로 바꿔 쓴 책이라고 하더라. 쪽복음이라나."

점동은 갑자기 섬쩍지근할 정도로 무서웠다. 아버지와 어머니가 딸들이 곤하게 잠든 한밤중 몰래 나누었던 대화 탓이다. 일본 사람들이 즐겨 먹는 양갱을 둘이만 숨어서 먹으면서 나누는 대화를 점동이 잠이 깊이 든 척 엿들은 적이 있었다.

"요즘 세상이 바뀌고 있어. 우린 기울어진 양반이지만 동도서기론 쪽으로 줄을 서야 한다고."

그러자 어머니가 부끄러운 듯 주저하면서 물었다.

"동도서기론이 뭐예요?"

"그건 한자로 이렇게 쓴다고."

아버지는 종이쪽에 한자로 동도서기론(東道西器論)을 끼적거려 내밀면서 어머니를 가르치고 있었다.

"한자는 그렇지만 그게 무슨 뜻인지?"

"그건 양귀들의 문물을 받아들이되 정신은 받아드리지 않겠다는 내용으로 대부분의 유학자들의 주상이고 입장이야. 왜놈과 양놈들이 빌려와도 우리가 그간 지켜온 두를 따르며 조선의 미풍양속을 꼭 지켜야 한다는 뜻이지."

"그러면 우리 가족은 양놈들의 근처에도 알찐거리지 말아야 하는 거군요."

"맞다, 맞아. 당신이 알아들어서 다행이군."

부모의 이런 대화가 떠오르자 점동은 잔뜩 겁을 집어먹고 더 세차게 머리를 흔들었다.

"네가 몇 살인데 풀각시놀이나 공기놀이야. 이런 책도 읽어보고 한글을 익혀라. 나도 읽어봤는데 무슨 뜻인지 모르지만 굉장한 말들이 많이 적혀 있더라."

할머니가 점동을 부르는 괄괄한 목소리가 대문 밖까지 들렸다. 점동이 재빨리 필봉의 손에서 쪽복음을 받아 치맛자락에 숨기고 대문 안으로 뛰어 들어갔다.

"계집애가 아침부터 어쩌려고 대문 밖에 나갔니? 저번처럼 중국비단조각을 네게 주면서 홀리는 역관집 아들, 필봉을 또 만나면 그 자리에서 거동도 못하게 네 발목을 부러뜨릴 터이다."

장소와 때를 가리지 않고 왜장쳐대는 할머니에게 고까움은 없지만 이번엔 속으로 된통 놀랐다. 할머니는 눈이 사방에 달렸나 보다. 공중에서 밑을 내려다 볼 수 있는 눈이요, 대문을 뚫고 볼 수 있는 투시력을 지닌 모양이다. 어떻게 필봉을 만난 것을 알았을까. 머리를 갸우뚱거리다가 고개를 푹 숙이고 할머니 앞을 지났다.

울안에서 할머니는 이토록 야단이지만 지금 바깥세상

이 변하고 있는 것이 확실하다. 지난번에 비단조각을 주면서 필봉은 이렇게 속사포로 말하지 않았던가.

"전번에 아버지와 장사하려고 인천엘 갔더니 왜색뿐이더라. 부산이 개항되고 인천이 되더니 이제 원산까지 개항했어."

호기심을 누르지 못하고 점동은 질문을 던졌다.

"왜색이 어떤 것인데?"

"일본 사람들의 색깔이야. 일본집이 들어섰는데 조선에서는 볼 수 없는 이층집도 있어. 게다를 신은 남자, 기모노라고 한복하고는 전혀 다른 일본 전통복장인 이상한 옷을 입은 왜 색시들이 득실거려. 마치 우리나라가 아닌 다른 나라에 온 것 같아. 인천이 완전히 다른 모습으로 바뀌었어. 일식 요리집, 술집, 이발소, 목욕탕, 전당포가 문을 열었어. 네가 헝겊조각이나 가지고 놀고 풀각시 만들어 한가하게 놀고 지낼 그럴 때가 아니야."

점동은 변한 인천의 모습을 세세히 늘어놓는 필봉의 입만을 그저 멍청히 주시할 뿐이었다.

"혹시 너 봉운이 소식 알고 싶지 않니?"

"지금 그 앤 어떻게 지내고 있어?"

봉운이란 말에 점동이 눈을 반짝이며 물었다.

"봉운인 남대문시장에서 작은 아버지를 따라다니면서 숯장사를 하고 있어. 살기가 어려운지 몰골이 말이 아니더라고."

"가엾어라. 어떡하지."

"작은아버지의 양아들이 되었다는구나."

할머니의 성깔어린 부름 때문에 점동은 어쩔 수 없이 안으로 들어갔다. 봉운에 대해서 더 물어보고 싶었으나 조금이라도 지체하는 날엔 할머니의 불호령이 떨어질 판이었다.

어떤 낌새를 느꼈는지 수원댁이 산후조리를 제대로 못하여 누렇게 뜨고 퉁퉁 부은 얼굴을 하고 방에서 나왔다. 점동을 강제로 부엌으로 끌고 간 그녀는 아궁이에 불을 지피라고 재촉한다. 점동은 바짝 마른 누런 솔가리를 한 모숨 손에 쥐고 불씨를 얹어 후후 불었다. 아궁이에 한가득 넣어둔 싸릿대가 훨훨 타기 시작했다. 수원댁은 부뚜막에 걸터앉더니 점동을 향해 아주 매몰찬 음성으로 재우쳤다.

"너 지금 앞집 역관의 아들, 필봉을 만났지? 바른대로 말해."

"그건 말이야……."

점동이 말꼬리를 얼버무렸다.

"절대로 그 집에 널 줄 수 없다. 필봉이 수더분하고 데데하진 않지만 그 집은 우리보다 지체가 낮아. 우린 지금 어렵게 살지만 양반가문이다. 역관이란 중인이란 걸 넌 모르고 있니? 게다가 망한 집안이야. 왕이 버린 집안이라고. 증조할아버지 대에 중국에 가서 몰래 인삼을 팔아 많은 돈을 벌어왔다고 왕이 완도로 귀양 보냈던 집안이야. 그 뿐이냐. 필봉의 여동생이……."

어머니는 또 필봉의 여동생 필선을 들고 나온다. 입술이 태어날 때부터 갈라져서 앞니가 훤히 보이는 언청이다. 바로 앞집에 살지만 꼭 한 번 본적이 있다. 그 때가 아마 필선이가 네 살이고 점동이가 여섯 살이었다고 생각된다. 오라버니인 필봉의 손을 잡고 처음으로 대문 밖에 나온 필선은 눈이 부신 듯 대문 밖의 풍경에 놀라 어릿거리고 있었다. 점동이도 우연히 빠끔 열린 대문 밖에 나왔다가 서로 마주쳤다.

"이 애가 내 여동생, 필선이야."

필봉이 여동생을 점동에게 소개하자 인중 길이로 갈라진 입술을 의식했는지 필선은 오빠의 등 뒤로 숨어버렸다.

그때 점동은 필선의 갈라진 입술을 똑똑히 보았다. 언청이 소녀의 진짜 모습을 처음 본 셈이다. 갈라진 입술 사이로 훤히 들어난 앞니 둘이 밤새 눈앞에 선하게 떠올라 점동은 궁싯거리며 잠을 이룰 수가 없었다. 인중이 길면 명이 길다는데 저런 얼굴로 어떻게 기나긴 인생을 살 것인가 하고 한숨을 삼킨다는 필봉 어머니의 한숨소리가 귓가를 스치는 듯했다.

3

필봉의 아버지 채성민은 역관으로 심을 돌보는 일을 맡

아서 중국을 드나들었으나 증조부의 귀양살이로 가세는 상당히 빈곤했다. 조선 최고의 외국어 달인 역관은 거의가 돈을 많이 벌어와 잘 사는 편인데 이 집은 그렇지 못했다. 양반이었으나 생활이 어려운 점동의 아버지, 김홍택과는 피차 배고픔을 겪고 있는 탓인지 절친한 사이였다.

가랑비가 추적추적 내리는 한낮, 둘이는 사랑방에서 술자리를 마련하고 앉아 시국에 관한 대화를 나누고 있었다. 갑자기 채성민이 목소리를 죽이고 김홍택의 귓가에 입을 바짝 댔다.

둘이는 귀엣말로 작게 소곤거렸다.

"자네 우정국 사건을 들어서 알고 있지?"

"상세히는 몰라도 대강은 알지. 시중에 이런저런 말이 나돌고 있어."

"그때 칼에 맞은 민영익 대감의 몸이 갈기갈기 찢어졌다고 하더군. 민영익이 누군가? 바로 민비의 친정조카란 말일세. 알렌이란 미국의사가 북북 찢어진 옷을 깁듯 찢어진 살을 바늘로 꿰매 살려냈다는 소문을 들은 적이 있지?"

그러자 김홍택이 반론을 폈다.

"으응. 들었지. 어떤 한의사는 칼끝이 심장을 비껴가서 목숨을 구한 것이지 살을 맞붙게 잘 기워서 살아난 것은 아니라는 말을 했다는 소문도 있어."

"사람들이 뭐라고 하든 서양의술이 그를 살린 거야. 찢어진 살갗을 바늘로 꿰맨다는 것은 한의사들은 할 수 없는 일이야. 민영익 대감이 다친 날 명망 높은 한의사들이 방안에 가득 모여들었으나 손을 쓰지 못했다는군. 급한 김에 알렌이란 서양의사를 불러와서 그 자리에서 피를 멎게 하고 찢어진 저고리와 바지를 깁듯이 바늘과 실로 척척 기워서 제 모양으로 돌려놓았다는군."

"아무튼 사람이 살았으니 좋은 일이야. 그게 우리와 무슨 상관이 있다고 이렇게 호들갑인가?"

점동의 아버지, 김홍택은 시큰둥한 표정을 지으며 귓불이 간지럽다는 듯 귓바퀴를 잡아 뜯으며 주물렀다.

"대궐에서는 민영익을 살린 상을 내렸는데 목숨을 살려준 대가로 고종황제가 알렌이란 미국사람에게 참판의 벼슬을 내렸다는군. 그 뿐인가. 갑신정변의 주모자인 홍영식의 계동 집을 하사했다는 소문도 떠돌아다녀."

"저런! 그 집이라면 대궐처럼 굉장히 크다고 들었는데."

"그러니까 나라에서 압수한 그 집을 빈민구제와 서민치료를 맡았던 혜민원(惠民院)을 대체한 관립의료기관으로 알렌이란 눈이 파란 의사에게 허락한 거지."

"외국인에게 어떻게 그런 큰일을 맡겼지?"

김홍택은 믿기지 않아서 떨떠름한 표정을 지으며 머리를 갸웃거렸다.

"알렌이란 미국인이 유사전연두를 잃고 있던 고종과 왕

비를 진찰하고 치료하자 서양식 병원 설립 허가를 내린 거라고 하더군. 우리나라 명문가의 집이 병원이 된 셈이야. 광혜원(광혜원은 후에 제중원으로 이름이 바뀌었다가 지금의 서울대학병원과 연세대학병원의 뿌리가 되었다.)이라고 자네도 소문을 들어 알고 있지?"

"무지렁이 민초들도 다 아는 명문대가가 비참하게 되었군. 아들 홍영식이 갑신정변에 실패하자 그의 아버지랑 식구들 이십여 명이 모두 독약을 마시고 자결했다는 소문도 돌고 있어. 그런 집이 사람들을 고치는 병원이 되었다니!"

"홍영식의 집은 넓은 한옥이라 진찰실, 수술실, 입원실, 대기실 등 기본시설을 갖출 수 있는 좋은 병원이 되었다는군."

두 사람은 이제 등을 벽에 기대고 앉아 편안한 자세로 대화를 나누었다. 역관이라 세상변화에 민감했고 밀려오는 외국인들의 정보에 일찍 눈을 뜬 채성민이 한숨을 삼키며 중얼거렸다.

"일본과 양인의 물결이 무섭게 우리를 덮치고 있어."

"그건 나도 알아. 전번에 인천엘 갔더니 빠른 속도로 일본놈들이 우리나라를 삼키고 있다는 생각이 들더군. 우리 조선 사람들을 변두리에 가야 볼 수 있을 정도니 이건 너무 해."

점동의 아버지인 김홍택이 울분을 토하자 채성민은 목

소리를 죽이고 그에게 다가앉았다.

"자네 가세도 기울어 양식도 모자라지? 아펜젤러란 미국선교사 집의 허드렛일을 봐주는 것이 어떤가?"

"뭐라고? 날 보고 양귀를 도와주는 사람이 되라고. 나는 자네가 아까 말한 알렌이란 미국사람의 문명을 받아드리지만 정신은 우리 고유의 것을 지킬 작정이야. 아펜젤러가 선교사라고 했지? 난 서양귀신을 알고 싶지도 않고 그런 사람들 도와줄 마음은 더욱 없어."

"그 사람들이 왜 조선에 들어와서 저러고 살고 있는지 모르겠어. 더러는 병에 걸려 고생도 하고 죽을 만큼 앓아가면서 무엇 때문에 우리나라에 온 것인지 아리송하다고. 우리나라를 위해서도 자네가 들어가 염탐해볼 필요가 있다는 생각이 들어. 우린 정보를 가져야 해. 그 사람들이 생활하는 속에 끼어들어 섞여 살면서 정보를 빼내기도 하고 우리가 필요한 건 배워가지고 여차하면 저들을 세차게 걷어차서 이길 수 있는 비방을 알아내야 한다고. 적을 알아야 이길 수 있단 말이지. 우리나라를 위해 크나큰 사명을 띠고 그 집에 들어간다고 생각하면 안 될까. 자네는 한문이나 언문을 자유자재로 구사하는 양반이니까 우리나라를 위해서 그 자리에 적합한 인물이야. 그 집에서 일하면서 영어도 배워 나중에 미국과의 관계도 소통하게 하고 또 자네 식구들 먹고 사는 문제도 해결하고 말일세."

중국과 일본을 자주 드나들어 세상을 보는 눈이 열려있

는 역관인 채성민의 제안에 김홍택은 강하게 반발했다. 하지만 내심 가정과 생계를 위해서 또 조국을 위한 정탐꾼으로 가도 될 것이란 생각이 들어 밤잠을 설쳤다.

4

감리교 선교사로 조선 땅을 처음 밟은 아펜젤러의 집에 점동의 아버지, 김홍택이 집사 일을 맡게 되어 집안 형편이 나아졌다. 역관 채성민의 소개로 직업을 얻은 셈이다. 땔 것과 먹을 것인 식량이 넉넉하지 못한 시절에 점동이네는 아버지가 미국선교사 집에 취직하여 주위에서 무어라 입방아를 찧든 생활은 살만했다.

정탐꾼의 사명감을 가지고 점동의 아버지, 김홍택은 양인의 생활을 세심하게 살펴보기 시작했다. 대원군의 말처럼 저들은 양의 탈을 쓰고 들어와서 우리 조선을 수탈할 목적으로 파견된 미국이란 나라의 밀정일 가능성이 많았다. 얍삽한 속임수를 잡아내야 한다는 사명감에 사로잡혀 김홍택은 저들의 속셈을 버르집으려고 아주 날카로운 시선으로 그들의 일거수일투족을 세밀하게 관찰했다. 분명 새까만 염소 짓을 할 것이란 기대감으로 점동의 아버지는 가슴이 자꾸 두근두근 했다.

매일 아침 일찍 출근하여 집 안팎을 치우고 달걀이나

싱싱한 채소를 사와야 한다. 그들이 주는 돈을 환전하면 지게로 지고 와야 할 정도로 조선 돈의 양이 많았다. 어떤 때는 당나귀를 끌고 가서 싣고 와야 할 지경이다. 미국 돈 몇 장을 가지고 가서 이렇게 많은 돈을 바꾸니 정말 놀랄 지경이다. 방안에 큰 뒤주를 놓고 거기에 돈을 보관해야만 했다.

그들의 음식이란 것이 그의 눈에 우습게 비쳤다. 푸성귀를 데쳐서 나물을 무치는 것이 아니고 거의 날것으로 먹었다. 더구나 물은 언제나 팔팔 끓여서 마셨다. 끓여야 균을 죽인다고 하는데 도대체 균이란 무엇인지 짐작할 수도 없었다. 저들의 음식은 심심하고 달착지근하며 기름지고 느끼해서 도저히 조선 사람은 먹고 살 수 없는 그런 류의 것들이었다.

남편이란 사람은 언뜻 보기에 하인과 같은 생활을 했다. 종처럼 아내가 먼저 들어갈 수 있도록 문을 열어주고 식탁가의 의자에 앉으려면 남편이 잽싸게 의자를 당겨서 아내를 앉게 하는 일도 너무 생경스러웠다. 그런 일들을 다반사로 익숙하게 일상에서 하는 짓거리라 그게 다른 사람들에게 보이기 위해서 하는 수작은 아닌 듯했다.

그러던 어느 날 아펜젤러 부인이 김홍택을 불렀다.

"그 집에 딸이 있나요?"

기대하지 않았던 엉뚱한 질문에 김홍택은 성신이 아찔했다. 우리 딸을 잡아가려는 속셈인가. 징신을 바짝 차려야 한다. 잘못하다가는 딸을 양귀들에게 앗길 수도 있는 위험에 처했다는 생각에 이르자 몸이 부들부들 떨렸다. 그를 앞에 놓고 무엇이라고 손짓 발짓을 해가면서 열심히 설명을 해주었지만 알아들을 수가 없어서 뚱한 표정을 짓고 그녀 앞을 물러나왔다. 어린 넷째 딸 배세와 셋째 점동이 눈앞에서 어른거려 두 딸을 보호해야 한다는 본능까지 발동했다.

집에 오니 앞집의 역관 채성민이 기다리고 있었다.

"자네 오늘 아펜젤러 부인이 불러서 만났었지?"

"으음, 그런데 자꾸 우리 집 딸들을 어쩌라고 하는데 그 내용을 잘 모르겠어."

"그건 말이야……."

역관, 채성민이 말끝을 맺지 못하고 어물쩍거렸다. 점동의 아버지 김홍택은 불안해서 그의 얼굴을 똑바로 볼 수 없을 정도로 떨렸다.

채성민은 역관이라 그래도 생각이 트이고 영어를 조금 알아들을 수 있는 탓도 있지만 김홍택을 소개해준 사람이라 아펜젤러 부인의 호출을 받았다.

"미스터 김의 집에 딸들이 있지요?"

"네 명의 딸이 있습니다."

"몇 살이요?"

"첫 딸은 이미 농사꾼의 아내가 되어 농촌으로 시집을 갔고 둘째는 시집갈 나이라 신랑이 정해져서 곧 시집갈 것입니다. 셋째가 이제 열 살입니다. 넷째는 지금 젖을 먹이고 있지요."

"그럼 셋째가 공부할 수 있겠군요."

"……."

"셋째를 저의 시어머니인 스크랜턴 대부인의 손에 맡겨 공부를 시킵시다."

채성민은 중국에 가서 이미 여성들이 배우기 시작하는 조짐을 보고 온 터라 이해가 갔지만 친구인 김홍택에게 어떻게 말할지 난감했다.

스크랜턴 대부인이 아들과 며느리를 따라 조선에 들어와서 여성을 교육해야 할 필요성을 깨닫고 학생을 모으고 있었다. 문제는 아무리 노력해도 여학생을 단 한 사람도 모으기 힘들었다. 이 나라의 여자들은 낮에는 나오질 않다가 해가 져서 어둑해지면 쓰개치마니 장옷이니 하는 얼굴과 윗몸을 가리는 옷을 걸치고 살금살금 돌아다녔다. 낮에는 천민출신의 여자들이 더러 다니기는 해도 남자들 지천이고 밤에는 여자들이 대문 밖으로 나와 돌아다니는 이상한 나라였다. 그것도 종각의 종이 울리면 모두 집안으로 들어 가버리는 상태라 공부를 시킬 여아를 찾는 일은 그야말로 하늘의 별을 따는 것이나 다름이 없을 지경이었다.

이 나라에 들어오기 전에 스크랜턴 대부인이 정보를 수집하여 읽은 책자의 글들이 떠올랐다. 그 중에서도 가장 머리에 인각된 말은 수많은 조선의 천주교 신자들이 죽임을 당하던 시기에 다블뢰 신부가 조선의 여자들에 대하여 기록한 글이다.

'부나비처럼 순교하는 조선의 여인들은 모성애의 순교자요, 휴머니즘의 순교자이다. 강인한 조선 여성의 기질은 히브리적인 성숙함을 지니고 있다. 로마의 병사가 신의 아들보다 강하다면 조선의 여인들은 신의 딸보다 강하다고 말할 수 있다.'

스크랜턴 대부인이 조선에 와서 알게 된 것은 남편이 죽어도 재혼을 금하고 삼종지도를 내세우고 내외법을 강하게 앞세웠다. 대부인의 눈에 비친 이 나라 여자들은 꼼짝 못하게 밧줄로 꽁꽁 묶여있는 상태였다. 그런 상황에서 그들은 무식하지만 깊은 심지와 강인한 의지로 유교적 지배논리를 받으면서 살고 있었다. 이런 불쌍한 여자들을 대문 밖으로 끌어내야 한다. 흑암에 앉아있는 저들을 밝은 곳으로 인도해야 한다. 그러자면 어린 시절부터 배울 수 있도록 교육해야겠다는 강한 마음을 스크랜턴 대부인은 누를 수가 없었다.

이런 와중에 하필이면 김홍택의 열 살 난 셋째 딸 점동이 스크랜턴의 눈에 띈 것이다. 하지만 그 일을 당한 김홍택의 가정은 딸이 마치 중국에 공녀로 뽑혀가는 듯 비참했다. 특히 김홍택의 아내는 울부짖으면서 이런 결정을 죽음으로라도 막으려고 강하게 맞섰다.

"셋째 점동이는 4명의 딸들 중에 제일 똑똑한 아이입니다. 제가 의지하는 딸을 그렇게 야박하게 떼어내서 양귀에게 준다니 이건 저더러 죽으라는 말이나 다름없습니다. 선교사의 집일을 고만두어 우리가 먹고 사는 일이 힘들더라도 점동일 팔아먹는 일을 제발 포기합시다. 어머니도 저렇게 야단인데 어쩌려고 이런 일을 하려고 그럽니까. 제발 고만 두십시다."

김홍택도 아내처럼 사실 내심 몹시 당황하고 있었다. 제일 야무지고 똑 부러진 성품을 지닌 점동을 어떻게 말도 설고 음식도 이상야릇한 양인의 집으로 보낼 수 있단 말인가. 그들의 말로는 잠도 재워주고 먹여주고 입혀주며 공부도 시켜준다고 한다. 집안에 갇혀 지내는 것보다 우선 잘 먹을 터이니 그것도 괜찮겠다는 생각이 들기도 했다. 또 세상이 급하게 바뀌고 있지 아니한가. 이런 추세를 보면 그리로 보내는 것이 총기 있고 똑똑한 점동에게 유리할 수도 있지 아니할까 하는 생각이 슬그머니 머리를 들기도 했다. 우선 한 사람 몫의 식량을 줄일 수 있다. 또 누가 알겠는가. 변화의 물결을 타고 다른 사람들보다 앞장서서 나가는 딸이 될 수도 있다. 아펜젤러 부부의 생활을 보면 술도, 담배도 하지 않고 아주 반듯하게 서로를 존중하면서 살아가고 있으니 그런 풍습에 딸을 맡기고 싶은 마음도 들었다.

점동이 열 살이니 어느 정도 판단을 할 수 있을 터이다. 점동을 불러서 물어보고 그녀의 뜻대로 하는 것이 좋은 결정일 것이다. 사실 아내에게 숨기고 있었지만 그도 날이 갈수록 점점 서양사람들의 생활에 매료되어가고 있었다. 매일 아침저녁 부부가 무릎을 맞대고 앉아 두 손을 맞잡고 웅얼대는 모습이 눈물겨울 정도로 정겹게 보였다. 부부의 사랑이 정말로 돈독해 보였다. 지금 사회의 분위기가 양놈들을 삐딱한 시선으로 보고 적군처럼 피하고 있는 추세다. 이런 저들의 생활을 터놓고 말할 수가 없었다. 이웃들로부터 양놈들을 도두보고 있다고 비난을 받을 것이 뻔했다.

똑똑한 점동은 집안의 돌아가는 형편을 어느 정도 알고 있었다. 그녀는 이미 단단히 결심하고 있었다. 사랑채에 불려나가 아버지 앞에 무릎을 꿇고 앉았다. 이제 이 집을 떠나면 돌아올 수 없을 것이다. 이따금 하루 이틀은 올 수 있지만 부모 곁을 떠나는 것은 자명한 일이다. 그렇다면 떠나기 전에 내심 꼭 물어보고 싶은 말도 있었다.

부녀는 서로 마주 보고 앉았다. 두 사람 사이에 침묵이 흘렀다. 그런 분위기를 깨고 점동이 먼저 입을 열었다.

"아버님! 제가 한 가지 꼭 알고 싶은 것이 있습니다."

"그게 뭐냐?"

아마도 양인에게 가지 않겠다는 주장을 강하게 펼 것이란 기대도 하면서 김홍택은 딸의 총기어린 반듯한 이마에 눈길을 던졌다.

"어째서 제 이름을 점동이라고 지었습니까?"

"원래 여자에겐 이름을 지어주지 않는 법이란다. 여자란 부모나 남편, 그리고 자식에게 속했기 때문이다. 순둥이란 이름은 순하다고 주위 사람들이 불러준 이름이고 딸고만이란 이름은 딸을 고만 낳으라고 지어주는 이름이기도 하다. 넌 말이다. 태어났을 적에 등에 커다란 검은 점이 있어서 그냥 점동이라고 불렀을 뿐이다. 그리고 이건 말하기 좀 쑥스럽다마는 네 다음에 태어날 아이가 남동생이길 바라서 그런 이름을 지었다. 할머니는 널 개똥이라고 짓고 사내아이 옷을 입히자고 했는데 그건 내가 반대했단다."

"점동이란 이름은 동생으로 아들을 낳기 위해 그렇게 지었단 말이지요. 알았어요."

"그럼 넌 이 집을 떠나겠단 말이냐?"

"전 양인의 집으로 가겠습니다. 가서 진짜 저 자신을 나타내는 이름을 얻어 가지고 새롭게 살아갈 것입니다."

내심 김홍택은 열 살의 딸아이가 어린 나이지만 야무지게 대처하는 태도가 대견스러웠다. 큰 딸을 시집보낼 적처럼 전신에 닭살이 으스스하니 깔렸다.

이런 아비의 마음을 짐작했는지 점동은 또박또박 강하게 말했다.

"제가 여자로 태어났지만 남자들처럼 출세할 것입니

다."

"일생 남자 뒤에 숨어 살아야 할 여자가 출세란 말을 하느냐. 여자란 순종의 미덕을 지녀야 하느니라."

"전 그것을 벗어나 살 것입니다. 죽어도 제가 원하는 길을 갈 거예요. 저들 양인들에게서 많은 것을 배울 것입니다."

굳은 결심을 내보이며 점동은 입술을 잘근잘근 씹었다. 점동이 아버지의 요구를 매몰차게 거절할 것을 기대하면서 사랑방문 밖에서 저들이 나누는 대화를 엿듣고 있던 수원댁이 꺼이꺼이 목을 놓아 울어댔다. 마침 할머니는 외출 중이라 참으로 다행이었다.

점동이 사분사분한 성격이 아닌 걸 알고 있었지만 다부진 딸의 결단에 김홍택은 화가 난 표정을 애써 가무렸다. 순간 아비 된 자로서 섭섭함과 안도감이 갈마들었다.

5

점동은 몇 가지 옷을 보따리에 싸서 가슴에 안고 떠나는 집을 여러 번 뒤돌아보았다. 어머니는 마루 위에 두 다리를 뻗고 앉아 마치 코끝에 호흡이 떠나 죽어버린 딸의 시신을 담은 관이 나가는 듯 통곡했다. 옹기종기 모여든 이웃들은 이런 결정을 내린 가장의 머리가 이상해졌으니 강제로 말려야 한다고 몰려나와 야단이다. 더러는 시골에 내려간 할머니가 어서 와서 아들 종아리를 회초리로 때려야 한다는 등 와글대면서 딸을 데리고 나가는 아버지의 등에 대고 종주먹을 들이댔다.

"화냥년이 되려고 저렇게 당당하게 나가는 것이냐? 점동아! 그래도 우리는 네가 아들이 아닌 딸로 태어났지만 오줌똥 싸는 널 버리지 않고 진자리 마른자리 다 가리면서 길렀는데 이렇게 매정하게 우리 곁을 떠난단 말이냐. 좋은 집에 시집을 가도 서러운 법인데 시량이 부족하다고 양귀들에게 주어버리다니…… 아이쿠! 이런 일이 어떻게 우리 집에서 일어날 수 있단 말이냐. 아들을 점지해주지 않더니 이젠 내가 제일 아끼는 딸자식마저 양귀들에게 팔아가면서 사느니 차라리 죽어버리고 싶다. 너 대신 내가 죽고 싶다."

골목을 빠져나오는 내내 어머니의 푸념과 울음소리가 메아리치며 점동의 귀에 따라붙는다. 마지막이 될지 모르는 대문을 보려고 뒤돌아보니 역관의 아들인 필봉이 눈물 어린 눈가를 만지면서 점동을 향해 손을 흔들었다. 그의 전신에 흐르는 기운이 점동이 양귀의 집에 가는 걸 용인하고 기뻐한다는 마음이 고여 있어 큰 힘이 되었다.

11월에 접어들면서 일찍 서리가 내려서인지 햇살도 차가웠다. 아버지는 그래도 무엇인가 마음에 걸리는지 자꾸 그녀의 기분을 살폈다. 하긴 딸이란 번나가지 잃도록 잘 길러 끼고 있다가 좋은 사위삼을 골라 짝을 맺어주면 ㄱ

게 딸자식을 둔 아비의 의무인데 이렇게 시량이라도 줄인다고 양인 집에 데리고 가는 것이 조금은 창피하고 께름칙했다. 그간 아펜젤러 집에서 일한 경험으로는 점동을 저들의 요구대로 이렇게 보내는 것이 딸의 생애에 엄청난 변화를 가져올 것이란 마음이 들었다. 이건 그들에게 말로는 표현 못하는 확신으로 다가왔다.

양반들이 모여 살고 있던 야트막한 정동 언덕배기에 대감댁보다 더 큰 기와집이 앞을 우뚝 막아섰다. 서대문 성벽의 안쪽인 이 터엔 얼마 전에만 해도 이십 여 채의 한옥들이 옹기종기 모여 있었다. 좁은 골목은 약간 가파른 언덕이건만 하숫물이 내려가는 시궁창 물로 인해 쾨쾨한 냄새가 고여 있었다. 자세히 주위를 살펴보니 그런 시궁창은 사라지고 하수구를 만들어 덮어서 아주 산뜻하고 정갈했다. 그들의 눈에 들어온 대궐 같이 큰 집이 언덕 위에 위엄 있게 서 있었다. 여기가 딸, 점동이 살 집이다. 돌을 쌓아올린 비스듬한 언덕 중턱엔 잔디를 입히고 계단이 이어졌다. 학당으로 들어가는 대문은 대감댁에서나 볼 수 있는 솟을대문이 우뚝 서 있어 김홍택은 어쩔하여 잠시 멍멍하니 서버렸다. 더욱 그를 놀라게 한 것은 대문 앞에 궁이나 왕릉, 서원이나 향교 입구에 세우는 하마비(下馬碑)까지 있었다. 그는 잠시 숨을 고르며 비문을 읽었다. 대소인원계하마(大小人員皆下馬)란 비문이 딸을 영원히 보지 못할 구중궁궐의 궁녀로 보내는 것 같은 묘한 기분이

들게 했다. 대감댁보다 더 커 보이는 한옥에 서려있는 엄숙한 위풍이 김홍택의 뒷덜미를 찍어 눌렀다.

디근자 형의 집은 너무 커서 눈을 좌우로 굴리면서 양옆을 봐야 했다. 일반 사람들의 집은 백 칸을 넘지 못하게 법이 정하고 있다. 그런데 이 집은 이백 칸이 족히 넘어 마치 왕이 거하는 궁궐처럼 보였다. 평대문만 드나들던 김홍택이 그렇게 느낄 만도 했다.

대청마루 위에 머리가 약간 곱슬곱슬하고 눈이 파란 서양여인이 서 있었다. 부녀를 보며 웃고 있지만 차가운 인상이었다. 코가 날카롭고 얼굴색이 백분을 뒤집어 쓴 것처럼 희어서 이질감이 확 풍겼다. 딸을 그녀에게 맡기고 김홍택은 돌아섰다. 점동이 아버지의 옷자락을 잡으며 울어댈 것 같아 마음이 두근거렸으나 조용했다.

스크랜턴 대부인은 점동의 손을 잡아 방으로 안내했다. 11월이지만 방안에는 점동이 생전 처음 보는 간장독만한 크기의 무쇠난로 안에서 마른 장작이 활활 타고 있었다. 나무가 타면서 뿜어내는 은은한 나무 특유의 냄새와 향긋한 꽃향기가 방안에 뭉근하게 고여 있었다. 무쇠난로 위에 얹어놓은 주전자에서 끓고 있는 물에 감초라도 넣었는지 달짝지근한 냄새도 풍겼다.

스크랜턴 대부인이 알아들을 수 없는 영어로 다정하게 말하려고 애를 쓴다.

"Sit down, here."

피차 말이 통하지 않으니 대부인이 몸으로 말하면서 점동에게 앉으라고 했다. 얼어붙은 얼굴로 점동은 그녀가 시키는 대로 의자 가장자리에 걸쳐 앉았다. 대부인의 눈에 점동은 앞서 들어온 세 명의 여아들보다 건강하고 이마 위에 번뜩이는 총명함이 알밤처럼 단단해 보였다. 점동은 이화학당이 문을 연 지 6개월 만에 네 번째 학생이 된 셈이다. 스크랜턴 대부인은 할머니의 나이로 보였는데 점동을 바라보는 눈에는 귀신의 으스스함은 없어 보였다. 할머니처럼 까탈을 부릴 성품을 지닌 분도 아닌 것처럼 느껴졌다. 그래도 겁이 나서 방안을 살폈다. 아버지는 벌써 딸을 두고 가버렸으니 방안엔 의지할 사람이 아무도 없었다.

어머니가 이따금 부뚜막에 앉아 한숨을 쉬면서 내뱉던 말이 문득 떠올랐다.

"생구(生口)로 사느니 죽고 싶다."

어린 나이에도 이 단어가 너무 생소해서 그 말을 잡고 늘어졌다.

"어머니 생구가 뭐야?"

"짐승도 아니요, 그렇다고 사람도 아닌 사람과 짐승의 중간쯤에 사는 인생들을 두고 하는 말이다. 나는 천한 여자로 태어나 생구가 된 것이니 참으로 슬프다. 내가 죽은 다음에 다시 태어난다면 반드시 남자로 태어날 것이다. 여자로 태어난 너도 어쩔 수 없이 이런 생구의 삶을 살겠지만 죽은 뒤에는 반드시 남자로 태어나야 한다. 그것도 지체 높은 양반가문에 아들로 태어나서 호강하기 바란다. 여자란 그런 날을 기다리면서 참고 살아야 하느니라."

"그렇게 남자가 좋은 것인가? 나는 여자의 자리에서 남자보다 더 멋지게 살고 싶은데."

"여자로 태어나면 수난 없이 여자일 수 없다. 지금 네가 하는 말은 단단한 옹이가 박힌 소나무처럼 휘어도 살아보겠다는 말로 들리는구나."

집을 떠나오기 며칠 전에 어머니와 나눈 이런 대화가 하필이면 이 순간에 살아났다. '수난 없이 여자일 수 없다고' 새삼 그 말의 무게가 점동을 찍어 눌렀다. 수난이란 말이 어려웠으나 엄마처럼 힘들게 사는 것을 뜻한다고 막연히 이해했다. 뜨겁게 닳아 오른 난로의 열기로 인해 뺨이 발그레해졌지만 점동은 얼어붙은 눈으로 양부인의 날카로운 콧날을 멍청히 응시했다. 저렇게 다정하게 웃어주다가 어느 순간 그녀를 번쩍 들어 저 활활 타고 있는 난로 속에 집어넣어 죽이는 것이 아닐까. 이런 생각이 번개처럼 머리를 스치자 점동은 몸을 도사리고 여차하면 도망칠 자세로 들어온 문 쪽을 흘끔거렸다.

얼음처럼 굳어서 옹크리고는 난로의 열기로 얼굴이 빨개진 점동을 빙긋 웃으면서 바라보던 스크랜턴 대부인은 예쁜 상자를 열더니 보름달처럼 동그란 과자를 하나 점동의 손에 쥐어주었다. 어쩔 줄 모르고 멍청히 앉아 있었더니 먹으라고 알아들을 수 없는 말을 하며 손짓을 했다.

"Cookie. Sweet. It's delicious."

약과를 눌려 바짝 말린 것도 아니다. 처음 보는 과자는 어찌나 달고 맛이 있는지 입안에서 살살 녹았다. 과자 탓일까. 마음이 가라앉으면서 대부인의 인자한 마음이 다가왔다. 두꺼운 종이 한 장을 주었다. 노란 꽃이 활짝 핀 예쁜 그림을 담고 있는 카드였다. 그녀가 가지고 놀던 풀각시나 공기돌에 비해 눈을 즐겁게 하고 평안과 따스함이 가득 고인 고운 색깔의 그림이다.

점동이 들어간 그날부터 양부인은 종이, 연필, 공책을 무상으로 주었고 먹이고 입히고 병나면 치료해주고 글을 가르쳤다. 이곳 생활은 점동이 여직 한 번도 겪어보지 못한 새로운 세상이었다. 먹는 것도 풍족하고 생활자체가 깨끗하고 엄격하지만 이런 엄하고 규칙적인 생활이 점동에게는 아주 마음에 딱 들었다.

사실 그간 스크랜턴 대부인은 가르칠 여학생들을 모으느라 무척 고생하고 있었다. 점동이 들어오기 전에 모아놓은 세 명은 다음과 같은 연유로 학당에 들어왔다.

스크랜턴 의사의 어머니인 스크랜턴 대부인은 정동 언덕배기에 위치한 여러 채의 한옥을 사서 헐고 학교로 쓸 큰 기와집을 지었다. 이 건물에 여아들을 모았으나 아무도 그녀의 뜻을 헤아리려고 하지도 않고 뒷걸음질만 쳤다. 거리로 나가 여인들이 있는 곳에 다가가면 모두가 한결같이 재빠르게 문을 닫고 안으로 몸을 감추고 사라져버렸다. 아이들은 날카로운 비명을 지르면서 달아나버렸다. 10개월 공사 끝에 교실과 교사들이 쓸 사무실을 만들고 기숙사와 식당이 딸린 부엌까지 지어놓았으나 가르칠 학생이 없었다. 맥을 놓고 기다릴 수 없어 길로 나왔으나 단 한 명도 교실로 끌고 올 수조차 없었다.

드디어 첫 번째 학생이 들어왔다. 도포를 입고 한눈에도 높은 지체임을 들어낸 남편의 손에 끌려왔다. 대감댁의 첩으로 머리장식도 화려하고 장옷에 놓인 수도 예사롭지 않았다. 입고 온 치마저고리도 팔천(八賤)에 속하는 천민들이 입는 그런 옷감이 아니라 중국이나 일본에서 수입해온 부드럽고 황홀한 색깔의 고급 비단이었다.

"왜 여기서 공부를 하려고 합니까?"

통역을 내세워 스크랜턴 대부인이 묻자 여자는 애교가 뚝뚝 묻어나는 음성으로 대답했다.

"남편을 출세시키려고요."

"남편을 출세시킨다니 무슨 뜻이지요?"

"제가 영어를 잘하면 궁궐에 들어가 왕비를 만날 수 있고 역관처럼 통역을 하면서 제 남편의 벼슬자리를 확고히 할 수 있을 겁니다. 제가 남편을 더 높은 자리로 옮겨 앉힐 수 있는 징검다리가 될 수 있겠지요. 그래야 첩의 사리에서 본부인의 구박도 덜 받을 섯이고요."

그런 학생 한 사람을 놓고 가르치면서 스크랜턴 대부인은 낙망하지 않고 최선을 다해 학생들을 모으려고 고심했다. 성경, 한글, 산수, 한문 등을 가르치면서 틈틈이 영어도 가르쳤다. 하지만 그녀의 몸에서는 배우려는 자세보다 남자를 불러들이는 야릇한 기운과 짙은 분 냄새가 풀풀 났다. 발정 난 암컷 냄새가 물컥 풍기는 이 여인의 얼굴과 옷모양새는 도저히 공부할 자세가 아니었다. 이 여인을 어떻게 할지 몰라 당황하고 있는 사이에 어느덧 3개월이 흘렀다. 그녀도 어려운 영어에 흥미를 못 느끼고 진이 빠져 나중에 아프다는 핑계를 대면서 오지를 않았다. 올적마다 사인교를 타고 으름장을 놓는 모습이 마음에 걸렸던 스크랜턴 대부인은 안도의 숨을 내쉬었다.

두 번째 들어온 여자아이는 스크랜턴 대부인이 얻은 진짜 학생이었다. 꽃님이라고 부르는 여자아이는 나이 열 살인데 너무 굶어 먹는데 걸신이 들린 아이다. 굶어 죽이느니 양인에게 맡겨 밥이라도 실컷 먹여보자고 어머니가 손수 데려다 놓은 여아였다. 이렇게 들어온 학생이니 공부에는 관심이 없고 지속적인 말썽만 부렸다. 거짓말을 술술 하고 마음에 드는 것이 있으면 독수리처럼 낚아채 훔치는 버릇을 고칠 수도 없어 모두 곤혹스러워했다. 정말로 대책 없는 말썽꾸러기였다. 아이를 돌보는 김씨 부인이나 어학선생은 모두 이런 문제아를 어서 내보내자고 간청할 정도였다.

문제아 꽃님이 어머니가 하루는 통곡하면서 들어와서 마구 소동을 피웠다. 이유를 모르는 스크랜턴 대부인은 눈물을 닦으라고 손수건을 내주면서 다정하게 대했다.

　"우리 꽃님을 데리고 가야겠습니다. 동네사람들이 저를 때려죽이려고 해요. 딸을 양귀에게 팔아먹은 매정한 모정을 지닌 나쁜 여자라고 야단이라 저들 틈에 끼어 살 수가 없어요."

　"우리가 잘 먹이고 입히고 공부시키고 병이 나면 고쳐주고 하는데 어째서 딸을 팔았다는 말이 나오나요?"

　스크랜턴 대부인은 너무 놀라고 화도 나서 말을 잇지 못했다.

　"딸이란 부모 그늘 밑에 푹 묻혀 있다가 시집을 가는 것이지 남의 집에 종으로 보내는 것이 아니라고 해요. 더구나 양귀의 집에 준다는 것은 뙤뙤거리는 청국 놈에게 딸을 돈을 받고 판 것과 다름없다고 어찌나 야단인지 저들의 입방아에 살아갈 수가 없습니다."

　"공부가 끝나면 돌려보낼 터이니 그렇게 아셔요."

　스크랜턴 대부인은 쌀쌀하게 대꾸했다. 그러자 꽃님이 어머니는 눈물을 뺨 위로 철철 흘리면서 엉뚱한 말을 했다.

　"사람들 말로는 우리 꽃님을 미국으로 데려가서 공녀나 창녀로 팔아버릴 것이라고 하는데 저는 혼자 된 여자라 제 딸을 그렇게 멀리 보내지 못합니다. 피붙이가 없는 저는 딸을 보고 살아야 해요. 제발 제 딸을 돌려주세요."

"그럼 어떡할까요?"

김씨 부인과 어학선생은 어서 이 말썽꾸러기를 넘겨주지 왜 이렇게 질질 붙잡고 있는지 모르겠다는 얼굴이었다.

"그럼 서약서를 쓰지요."

"무슨 서약서지요?"

꽃님이 어머니가 울음을 멈추고 진지한 얼굴로 임한다.

그러자 스크랜턴 대부인은 하얀 종이 위에 꽃님을 절대로 외국에 데리고 나가지 않겠다는 서약서를 쓰고 앞으로 수년간 시집갈 때까지 먹이고 입히고 가르친다는 내용을 글로 써서 꽃님 어머니를 주고 달랬다. 사람들이 욕설을 퍼부으면 이 서약서를 내보이면서 무마하라는 말도 잊지 않았다.

미국의 친지들과 선교부에 연락해서 모아드린 돈으로 이 나라의 여성교육을 위한 건물을 훌륭하게 지어놓았는데 가르칠 학생이 없다. 이런 스크랜턴 대부인의 고충을 잘 아는 아들 닥터 스크랜턴은 마음고생을 하는 어머니를 무척 안쓰러워했다. 그러던 어느 날 닥터 스크랜턴은 돈의문 밖을 나가 성벽을 따라 산책을 하고 있었다. 때는 오월로 접어들어서 사방에 진달래가 곱게 피어나고 노란 민들레꽃이 사람들 발밑 돌 자갈 사이에서 얼굴을 내밀었다.

날씨가 풀리자 콜레라가 돌면서 서울에서만 만 명이란 사람이 죽어나가서 성안은 곡성으로 아주 흉흉한 분위기였다. 괴질은 무서운 속도로 도심지를 강타하고 변두리로 퍼져나갔다.

이런 흉흉한 도시의 공기가 숨이 막히도록 답답해서 닥터 스크랜턴은 성벽을 따라 산책하며 깊은 사색에 빠져들었다. 산책로에서 멀지 않는 곳, 푸나무 서리에 가마니를 덮고 누워 구걸하는 여인의 핏기 없는 가냘픈 손이 눈에 들어왔다. 바로 그녀 곁에 뼈만 앙상한 죽어가는 여아가 나란히 가마니를 덮고 있었다. 괴질에 걸린 모녀를 성 밖에 내다버린 모양이다. 아마도 남편이 아내와 딸을 이렇게 버린 것이 확실했다.

닥터 스크랜턴이 다가가서 자신이 세워 경영하고 있는 시병원으로 가자고 했으나 모녀는 무서워 벌벌 떨면서 가마니로 얼굴을 가리고 쳐다보는 것조차 두려워했다. 어쩔 수 없이 집으로 돌아온 스크랜턴 박사는 의사로서 의무감이 가슴에서 용솟음쳤다. 해가 저물면 오월이지만 추워질 터이고 맨땅 위에 병든 몸을 눕히고 있을 모녀가 불쌍해 잠을 이룰 수가 없었다. 1886년 이른 봄부터 콜레라가 전국을 휩쓸었다. 병들면 무조건 사람들은 사대문이나 사소문 밖에 내다버렸다. 죽은 사람과 죽어가는 사람들이 뒤엉켜 고통스럽게 마지막 순간을 맞으면서 신음했다. 그대로 방치하면 이 모녀가 내일 아침이면 죽어버릴 터인데 그냥 둔다는 것은 이곳까지 사랑을 베푼다고 온 선교사요, 의사로서 사명을 다 하지 못하는 것이란 자괴감으로 잠을 이루지 못하고 시달리다가 벌떡 일어났다.

닥터 스크랜턴은 어둑한 밤길을 더듬어서 돈의문 밖의 모녀를 찾아갔다. 똑같은 자리에서 가마니를 뒤집어쓰고 모녀는 쌀쌀한 봄날의 밤 추위로 벌벌 떨고 있었다. 데리고 간 하인들과 저들을 옮겨줄 일꾼들이 아무리 설득해도 따라나서지 않았다. 그러자 하인들이 닥터 스크랜턴이 병든 사람들을 얼마나 많이 사랑하면서 돌보고 있는지 누구이 설명하자 마지못해 응했다. 그렇게 해서 모녀를 시병원으로 데려올 수 있었다. 모두가 이 여인과 딸이 곧 죽을 것이라고 생각했다. 닥터 스크랜턴은 저들에게 단지 평안한 죽음을 맞게 해주고 싶었다. 산속에 사는 동물처럼 푸나무 서리에서 죽어나자빠지는 짐승의 모양세가 아니라 인간답게 집안에서 죽음을 맞도록 도와주려는 마음뿐이었다.

그런데 놀라운 일이 일어났다. 어머니도 여아도 일주일이 지나자 시들부들 말랐던 식물이 비를 맞고 소생하듯 푸시시 머리를 들고 살아나는 것이 아닌가. 나이보다 몸집이 작은 일곱살짜리 갓난이는 그래서 스크랜턴 대부인이 세운 학당의 세 번째 학생이 되었다.

이미 꽃님이 사건이 있는 터라 갓난이를 맡을 때 스크랜턴 대부인은 갓난이 어머니에게 7년간만 이 아이를 맡기면 스스로 살아갈 수 있을 때 내보내겠다고 다짐을 했다. 데리고 나가봐야 살길이 막막했던 갓난이 어머니는 순순히 허락을 하고 딸을 남겨두고 혼자 떠났다. 그녀는 두어 달 나가 살다가 굶어죽을 지경이고 딸이 보고 싶어 미칠 것만 같았다. 학당엘 찾아온 갓난이 어머니는 딸과 함께 있겠다고 억지를 부렸다. 어쩔 수 없이 스크랜턴 대부인의 집에서 부엌 잔일을 맡아 하게 되었다. 어찌나 바지런하게 일을 잘하는지 나중에는 선교부의 빨래나 허드렛일도 맡아 하게 되었다. 그 뿐인가! 세례까지 받고 파티란 이름을 얻기도 했다. 바로 곁에 어머니가 있다고 갓난이가 얼마나 좋아하는지!

그러던 어느 날 갓난이 어머니가 얼굴이 하얗게 질려서 스크랜턴 대부인 앞으로 달려왔다.

"무슨 일이요?"

"제 남편이 저와 딸을 데려가겠다고 왔습니다."

"그래서 무엇이라고 했소? 병든 아내와 딸을 성문 밖, 산에다 내다버린 남자라면 그 사람에게 돌아가도 행복하지 않을 것이요."

"해서 저도 가지 않겠다고 앙탈을 부렸는데 그럼 자기도 여기에 들어와 우리와 함께 살겠다고 저러니 어쩌지요."

일이 난처하게 되었다. 그러나 스크랜턴 대부인은 간신히 얻은 학당의 학생인 갓난이를 내보낼 마음이 없었다. 더구나 갓난이는 대부인 옆에서 한창 예쁘게 살이 토실토실 찌고 귀여운 소녀로 변신하고 있었다. 또한 음전하고 차분해서 그녀의 마음에 쏙 드는 학생이었다. 어쩔 수 없이 갓난이 아버지도 받아느려 스크랜딘 대부인의 집과 아들이 운영하는 시병원 일을 맡아 보게 했는데 아주 성실하고 충성스러워서 대부인의 마음에 만족스러운 사람이 되었다.

이렇게 꽃님이와 갓난이 두 사람이 학생이 되어 그 넓은 집에서 먹고 자고 살고 있는 곳에 점동이 들어온 것이다.

점동이 떠난 뒤 집에서는 할머니가 밤새도록 울어대는 통에 점동의 어머니 수원댁도 잠을 이룰 수가 없었다.

"비록 딸로 태어났지만 어떻게 양귀에게 딸을 팔아먹어. 넌 딸을 넷이나 낳은 주제에 그것도 모자라 양귀에게 딸을 넘겨주다니 참으로 한심하다. 집에 보내지도 않고 거기서 자고 먹고 하니 이건 아예 그 집에 양딸로 준 것이지 뭐냐. 양딸이면 그래도 좋다. 따지고 보면 속셈은 종으로 부려먹다가 키워서 기생이나 첩으로 팔아 돈을 벌려고 먼 나라로 데려갈 것이 뻔하다."

굶어죽게 된 집안에서 딸을 잘 사는 집에 양식을 조금 받고 주어버리면 먹이기만 하고 종처럼 부려먹었다. 이런 주위의 사정을 잘 아는 시어머니가 매일 밤 달달 볶아서 점동의 어머니, 수원댁도 가만히 있을 수가 없었다. 어쩔 수 없이 저녁에 귀가한 남편을 붙들고 울어가면서 매달렸다.

"점동이를 다시 데려옵시다. 앞집 역관의 아들 필봉이 우리 집에 비해 신분이 조금 비천하다고 반대했지만 우리가 허락하면 앞집 중인인 역관 집에 점동이를 며느리로 줄 수도 있어요. 4년만 더 기르면 돼요. 그렇게 합시다. 풀죽을 먹더라도 함께 살면서 시집을 우리 손으로 보냅시다. 어머님 없는 사이에 점동이가 양귀에게 가버린 걸 두고두고 나를 잡아먹을 듯이 저 야단이니 제가 힘들어 죽을 지경입니다."

아내의 말에 김홍택은 깊은 한숨을 내쉬었다.

6

네 살에 어머니를 잃은 음전이도 학당에 들어오고 학생 수는 점점 늘어났다. 왕실에서 직접 이화란 이름을 지어 주었고 명필이 쓴 글씨를 나무에 새겨 교문에 내걸었다. 이화(梨花)는 배꽃이란 뜻으로 왕족을 상징하는 오얏꽃을 대신하여 왕실문양으로 사용하고 있었다. 조선시대엔 나라로부터 인정받고 사람들로부터 존경을 받으려면 왕이 직접 이름을 지어 내려보내는 작명하사(作名下賜)를 현판에 새겨 넣은 사액현판(賜額懸板)이 유일한 길이었다. 이것이 사람들이 함부로 할 수 없는 권위와 명예의 상징이었다. 이화학당이라 쓴 현판을 내건 뒤에 스크랜턴 대부인이 세운 이화학당은 기숙사생활하면서 거하는 학생 수가 18명으로 늘어났다. 45명을 수용할 수 있는 크기로 지었으니 아직도 학당 안은 널찍했나. 이화학당은 할 일 없는 첩들의 소일터로 인식될 만큼 일찍 남편을 여읜 과부들이나 첩들이 저들의 불행을 달래기 위해 모여들었다. 사람들은 이화학당을 첩 학당이라 놀려댈 만큼 이런 유의 여자들이 들락거렸다.

점동은 매일 새벽 눈을 뜨면 집에 다시 돌아가서 어머니와 같은 인생을 살지 않기로 단단히 마음을 다졌다. 아들을 낳아야 하는 여자로 일생을 살아야 하는 삶은 차라리 죽는 편이 낫다는 생각이 들었다. 자신의 길을 가기 위해서는 이곳에서 진행되는 모든 걸 잘 배워야 한다. 물이 마른 땅에 스며들 듯 쏙쏙 다 마셔야 한다. 그러자면 다른 아이들보다 열 배 백 배 노력을 해야 할 것이다.

그녀가 가야 할 길이 무엇인지 확실하게 잡혀오지는 않지만 열심히 최선을 다하기로 했다. 제일 중요한 것은 영어를 저들처럼 유창하게 잘해야 한다는 마음이 들었다. 달걀을 보이면서 '에그'라고 발음하면 점동은 한글로 선교사가 발음하는 것을 적어 호주머니에 넣고 다녔다. 그 단어를 하루 종일 수십 번도 넘게 반복하여 양인들의 발음과 똑같이 흉내 내면서 옹알거렸다. 머리에는 온통 영어를 배워 그들처럼 유창하게 말해야겠다는 집념뿐이었다. 선생으로 들어오는 선교사들은 조선말을 모르는 고로 물건을 말할 때는 실제로 사물을 들어올려 학생들 앞에 보여주는 실물교육을 했다. 가져올 수 없는 물건은 종이에 그림을 크게 그려서 학생들 앞에 제시했다. 동사는 몸짓으로 보여주면서 수업을 진행했다. '먹다'라는 동사는 몸으로 직접 먹는 시늉을 해서 전달했다. 버디 랭귀지(body language) 수업방식은 빠르게 점동이 영어를 배울 수 있는 길이 되었다.

집안에 갇혀 풀각시놀이나 하고 공기놀이, 아니면 반짇고리나 껴안고 그 안에 들어있는 바늘과 실, 바늘꽂이랑 골무 그리고 헝겊을 가지고 노는 것보다 여긴 얼마나 도전적이고 활동적이란 말인가! 지금 집에 있었다면 6년 터울을 두고 태어난 갓난아기, 막내 여동생 배세를 등에 업고 다녀야 한다. 집안일도 하고 어머니를 도와야 하는데 그건 언제나 반복되는 진력나는 일이다. 할머니의 구차한 잔소리를 듣지 않는 것만도 살 것 같았다. 날마다 배우는 것들이 새록새록 그녀의 시야를 넓혀주었다. 새로운 것을 배울 적마다 머리의 가리마를 뚫고 하늘로 치솟는 희열이 전신을 관통하는 기분이 들 정도였다. 잘 적에도 선생님이 말하는 영어 문장을 통째로 흉내 내어 수없이 중얼거렸다. 그들처럼 발음하여 양인들과 똑같이 하려고 노력에 노력을 거듭했다. 수업시간 영어를 섞어가면서 서툰 조선말을 하는 가르침이 그녀는 너무 좋았다. 한 마디도 빠짐없이 그녀의 머릿속에 마치 가물에 쩍쩍 갈라진 논바닥에 내리는 단비처럼 흡수되었다.

찬송을 부를 적에 오르겐 소리는 마치 천상에서 내려오는 선녀들의 아름다운 소리로 들려 짐동은 곧갈 황홀경에 빠져들었다. 세상에 저토록 아름다운 소리가 있었던가! 그간 그녀가 이 세상에 태어나서 들은 음들 중에 단연 빼어난 소리였다. 새소리, 바람소리, 시냇물소리와 질적으로 전혀 달랐다. 이따금 듣는 방아타령이나 농악, 청승맞은 한을 품은 판소리의 춘향가나 심청가, 귀청을 찢을 듯 요란한 꽹과리와 징, 장구, 북소리 등의 타악기를 사용한 사물놀이가 절대로 낼 수 없는 섬세하고 은은한 음이었다. 세상에서 제일 아름다운 음을 내는 오르간을 어떻게 해서든지 배우고 싶었다. 양인이 아닌 조선 사람인 점동이 스스로 직접 반주해서 예배가 진행될 수 있도록 하겠다는 결심을 하면서 입술을 자근자근 깨물었다.

점동은 자신보다 몇 달 늦게 들어온 일본 소녀, 오와가와 함께 방을 쓰고 있었다. 장마철로 접어들면서 강풍을 동반한 엄청난 폭우가 쏟아지기 시작했다. 눈앞으로 번갯불이 머릿속까지 파고들만큼 강렬했다. 연이어 마치 이화학당을 집어삼킬 듯 엄청난 천둥소리가 사위를 휩쓸고 지나갔다. 번쩍하는 빛이 스치면서 사방이 또렷하게 보이다가 사라지곤 했다. 두 소녀는 서로 와락 부둥켜안았다. 연이어 우르릉 꽝꽝! 천둥이 하늘을 잡아 흔들더니 이번에는 방안의 물건이 들척일 정도로 휘둘렸다. 누가 먼저라고 할 것도 없이 두 사람은 서로 무릎을 맞대고 꿇어앉아 두 손을 맞잡고 기도하기 시작했다. 그날 아침 스크랜턴 대부인이 성경을 가르칠 적에 노아의 홍수를 재미있게 환등기를 통해 벽에 비추면서 보여주었다. 지금 아마도 그 시절이 여기 한성의 한 모퉁이 이화학당 기숙사에 온 것이 틀림없었다. 노아의 홍수가 여기 조선 땅에 임한 것이란 확신이 들었다. 몇 초 간격으로 다시 번개가 치고 천둥이 울리고 빛이 번쩍거리더니 폭우가 강한 바람을 동반하고 불어쳤다. 여직 이렇게 무서운 폭풍우는 처음이었다. 모든 것을 날려버리고 집어삼킬 것 같은 기세였다. 어쩌다 몇 년 만에 한번 몰아치는 위험한 태풍이 분명했다

점동이 앞으로 푹 꼬꾸라져서 두 손을 맞잡고 고함치기 시작했다. 이런 점동을 일본 소녀 오와가는 공포에 질린 눈길로 바라보다가 함께 소리 높여 울면서 기도하기 시작했다. 오와가는 네 살에 어머니를 여위고 아버지를 따라 이집 저집 돌면서 자라서 스스로 불행하고 불쌍한 아이라고 늘 훌쩍거렸다. 점동이도 고추를 달고 나오지 못해 어머니를 고생시킨 죄가 크다고 늘 아파했다. 그런 비슷한 상처로 인해 멍들어 있던 두 소녀는 속에 고인 모든 서러움이 폭발해서 함께 격렬하게 울어댔다. 점동이는 조선말로 오와가는 일본말로 모든 것들을 내놓고 통성으로 기도하다 통곡했다.

둘 중에서 점동의 울부짖는 기도소리가 압도적이었다.

"노아의 홍수처럼 우리를 다 물에 빠트려 숙이려고 그러시지요. 우리가 너무 죄를 낳이 시있습니다. 스그랜던

대부인이 하라고 하는 대로 다 하지 않고 속이기도 했지요. 어제는 별단이를 미워해서 싸우기도 했습니다. 잘못했어요. 불쌍한 음전이를 이제부터 진심으로 더 사랑하겠습니다. 다시는 싸우지 않고 대부인이 가르쳐준 대로 하겠습니다. 제가 그간 제 할머니를 너무 미워했습니다. 이제부터는 사랑할게요. 용서해주세요. 아버지랑 어머니도 이전보다 더 사랑하겠습니다. 함께 방을 쓰는 오와가를 이따금 미워한 것도 용서해주세요. 이제부터 엄청 사랑할게요. 엉엉……."

오와가는 자신을 더 사랑하겠다고 울어대는 점동이의 말에 가슴이 뭉클해서 와락 그녀를 껴안고 함께 울어댔다. 여전히 천둥번개는 그치지 않고 사위를 잡아 흔들었다. 이런 폭풍우는 태어나서 처음이었다. 이대로 계속되다가는 이화학당의 기와지붕이 몽땅 날아가버릴 기세였다. 다른 방의 소녀들도 무서움에 질려 있다가 점동의 방 울음소리를 듣고 모두 그리로 달려왔다. 점동이와 오와가를 가운데 두고 강강술래 하듯 한 덩이가 되어서 서로를 부둥켜안았다. 천둥번개가 치자 연이어 번쩍번쩍 빛이 방안을 스치고 지나가면서 집이 흔들린다. 역사시간에 배운 이탈리아 남부에 위치한 폼페이의 베스비어스 화산이 터지는 지진이라도 난 듯했다. 격렬한 물결에 휩쓸린 듯 아니면 무르익은 벼이삭이 광풍에 쓰러지듯 어린 여학생들은 일제히 한 방향으로 쓰러졌다. 모두가 방바닥에 쓰러져서 울부짖었다.

이상한 일이었다. 점동의 안에 똬리를 튼 열등의식이 한꺼번에 빠져나가버린 것 같았다. 검측한 웅숭그림과 응어리로 갈아 앉아있던 시커먼 걸 토해낸 통곡 끝에 몸이 가뿐했다. 주술적인 날개짓이라고 할 것처럼 전신에서 힘이 솟구쳤다. 그러자 거짓말처럼 복대기치던 머릿속이 편안해졌다. 점동을 덮칠 듯이 찾아온 평안과 충만함이란 도대체 무엇이란 말인가! 몸이 인삼녹용을 넣은 보약이라도 먹은 듯 사뭇 힘이 났다. 등과 머리가 설명할 수 없을 정도로 시원하고 가뿐했다. 자신감이 넘쳤다. 온 세상이 그녀의 가슴에 안겨왔다. 그건 분명 여태 경험해보지 못한 새로운 힘이었다. 지금까지 육체적인 힘으로 자신을 가누었는데 그런 인간적인 힘이 아니다. 신비스러운 엄청난 힘이 그녀의 전신을 감쌌고 마음까지 휘감았다. 칼 위에서 춤을 추는 무당의 신 내림이 이런 것일까. 너무 이상해서 손등을 꼬집어보기도 하고 머리를 세차게 흔들어 보기도 했다. 마치 박하사탕의 화한 기운이 전신에 퍼진 듯 말로 표현 못할 기운이 전신을 감쌌다.

그녀의 몸속 깊은 곳에서 한여름 무성한 푸나무의 움찔거림이 마구 치밀어 올랐다. 거울 앞에 섰다. 얼음처럼 차고 칼날처럼 날카로운 매서운 얼굴이 아니다. 다정하고 확신에 찬 부드러운 눈을 가진 얼굴이 나타났다. 그건 옛날의 독기어린 모습이 아니나. 생기가 들면서 자신감이 님치는 전혀 다른 얼굴이 거울 속에서 점동일 보고 웃고 있었다. 그간 여자로 태어나서 어깨를 찍어 누르며 몸을 묶었던 멍에 빗장목이 떨어져나간 기분이었다.

이런 일이 있은 뒤부터 누가 뭐라고 한 것이 아닌데 언제나 저녁 식사 뒤에는 모두가 슬금슬금 점동의 방으로 모여들었다. 그 시간 점동이 선창하는 찬송을 모두 함께 불렀다. 오르간이 없지만 부드럽고 고운 목소리를 지닌 그녀의 음성이 오르간을 대신할 정도로 주음을 잡아주어서 모두가 소리를 합쳐 천상으로 띄우는 그런 역할을 했다. 찬송만 부르는 것이 아니라 점동은 마치 선교사처럼 그간 배운 성경구절을 암송하여 들려주고는 자신의 생각을 덧붙이기도 했다. 그녀의 이런 태도가 요원의 불길처럼 이화학당에 번져나가서 선교사들도 놀라워했다.

이렇게 태풍이 몰고 온 천둥번개 치던 날 밤 이후 점동은 성격까지 변해서 아주 다른 사람이 되었다.

7

글 돌들이 사람들의 왕래가 잦은 종로의 종각이나 남대문. 동대문, 길 한복판과 장바닥에 나돌았다. 그걸 읽은 사람들은 흥분하기 시작했다. 글 돌이란 넓죽한 돌이나 기와 위에 적힌 글을 말하는데 서석(書石)이라고도 한다. 이

글귀의 효과는 엄청났다. 거기 적힌 글 내용이 문제였다.

'양귀들이 세운 병원에서는 사람들을 유혹하려고 조선 사람들의 병을 이상한 양귀의 방법으로 치료하고 있다. 놀랄 정도로 삼빡 약효가 있는 농간을 부린 이상한 약을 만들어 백성을 홀리고 있다. 우리 아이들을 잡아 죽여서 그걸로 신기한 약을 만든다고 한다. 서양에서 온 사람들은 전부 이런 치사한 양귀들이다. 이런 서양귀신들을 이제 정신을 차리고 내쫓아야 한다.'

악랄한 입질은 발 없는 말을 타고 달리며 희한한 말들이 덧붙여졌다. 소문은 엄청나게 부풀려 떠다녔다.

미국 공사관의 서기관이 서울 주변에서 찍은 음화가 문제였다. 그 사진을 도둑맞으면서 이 어린아이가 행방불명이 되었다. 나중에 그 애는 끔찍할 만큼 잔혹하게 훼손된 시신으로 발견됨으로 많은 사람들을 극도로 흥분하게 만들었다.

떠도는 소문의 내용을 간추려 보면 아래와 같다.

'양귀들이 우리 아기들을 잡아다 삶아 먹고 있다. 아이들을 고아서 고약처럼 끈적끈적한 물약을 만들고 있다. 가장 무서운 일은 아이들의 눈알을 빼내어 사진을 만드는 재료로 쓴다니 하늘도 노할 일이다. 이들이 운영하는 병원은 아기를 잡아 죽이는 노살상본부이다. 여(女)학당이

나 남(男)학당은 우리 아이들을 잡아다 가둬놓고 가르친다는 핑계로 어느 정도 기르다가 바다 건너가서 팔아먹으려고 든적스럽게 얍삽한 속임수로 우리를 농락하고 있다. 학당 안에서 별별 해괴한 요술을 다 부리는 걸 거기에 숨어들어간 조선 사람들이 상세히 보았다고 한다. 그 내용은 끔찍하다. 저들이 밤이면 자기들끼리 모여 주술을 외우면서 더러는 황홀경에 빠져 훌쩍이기도 한단다. 우리가 불경을 외우듯이 중얼대다가 아기를 죽여 연한 살로 요리한 빵이란 음식을 나누어 먹고 어린 아이를 죽일 때 흘러나온 붉은 피를 그릇에 담아 돌아가면서 마시는 장면을 여러 번 목격하였다고 하니 이런 걸 버르집어 온 천하에 알려야 한다. 특히 선교사들이 젖 나오는 여자들을 죽여 젖통에서 짜낸 젖을 그릇에 담아 마시고 있다. 이제 우리는 단결하여 짐승 같은 저들을 이 땅에서 몰아내자. 강제로 끌어다 바다에 내던져야 한다.'

영아소동은 한 달 반 동안 계속되었다. 심지어 가마타고 가는 고관직 대감과 시종들까지 폭도에 끌려 내려와 곤혹을 당하고는 도망칠 지경에 이르렀다. 멋도 모르고 아기를 업고 길에 나섰던 어떤 아낙네는 남의 집 아기를 자기 아기인 척 슬쩍 업어다가 양귀들에게 팔러간다고 우기면서 두드려 팼다. 나중에는 유괴범이라고 덤벼들어 그 자리에서 여자를 죽이는 사태까지 이르렀다. 더구나 프랑스 공사관에 근무하는 조선 사람이 아이를 죽여 구워먹는 걸 두 눈으로 직접 봤다는 증언으로 인해 사람들은 더욱 흥분했다. 이름이 널리 알려진 어느 선교사는 하루에 아이를 네 명이나 먹는다는 믿을 수 없는 말도 나돌았다. 심지어 서구적인 문물인 전기, 전신, 기차나 기선 같은 것들은 서양귀신의 장난이라고 떠들어댔다.

얼마 전까지만 해도 사람들이 두려워하는 건 호랑이었다. 그보다 더 무서운 것은 세금을 강제로 걷어가는 탐관오리였다. 이제는 그 무섬증이 양귀로 바뀌었다. 사람들이 세상에서 제일 무서워하는 것은 양귀였다. 폭동이 너무 심각해지자 아이와 어른까지 모두 바깥출입을 할 수 없었다. 결국 길거리는 이성을 잃고 미친 듯 나대는 성난 군중들만 득실거렸다. 외국인들은 모두 외출을 삼가고 한 군데 모여 사건의 진행을 지켜보고 있었다. 여차하면 모두 배를 타고 본국이나 가까운 일본으로 도망해야 하는 사태까지 갈 수도 있었다. 더러는 성벽에 밧줄을 마련해놓고 짐도 꾸려놓았다. 긴박한 지경에 이르면 잽싸게 달아날 태세였다.

18년 전 천진에서 일어났던 폭동이 이와 비슷했다. 프랑스 수녀들이 운영하던 고아원에서 아이들 몇 명이 병들어 죽자 수녀와 신부들이 아이들을 잡아먹는다고 일어난 소동이었다. 천진의 성당과 영사관이 불탔고, 40명의 중국인 신자와 20명의 수녀와 영사가 살해된 적이 있다. 이런 사건을 익히 알고 있던 외국인들은 진뜩 긴장했다.

징동에 모여 살고 있던 외교관, 사업가, 선교사들 사이에선 미국선교사들을 나무라는 불평도 쏟아졌다. 너무 날뛰더니 일을 이 지경으로 몰고 갔다고 투덜대는 측도 있었다. 정동은 미국, 러시아 공관을 비롯하여 유럽공사관과 사저들이 들어와 형성된 깨끗하고 격조 높은 서양건물이 즐비한 지역이다. 잘 가꾸어진 정원에 포장된 길, 유럽식 저택들이 자리 잡은 곳이다. 파티를 열어가며 호화로운 생활을 즐겨서 일종의 조계지처럼 안정이 보장된 곳이다. 마포나루와 서대문이 이어지는 성곽내의 지역으로 경복궁과 덕수궁, 경희궁이 가까이에 있는 정동이 술렁거리면서 외국인들이 달아날 태세로 뒤숭숭했다.

스크랜턴의 집과 여학당에도 군중들이 던지는 돌이 날아들어와서 집안일을 돕던 일꾼들이 도망가버리는 사태까지 이르렀다. 어쩔 수 없이 이화학당도 임시 휴교한다는 공고문을 내걸어야 했다. 사태가 진정될 때까지 모든 학생들을 학당에 두는 것이 위험하다는 판단을 내리고 일제히 집으로 돌려보내버렸다. 점동이도 강제로 기숙사에서 내쫓겨 집으로 돌아왔다.

억지로 내몰려 집에 돌아온 점동이 하룻밤을 자고 새벽에 눈을 뜨니 종로의 누각에서 울리는 파루가 은은하게 울려온다. 귀에 익은 물장수의 물지게 삐걱거리는 소리는 여전했다. 골목을 누비고 다니는 왕십리 배추장수의 '무드렁 서, 배추 드렁 서……' 외침이 정겹게 그녀에게 다가온다.

집에서 무얼 하고 지낼지 점동에게 막막함이 밀려왔다. 천천히 일어나서 저고리의 옷고름을 맸다. 그간 학당에 갇혀 가보지 못한 개울가에라도 나가고 싶다는 생각이 들었다. 인왕산과 북악산에서 흘러내리는 여울이 한성의 한복판을 흘러가고 있다. 그 개울 바닥 곳곳에 맑은 샘물이 솟아 나와서 복청다리나 대광교 옆에는 빨래터가 자릴 잡고 있었다. 거기서 빨래 삶은 가마솥을 걸어놓고 연기를 피워 올리며 아낙네들이 늘어앉아서 빨래하는 모습이 그리웠다. 개구쟁이들이 삼태기를 들고 나와 물고기를 잡는 현장을 보고 싶었다. 새 물 냄새를 맡고 한강의 물고기가 올라왔다가 아이들의 삼태기에 갇혀 퍼떡거리는 물고기들의 번뜩이는 몸부림이 눈앞에 선하게 다가왔다. 두 개의 다리가 모두 남대문에서 멀지 아니한 언저리에 있으니 집에서 살살 걸어갈 수 있는 거리였다.

툇마루로 나온 점동은 집을 떠나 있는 사이 외모가 놀랍게 변했다. 그동안 키가 어른 손 한 뼘 넘게 자랐고 전신에 윤기가 자르르 흘렀다. 아침햇살을 등지고 서 있는 딸이 낯선 모습으로 다가와서 조반을 지으려고 나온 수원댁이 내심 놀라 멈칫했다. 점동의 단정한 옷차림이나 정색하고 낮은 목소리로 말할 때 식구들을 찍어 누르는 위엄이 서려 누구도 토를 달 수 없었다.

어렵게 어머니가 딸을 향해 입을 열었다.

"어디 가려고?"

"냇가에요."

"처녀가 아침부터 어딜 간다고! 지금 밖에 나가면 죽는다. 양놈들이 아이들 잡아먹는다고 소동이 났는데 넌 이렇게 태평하냐."

그제야 점동은 자신이 왜 집에 왔는지 사태를 짐작하고 툇마루 위에 앉았다.

어머니의 성깔어린 음성이 강하게 말했다.

"잘 돌아왔다. 또 거기 갈 거냐."

점동이 머리를 크게 주억거렸다. 오랜만에 돌아온 딸의 행동에 마음이 상한 수원댁이 잼처 퉁명스레 내뱉는다.

"이제 고만 집으로 돌아오너라. 네 동생도 업어주고 길러야 자매끼리 정도 드는 법이니라."

할머니는 더 강하게 말했다.

"이제 거기 갈 생각하지 마라. 동네 사람들이 뭐라 욕하는지 아느냐. 네 아버지가 미쳤다고 야단이다. 가문에 먹칠하지 말고 집에 조용히 있다가 시집을 가야지. 네 나이 벌써 열두 살이다. 이삼 년 살림과 바느질을 배우다가 양갓집 자제에게 시집가야 한다. 아무튼 돌아오기 잘했다."

무슨 말을 하든 점동은 잠잠히 듣고 있다가 다부지고 단호하게 똑 부러지는 음성으로 말했다.

"저는 이화학당으로 돌아갑니다. 길래 거기 살 것입니다. 거기가 제 집입니다."

"아이쿠! 저년이 완전히 머리가 돌아버렸구나. 그간 양귀들 하고 지내더니 집안 잡아먹을 년이 되었어! 아이쿠! 양귀들이 참말 무섭긴 무서운 모양이다. 제가 겁에 질려서 저러는 거라고. 사람들이 너 있는 곳을 여자아이들 화매(和賣)장터라고 한다."

가뭄이 들어 굶어죽을 지경에 이른 가난한 사람들이 딸을 팔아 양식을 사먹는 인신매매가 암암리에 행해지고 있었다. 학당에서 여아들을 먹이고 입히고 기를 뿐만 아니라 생계가 어려운 여아의 본가도 힘닿는 대로 보살폈기 때문에 이런 소문이 나도는 모양이다

그간 이웃이 등 뒤에서 참을 수 없을 정도로 수군거리고 손가락질을 해대서서 점동네 식구들을 곤욕스럽게 만들었다.

'당장엔 옷과 밥을 주고 잘 해줄는지 모르지만 나중에는 자기들 나라로 데려간대요. 두고 봐요. 자식을 양귀에게 내어맡기는 어미와 아비는 머리가 어떻게 된 거야. 딸자식을 차라리 범이나 멧돼지에게 물려가 죽으라고 산에 갖다 버리는 편이 낫지, 양귀에게 팔아먹을 수가 있어. 세상에 그런 고약한 나쁜 부모가 어디 있느냐고.'

이런 소문과 수군덕거림은 다른 사람들까지 딸을 못 내놓게 방해하고 비난하는 터라 간혹 학당에 딸을 보내려는 부모도 망설이게 만들었다.

참기 어려웠던 이웃들의 수다에 시달리온 힐미니기 소

매를 걷어붙이고 고함쳤다.

"어멈아! 어쩔 수 없다. 저 년의 손발을 묶어 뒷방에 가두는 수밖에. 문고리를 단단히 조일 삼끈을 광에서 가져오너라."

위기감이 감돌았다. 점동은 못 들은 척하고 뒷간으로 향했다. 집에서 도망쳐야 한다. 여기에서 잡히면 또다시 토굴 속에 갇힌다. 생구가 되기는 정말 싫다. 무슨 수를 써서라도 집을 탈출해야 한다. 점동은 토담을 기어올라서 훌쩍 뛰어넘었다. 시궁창 언저리에 고꾸라졌으나 다행히 다리를 다치지 않았다. 치마에 묻은 시궁창 흙을 털면서 학당으로 가는 길을 살피고 있을 적에 점동을 찾아 뒷간으로 온 할머니와 어머니의 고성이 다급하게 들려왔다.

"저 년을 놓치면 안 된다."

"꼭 잡아야 한다."

저들도 흙담을 기어오르느라 버르적거리는 소리가 났다.

어디로 도망칠까 망설이는 찰나 어떤 손이 그녀를 덥석 잡아끌었다. 정신없이 강한 힘에 끌려 골목을 빠져나와 달리기 시작했다. 안전한 곳까지 도망쳐왔다는 생각에 이른 점동은 숨을 헐떡이면서 자신의 손을 잡아끌어준 사람을 보니 바로 앞집 역관의 아들 필봉이었다.

"골목까지 고함치는 소리가 흘러나와서 걱정이 되어 지켜보고 있었다. 이제 어쩔 거냐?"

"오라버님! 도와줘서 고마워요. 전 다시 학당으로 가야지요."

"지금 양인들을 잡아 죽이려고 난리치는 이 판국에 거기로 가서 어쩌려고 그래. 거긴 위험하다. 이웃사촌이라고 그래도 여기 살아온 정리로 봐서 오라버니인 내 말을 들어라. 잠시 우리 집에 숨어서 지내라. 윗입술이 태어날 때부터 찢어져서 집안에만 있는 내 동생, 필선하고 말벗을 하면 좋을 것이다. 소동이 진정되면 그때 학당으로 돌아가라."

"아니요. 학당으로 돌아갑니다. 영어를 공부하고 병원에도 가서 배우고 싶어요. 학당에 들이닥친 폭도들에게 맞아 죽어도 좋아요. 다시는 집으로 돌아가지 않을 거예요."

점동의 열기에 가득 찬 눈을 필봉은 뚫어질 듯 바라보았다. 한미한 집안에 태어났으면 거기에 순응하고 살아야 할 터인데 점동은 개성이 너무 강하구나 하는 생각을 지울 수가 없었다.

필봉이 슬픈 얼굴로 중얼거렸다.

"이 나라는 동학이 말하는 것처럼 중증에 걸린 병자야. 소생이 불가능할 정도의 중병이지. 폭삭 곪아서 터지기만을 기다리고 있는 나라가 되어버렸어."

필봉의 말을 비껴가며 점동이 자신의 의사를 성확하게 밝혔다.

"아무튼 전 학당으로 돌아갑니다. 오라버님이 이렇게 돌봐주셔서 고맙습니다."

"양인들이 모두 우리나라에서 쫓겨나 배를 타고 자기나라로 간다면 넌 어쩔 거냐?"

"저도 그들을 따라서 함께 갈 것입니다."

"넌 엄연한 조선여자라고. 아무나 외국에 가는 줄 아냐. 서류가 있어야지."

"짐 속에 숨어서라도 따라갈 것입니다. 저들에게서 모든 걸 배울 것입니다."

"저들의 희생물이 되려고 그러니? 너를 바다 건너다 팔아먹는다고 하지 않니?"

"오라버님은 그 말을 믿으세요. 절대로 그런 일은 일어나지 않아요. 저들은 착한 사람들이에요. 우리 불쌍하고 무지한 조선의 여자들을 구하고 사랑하려고 여기 온 사람들이에요."

"흐응! 사랑이라고. 염소 탈을 쓴 양들이지. 이 나라를 집어삼키려는 욕심으로 온 선발대들이다. 선교사란 이름을 내걸고 착한 척 사랑이 많은 척 하면서 우리나라를 꿀꺽 삼키려고 온 밀정들이라고 동학에서 그렇게 말하더라."

점동은 아니라고 머리를 살래살래 흔들었다.

"이 세상에 대가없이 무조건 주는 사랑은 없다. 내가 중국이나 일본에 가서 장사를 해보니 모두 자기 잇속만 챙기더라. 남의 재산을 알겨먹으려고 몸부림치는 것이 세상 사람들이다. 특히 여기 와 있는 양놈이나 왜놈들의 짓거리에서 이제 슬슬 속내가 들어나고 있다. 이번 소동을 나무랄 수는 없다."

"외국인에 대한 두려움이 엉뚱한 소문을 만들어 믿게 한 것이에요."

"너 거기서 세뇌당한 거야. 점동아! 정신 차려라."

순간 점동은 아찔했다. 그녀가 이화학당에 들어가 있는 두 해 동안 필봉은 이상할 정도로 많이 변해버렸다. 그간 그녀가 이화학당에서 배운 지식 탓에 이런 생각이 드는 것일까. 학당에서 강조하여 점동에게 가르친 것은 여성의 인간화였다. 선천적, 후천적 능력을 개발하여 여자나 남자 모두가 동등하게 능력 있는 인간으로 사는 게 참된 길이라고 하지 않았던가. 선교사들은 변하는 세상에 대응하여 조선의 여자들이 지금보다 나은 여성으로 살아야 한다고 주장했다. 창조주인 하나님 앞에서 여자와 남자 모두가 동등하다고 귀에 못이 박히도록 저들은 가르치고 있다.

점동은 재봉선생이 동양자수를 가르치면서 들려준 말을 그대로 앵무새처럼 옮겼다.

"오라버님! 제가 그들과 함께 생활하면서 관찰한 바로는 저들은 그런 사람들이 아니에요. 우리나라의 병들어 죽어가는 가난한 사람늘을 위해 몸 마처 열심히 일하고 있어요. 특히 스크랜턴 대부인은 어둠 속에 갇힌 우리나라 여자들을 살려내려고 이 땅에 온 귀한 사람이에요. 우린 그분의 말을 듣고 배우고 개화해야 돼요."

점동이 학당에 들어가서 상당히 많이 변모하여 의젓해지고 유식해졌다는 사실을 필봉은 받아드리지 않을 수 없었다. 집안에 갇혀 아무 것도 모르는 여자를 교육이 이렇게 변화시킬 수 있구나! 아무튼 놀라운 변신이요, 발전이었다. 하지만 선교사들이란 이 나라를 집어삼키려고 들어온 가면을 쓴 선발대가 분명하다. 잠시 좋다고 나라를 팔아먹어서는 절대로 안 된다. 확고한 이런 생각에 필봉은 언성을 높였다.

"동학의 말이 맞다. 나는 일본으로 가서 공부할 마음도 먹었지만 다 팽개쳤다. 이제 동학에 가담하여 이 나라를 양귀와 왜놈들의 손에서 구하려고 한다."

"동학이라고요?"

"양학인 서학에 반대하여 세운 동학이다. 동학은 굉장한 무리들이다. 난 저들에게 반했다. 너도 어떻게 해서든지 거길 빠져나와 동학을 거들어야 한다. 그게 우리 민족이 살 길이다. 이 나라의 왕이나 고관대작, 양반들 모두가 썩었다. 그들에게 바랄 것이 없다. 이 나라가 지금 없어질 지경에 이르렀다. 어쩔 수 없이 이 나라의 바닥인생을 살아가는 민초인 농민들이 일어서고 있어. 난 거기에 가담할 거다."

다시 목청을 찢는 할머니와 어머니의 고함소리가 들렸다. 두 사람이 숨어있는 골목으로 뛰어오는 낌새를 느꼈다. 점동은 무조건 뛰기 시작했다. 갈 곳이라고는 이화학당밖에 없었다. 양인들과 함께 죽을 작정이다. 우물처럼 깊은 어둔 곳으로 잡혀 끌려들어가고 싶지 않았다.

이화학당 안에 있는 사람들은 영아소동으로 인해 모두 숨을 죽이고 있었다. 점동이 보구여관(保求女館)으로 뛰어들어갔다. 아기를 낳고 일주일 간 태를 낳지 못해 출혈이 심해 죽음을 코앞에 둔 산모를 수술하려고 어쩔 수 없이 병원 문을 열어 수술팀이 응급처치를 하고 있었다. 점동은 어릿거리면서 크고 넓은 약국과 환자대기실, 그리고 맨 앞에 빛이 잘 들어와 밝은 방인 수술실과 진찰실을 기웃거렸다. 처음 들어오는 곳이건만 여기가 그녀에게 조금도 낯설지 않았다.

그때 눈치 빠르고 싹싹해서 양의사 옆에 붙어다니며 간호사처럼 일을 거들어주고 있던 봉선오마니가 다가왔다. 학당에도 자주 드나들어 낯익은 처지였다.

"어머! 너 점동이 아니냐. 왜 여기 와 있니? 어디가 아파서 왔니? 이 난리 통에 집안에 숨어 있어야지 이렇게 나돌아 다니면 봉변을 당할 수 있어."

"……."

눈물을 글썽거리며 시궁창 흙이 묻은 치맛자락을 숨기는 점동의 모습에서 머리가 좋은 봉선오마니는 그녀가 처한 상황을 눈치 챈 듯했다. 점동의 손을 잡고 문지기인 기수에게 스크랜턴 대부인이 있는 안채로 데리고 가라고 지시를 했다. 기수는 앞장서서 보구병원 뒤에 있는 이화학당으로 가서 대문을 열고 안으로 점동을 안내했다. 뒤숭숭한 상황이건만 담을 의지하고 치렁치렁 넌출진 능소화가 눈부신 주황색 꽃을 활짝 피워냈다. 점동은 잠시 멈춰서서 눈을 비볐다.

학당에 모여 사태를 주시하고 있던 선교사 가족들은 공포에 질린 눈으로 열리는 대문을 주시하고 있다가 점동과 기수가 들어오는 것을 보고 안도의 숨을 내쉬었다. 스크랜턴 대부인이 어정쩡한 표정을 지으며 마루 가장자리로 나왔다.

"점동아! 왜 집에 있질 않고 여길 왔어?"

"집에서 도망쳤어요. 저를 여기 오지 못하게 손발을 묶어 골방에 가둔다고 해서 담을 넘어 이리로 피해왔어요. 여기서 여러분들과 함께 죽으면 죽을 것입니다."

스크랜턴 대부인은 영아소동 소식을 듣고 막 일본서 돌아와 있었다.

"아이쿠! 가엾어라. 그런 네 용기가 마음에 든다. 점동아! 잘 왔다."

스크랜턴 대부인이 사랑이 넘치는 웃음을 삼키면서 점동을 꼭 안았다.

3부

숲속의 오솔길

1

넓적다리에 주먹 크기로 곪은 종양제거수술이 시작되었다. 에스더는 한 손에 마취용 에테르 컵을 들고 다른 손에는 스펀지로 수술 부위에서 흘러나오는 피를 닦으며 닥터 로제타의 수술에 호흡을 맞춰 능숙하게 도왔다. 시간이 흐르면서 반복되는 수술 도우미로 그녀는 이제 의사의 손발이 되었다. 숙련된 간호사처럼 혈관을 누르는 지혈겸자도 아주 잘 다룬다. 예쁘다고 할 수 없는 얼굴에 무뚝뚝하고 고집스러워 보이는 에스더를 닥터 로제타는 흘끔 보면서 잔잔한 미소를 지었다.

만약 에스더가 미국에 가서 공부하여 의사자격증을 따온다면 과연 이 나라에서 여의사도 일할 수 있을까. 이무리 생각해도 에스더가 미국에 가서 공부하는 것은 불가능한 일이다. 학비가 엄청나고 더구나 에스더의 영어실력으로는 아무래도 전문적인 특수한 의학교육을 따라가기엔 너무 뿌리가 없다. 더구나 문화도 음식도 낯선 땅에서 본국인도 힘든 의학공부를 하는 일이 어찌 가능하겠는가. 수술에 정신을 집중하면서도 닥터 로제타는 에스더를 향한 이런저런 생각으로 가득했다.

밖이 소란했다. 종기를 긁어내고 봉합수술을 하고 있는 터라 꼼짝을 못하고 둘이는 손발을 맞추며 수술끝마무리를 하고 있었다.

우악스럽게 수술실 문이 활짝 열리면서 점동의 할머니가 들어선다.

"점동아! 네가 이제 열여섯 살이다. 시집을 가야지 과년한 처녀가 이게 뭐하는 짓이냐? 집안을 망신시키기로 작정한 년 같구나."

에스더는 얼른 피 묻은 손을 씻은 뒤에 할머니의 손을 잡아끌고 수술실을 나가려했다. 그러자 할머니가 무섭게 일그러진 얼굴로 닥터 로제타를 향해 큰소리를 쳤다.

"우리 점동이를 당장 집에 데려갈 거라고요. 한복 짓는 법과 살림을 가르쳐 시집보낼 준비를 해야 합니다. 아주 급합니다. 지금 데리고 갈 터이니 그리 아시오."

난감해진 로제타는 그저 멍하니 서서 할머니를 바라볼 뿐이다. 닥터 로제타가 에스더를 빼돌리는 일은 인습의 굴레에 갇힌 이 나라에서 어찌할 수 없는 정말로 어려운 과제였다. 솔직하게 속에 고인 진심을 말하라면 그녀의 입장에서는 점동을 결혼시켜 내보내고 싶지 않았다. 이화학당은 졸업식이 따로 없다. 학당에서 결혼식을 올려주고 내보내면 그게 졸업식이다. 하지만 로제타의 입장은 에스더만큼은 곁에 데리고 있으면서 가르치고 길러내고 싶은 욕망이 강하게 꿈틀거렸다.

닥터 로제타는 다른 사람을 에스더 자리에 구해놓고 보자고 우선 달래서 할머니를 보냈다. 아무리 생각해도 에스더를 결혼시켜 내보내고 싶은 마음은 추호도 없었다. 그만큼 에스더는 닥터 로제타에게 좋은 동반자이고 조력자이며 욕심나는 인재였다.

에스더는 어머니와 할머니가 학당에 와서 호통을 치고 갈 적마다 잠을 이룰 수 없었다. 어머니와 할머니의 말에 반항하지 않고 순순히 순종하는 것이 그녀가 속한 공동체가 요구하는 덕목이다. 여기서 하던 모든 일을 뒤로 하고 두 언니들처럼 시집가서 자식을 낳고 옷이나 지으며 집안에 묶어놓은 개처럼 살아야 한다면 차라리 죽는 편이 나을 것이란 생각이 에스더를 괴롭혔다. 남자와 여자가 하나님 앞에서 평등하다는 가치관을 심어주는 교육을 받으면서 에스더는 여성의 해방선언을 가뭄에 내린 단비처럼 흡수한 상태였다. 자유과 평등과 사랑이란 가치관을 향해 새로운 길에 접어든 에스더는 노서히 이 나라의 구습을 따를 수 없다는 마음으로 괴로웠다. 어째서 하나님은 여자와 남자를 창조하여서 결혼하여 살게 했는지 강한 반감이 일었다. 에스더는 진짜로 결혼하기 싫어서 죽고 싶었다. 죽어 천국에 가서도 남자와 여자가 함께 있는 것이 역겨울 것이다. 하나님이 천국을 남자용과 여자용으로 갈라서 두 그룹의 천국으로 만들어 놓았으면 좋겠다는 생각도 했다.

영아소동 때 일어났던 아픈 추억이 떠올랐다. 그건 세월이 흐른 지금도 눈물나는 사건이다.

스크랜턴 대부인이 성탄절에 학당학생들에게 서양인형을 하나씩 선물했다. 한복을 입고 쪽을 찌거나 등 뒤로 머리를 치렁거리게 땋아 내린 그런 인형이 아니다. 스커트나 원피스를 입고 눈은 파랗고 노란 머리는 어깨까지 풀어 내리고 허리가 잘록한 서양인형이었다. 여학생들은 크리스마스에 받은 서양인형 선물을 너무 좋아해서 모두들 가슴에 안고 자고 귀중한 보물처럼 소중하게 간직했다. 영아소동으로 모두 집으로 쫓겨날 적에 에스더는 그 서양인형을 보따리에 넣어가지고 갔다.

그걸 본 할머니의 지청구는 대단했다.

"집안에 망측스러운 양귀계집을 데리고 왔구나. 머리를 풀어헤친 것이 꼭 귀신을 닮았다. 당장 내다버려라. 어서 버리지 못해. 노랑머리에 파란 눈이라니! 아이쿠! 징그럽다. 서양귀신이 이렇게 망측하게 생겼구나."

그녀의 성화에 시달리면서도 에스더는 보물처럼 깊숙이 옷들 사이에 인형을 감춰버렸다. 스크랜턴 대부인이 특별히 미국선교본부에 연락해서 태평양을 건너온 인형이 아닌가. 그 귀한 인형이 자고 일어나니 순간적으로 없어져버렸다. 방 구석구석을 뒤지다가 지쳐서 마당언저리에 듬뿍 심어놓은 꽈리 밭 곁에 낙심하여 털썩 주저앉았다. 눈에 익은 인형의 노란 머리카락이 꽈리 잎 사이로 보였다. 화들짝 놀라서 집어든 인형의 머리는 무참하게 잘렸고 꽈리 잎 사이로 다리와 팔과 치마와 옷들이 갈기갈기 찢기고 토막 나서 나뒹굴었다. 그걸 하나하나 집어 들고 소리도 내지 못하고 흐느껴 울었다. 조립할 수조차 없이 뭉그러진 서양인형은 에스더의 머리에 가장 아픈 추억으로 무의식의 세계까지 꽈리를 틀고 있었다.

집으로 가면 이런 일이 다반사로 일어날 터이고 시집을 가면 할머니처럼 무서운 시어머니를 만날 수도 있다. 절대로 시집을 가면 안 된다. 하지만 이 무서운 함정을 어찌 피할 수 있을까.

닥터 홀 부부는 에스더를 놓고 고민하기 시작했다. 귀한 일꾼이요 동역자요, 도우미가 된 에스더를 이 나라의 풍습대로 결혼해서 내보내기는 정말 싫었다. 그녀의 달란트가 너무 아까웠다. 앞으로 큰일을 할 수 있는 새목이 아닌가.

닥터 보제타는 아직도 머무적거리며 피곤을 달래고 있는 남편, 닥터 홀에게 방벽에 붙여놓은 빨간 장미와 노란 장미 그림을 보면서 말했다.

"어제 에스더가 참으로 재미있는 말을 해서 깜짝 놀랐어요. 그 처녀는 매일 나를 감동시키고 감탄하게 만들어요."

"무슨 말을 했는데 그러오?"

"내 진료실 벽에 미국에서 보내온 빨간 장미와 노란 장미가 그려진 달력을 걸어놓은 것 아시지요. 에스더가 그 그림을 보면서 이렇게 말했어요. '노란 장미는 철분을 좀 섭취해야겠다.'라고 했어요. 기초의학 반 강의를 듣고 그렇게 적용하는 머리가 놀랍지 않아요. 이 아이를 시집보내 나의 곁을 떠나게 하고 싶지 않아요."

그러자 갑자기 기발한 생각이 떠오른 닥터 홀이 무릎을 치면서 외쳤다.

"우리 곁에 에스더의 신랑감이 있었는데 그걸 왜 진즉 생각하지 못했을까."

"누구를 말하는 건가요."

"바로 박유산이야. 조선에 도착하자마자 맨 처음 내가 지방순회여행으로 평양에 갈 적에 마부로 들어와서 일을 돕고 있는 청년 말이야. 그 남자가 에스더에게 딱 맞아."

그러자 닥터 로제타는 잠시 머뭇거렸다. 이 귀하고 보석 같은 에스더를 박유산에게 주기는 아깝다는 생각이 앞섰기 때문이다. 아무리 생각해도 닥터 로제타는 에스더가 결혼을 하지 않았으면 하는 바람이 컸다. 조선의 상황이 바뀔 때까지 만이라도 미루었으면 하는 마음이었다. 에스더는 조선여성들의 신분을 올리는 일에 기여할 수 있는 능력을 지녔기 때문이다.

"생판 모르는 남자에게 에스더를 시집보내는 것보다 박유산이 나을 것이요. 오륙 년 전에 부모가 죽어서 여동생 둘하고 남동생 하나를 키우느라고 고생한 사람이라고 들었소. 지금은 모두 출가하여 혼자 사는 것으로 알고 있어요. 이 나라의 현실로 봐서는 에스더에게 딱 맞는 사람이야."

어물쩍거리는 아내의 얼굴을 보고는 닥터 홀이 빙긋 웃으며 위로했다. 시부모가 타계했다는 것은 에스더가 자유로울 수 있다는 뜻도 된다. 박유산이 아직 세례를 받지 않았지만 그건 에스더의 몫이다. 이 나라의 전래동화에 나오는 바보온달과 평강공주처럼 명철한 에스더가 남편을 잘 세워줄 것을 확신했다.

2

에스더는 이화학당에 들어와 안전한 울안에서 그간 6년 동안 보호를 받고 살았는데 이제 결혼하여 험악한 세상으로 나가야 하는 처지가 되었다. 어쩔 수 없이 며칠 밤을 뜬 눈으로 지새우며 고민하던 그녀는 닥터 로제디에게 편지를 썼다.

'나는 처음부터 당신을 사랑하지 않았어요. 통역을 하고 병원 일을 도우면서 나중에야 당신을 나의 어머니처럼 사랑하게 되었지요. 하지만 할머니와 어머니의 말에 순종해야 합니다. 그게 이 나라의 법도입니다. 당신과 오랫동안 함께 있고 싶었는데 이렇게 떠나게 되었어요. 제가 곁에 없다고 절 잊으시면 너무 슬퍼요. 제 바람은 시집을 간 뒤에도 당신을 따라다니고 싶어요. 평양이든 어디든 당신이 가는 곳이면 어디에나 저를 데려가 당신을 돕게 해주세요. 올 겨울까지 여기 있게 해달라고 졸라서 할머니와 어머니의 허락을 받았습니다.

여기 사탕을 두 알 넣습니다. 사탕이 싫으시면 잡숫지 마시고 제 사랑만 받아주세요.'

에스더의 재치가 번득이는 글이다. 지금 선교회에서는 닥터 홀 부부를 평양으로 이주시켜 선교하려는 계획을 세우고 있었다. 평양에 에스더를 꼭 데리고 가야 한다. 그녀의 도움이 절대적으로 필요하다. 그러자면 박유산과의 결혼을 서둘러야만 했다.

그래도 에스더의 마음을 열어봐야 하기 때문에 닥터 로제타는 그녀를 불러서 단 둘이 앉아 진지하게 물었다.

"우리 부부는 평양으로 갈 것이다. 너도 거기까지 우리를 따라갈 마음이 있느냐?"

그러자 에스더는 지체하지 않고 즉각 대답했다.

"저는 예쁜 것도 싫고 부자가 되고 싶은 마음도 없어요. 당신 곁에 있으면서 당신과 함께 불쌍한 우리나라 여성들을 위하여 일하고 싶어요. 저는 주님이 문을 열어주시는 곳이면 어디든 갈 것입니다. 평양에 문을 여시면 거기로 갈 것입니다. 제 몸과 영혼, 마음 모두 주의 것이니 제 민족에게 하나님을 전하고 가르치기 위해서라면 목숨이라도 내놓을 것입니다."

이런 에스더가 너무 기특했다. 그녀를 평양으로 데리고 가려면 이 나라의 관습과 전통의 울타리 안에서 해야만 한다. 닥터 홀이 추천한 박유산을 로제타는 면밀히 살펴보게 되었다. 그는 아주 정직하고 성실했다. 24세이니 에스더보다 여덟 살이 많은 셈이다. 조선남자치고는 키도 컸고 태도도 겸손하고 잘생긴 편이다. 한눈에 데데한 남자로 보이지는 않았다. 수줍음을 잘 타서 곧잘 얼굴을 붉히는 모습이 진솔해보였다. 한글을 읽을 줄 알고 한문도 제법 많이 알고 있었다. 로제타는 남편에게 부탁해서 박유산을 학교에 보내어 영어를 배우도록 권했다.

닥터 홀 부부가 이런 마음을 가지고 박유산을 유심히 관찰해보다가 하루는 정중하게 불러 앉히고 속마음을 털어놓았다.

"내 아내 닥터 로제타의 동역을 맡아서 병원 일을 돕고 있는 처녀 김에스더를 본 적이 있나요?"

갑자기 내려진 질문에 얼굴을 붉히던 박유산은 머쓱해서 머리를 긁적거렸다. 한참 뜸을 드리다가 겨우 입을 열었다.

"멀리서 바라본 적이 있습니다. 아주 똑똑하다고 들었어요. 머리가 좋아 공부를 잘하고 영어도 잘하며 예배드릴 적에 오르간을 반주하고 있다고 하더군요. 그런데 왜 제게 이런 질문을 하시지요?"

닥터 홀이 직설적으로 물었다.

"자네의 아내감으로 어떠한가?"

순간 귓불까지 빨갛게 물든 박유산은 몸 둘 바를 몰라 머리를 푹 숙이고 섬뻑 대답을 하지 못하고 입을 딱 다물었다. 된통 놀라서인지 좀체 입을 열지 않았다.

"어서 대답해보게. 싫단 말인가 아니면 좋단 말인가?"

그러자 박유산은 닥터 홀 부부에게 머리를 조아리며 자못 똑똑한 음성으로 대답했다.

"저를 학당에 보내 영어를 배우게 해주신 것도 황공한데 게다가 이렇게 출중하게 훌륭한 아내를 얻는 것이 어찌 기쁘지 않겠습니까. 저에겐 너무 과분한 규수입니다."

그의 만족한 반응을 보면서 닥터 홀은 이 청년이 에스더에 비해 현재는 훨씬 못하지만 좋은 자질을 지니고 있다는 걸 직감했다. 그는 짐 실은 당나귀의 말고삐를 잡고 닥터 홀과 동행하여 평양을 여러 차례 왕래한 사이다. 그

동안 닥터 홀이 느낀 것은 박유산은 온화하고 다정한 성품을 지닌 근본이 단단한 사람이란 점이다. 에스더를 일생 사랑하고 아내를 위해 자신을 희생할 수 있는 성품을 지니고 있다고 닥터 홀은 믿었다. 결혼한 뒤 에스더가 그의 자질을 잘 개발하면 아주 훌륭한 인재로 자라날 것이 틀림없다. 처음 만나서 서로 사랑하지 않겠지만 세월이 흐르면서 좋은 남편감이 될 가능성이 농후했다.

닥터 홀 부부는 결혼을 서두르기 시작했다. 5월 1일에 사주단자를 받고 5월 안에 혼례식을 치른 뒤 신혼부부를 데리고 평양으로 이주할 계획이었다.

에스더의 할머니와 어머니는 처음에 반감을 가지고 머리를 세차게 흔들었다. 영어를 잘해 병원에서 통역도 하고 오르간도 친다고 하는데 더 좋은 신랑감을 택하고 싶다고 구시렁거렸다. 게다가 신랑감이 마부였다는 말에 절대로 안 된다고 세차게 반기를 들었다. 에스더에 비해 너무 천한 계층의 신랑감이라고 난감한 표정을 지었다. 하지만 그의 두 누이가 이미 시집가서 농촌으로 가버렸고 시어머니 될 분은 6년 전에 돌아가셨다는 말에 조금 누그러졌다. 서당에서 훈장을 했던 아버지마저 5년 전에 타계한 탓에 동생들을 기르기 위해 어쩔 수 없이 선교사의 마부가 되었다는 신랑감의 아픈 사연에 매몰찼던 반대가 시나브로 사그라지는 듯했다.

이 결혼을 놓고 옹골찬 성품인 섬동이 딘호하게 할머니

와 어머니 앞에서 말했다.

"아버지가 돌아가시기 전에 서당에 다니며 책을 두 권이나 떼었고 현재는 닥터 홀의 인정받고 있는 비서이니전 그 사람과 결혼할 것입니다. 그 사람이 마부라도 좋아요."

할머니와 어머니의 반대가 오히려 에스더의 마음에 강한 자극이 되어 결혼을 하겠다는 마음을 부채질한 꼴이 되었다.

억지로 허락은 했지만 험난한 인생을 살아온 할머니의 훈시가 뒤따랐다.

"사람에게는 근본이라는 것이 있다. 그 청년의 건강이나 자라온 환경이 너의 일생을 지배할 것이다. 더구나 나이 차이가 너무 많아 그것도 께름칙하구나."

딸의 고집을 꺾을 수 없다는 점을 잘 아는 어머니는 껄끄럽게 입을 삐죽거리며 이죽거렸다.

"시부모가 없다니 넌 시집살이는 하지 않겠다. 동생들을 길렀다고 하니 신랑감이 네 개짐이라도 빨아줄 것 같구나."

할머니는 아무래도 떨떠름해서 까탈을 부렸다.

"불알 두 쪽만 대그락거리는 남자에게 시집가서 저 불쌍한 것이 어찌 살아갈고. 딸로 태어난 네가 눈엣가시였지만 시집보내려 하니 내 가슴이 왜 이리 아프냐."

이런 소란 속에 결혼이 진행되고 있었다. 신랑감이 정

해졌으나 에스더는 잠을 이룰 수가 없었다. 아무리 생각해도 남자를 한 번도 좋아해본 적이 없다는 걸 새삼스럽게 깨달았다. 에스더가 접한 남자란 아버지가 유일했고 앞집에 사는 역관의 아들 필봉 오라버니는 가족처럼 친형제자매처럼 느끼고 있었다. 어쩌다 느껴지는 필봉에 대한 그리움은 마치 아버지를 향한 그런 마음 비슷한 것이라고 생각했다. 이화학당이나 보구여관에서 매일 만나는 사람들은 여자환자들이고 주위엔 모두 여학생들뿐이었다. 어쩌다 보게 되는 남자는 닥터 로제타의 남편인 닥터 홀과 아펜젤러 등 선교사들이었다.

에스더가 가장 사랑한 사람은 닥터 로제타다. 닥터 홀이 약혼하고 난 뒤 헤어져 있다가 태평양을 건너와서 이틀에 한 번씩 로제타를 찾아왔다. 그 당시 그를 향하여 에스더는 질투와 시기심, 미움으로 몸살이 날 지경이었다. 그 시절 에스더는 얼굴이 붉어지도록 사랑의 열에 들뜬 닥터 홀에게 열을 내리는 묘약이라고 금계랍을 두 알씩 배달하는 촌극을 벌이기도 했었다.

이제 에스더도 닥터 로제타처럼 시집을 가게 되었다. 조선의 관습이고 전통이며 풍습이다. 모두가 남편이거나 아내가 되어야 한다. 누구나 거쳐 가야 할 통관의례요, 인생길이라 잠잠히 받아드려야 하는 피해갈 수 없는 길이다. 비록 에스더가 남자를 좋아하지도 않고 비ᄂ질도 못하고 음식도 못하지만 어쩔 수 없이 겪어야 할 인생길이다.

에스더는 닥터 로제타에게 자신의 심정을 적어 보냈다.

'박씨를 제 남편으로 점지하신 분이 하나님인 것을 잘 아니 그의 아내가 될 것입니다. 공중을 나는 참새 한 마리도 그분의 뜻이 아니면 땅에 떨어지지 않는다고 학당에서 배웠습니다. 그분이 제게 어디로 가라 하시는 명령을 그대로 순복하며 따르겠습니다. 이화학당 여학생들이 모두 저보다 좋은 조건의 신랑감을 택했기에 저를 보고 아깝다고 수군덕대지만 하나님께서 박씨를 제 남편으로 보내신 것이니 그의 아내가 될 것입니다. 신랑의 신분이 높다거나 낮은 것이 제겐 문제가 되질 않습니다. 모든 인간은 하나님 앞에서 평등하게 창조되었기 때문에 부자든 가난뱅이든 신분이 높든 낮든 저는 상관하지 않습니다. 단지 한 가지, 하나님의 말씀인 성경을 좋아하지 않는 사람하고는 결혼하지 않을 것입니다.'

닥터 로제타는 그녀의 편지를 여러 번 읽으면서 에스더를 더욱 사랑할 수밖에 없었다. 얼마나 총명하고 올곧은 여자인가! 외양은 투박하지만 사랑할 수밖에 없는 속이 꽉 찬 처녀였다.

에스더와 박유산의 혼례식은 1893년 5월 24일로 잡혔고 전통결혼식과 기독교식으로 교회에서 치르기로 결정했다.

3

1893년 봄 신랑 박유산과 신부 김점동의 혼례식장은 성전의 분위기에 젖어 조용했다. 선교사 주선으로 정동교회에서 예식을 치르기로 하고 모든 비용은 이화학당이 부담하기로 했다. 돈냥이니 돈푼이니 해가며 결혼비용을 걱정하던 할머니와 어머니는 음식까지 전부 이화학당에서 부담한다고 하니 그저 묵묵히 모든 걸 맡기고 있었다.

신부가 입은 다홍색 겹치마가 눈부시다. 치마 안에 남색 겉치마를 하나 더 겹쳐 입고 겉의 다홍치마의 앞부분을 징거서 앞이 약간 들려 밑의 남색치마가 귀엽게 방긋 입을 벌린다. 신부의 원삼에는 굽이치는 소매가 펄럭거린다. 청, 황, 적색의 색동을 넣고 끝에는 하얀 헝겊을 덧대어서 풍성하니 손을 덮었다. 뒤통수에 동그랗게 묶어 쪽을 찐 머리에 용잠을 찌르고 머리에는 칠보로 장식한 족두리를 썼다. 머리 뒤에 늘어뜨린 큰 댕기는 검은 자주색 비단으로 칠보로 장식하여 화려하고 눈이 부셨다. 쪽진 비녀에 감아 드리운 앞 댕기는 어깨를 거쳐 허리까지 늘어졌다. 검은 자주색 비단에 꽃무늬로 중앙과 양 끝에 수를 놓은 앞 댕기 끝에 매달린 구슬이 신부가 걸을 적에 살살 찰랑거린다. 이마 위에와 양쪽 볼에 연지곤지를 찍은 에스더는 눈을 내려뜨고 입을 앙다물고 입상한다.

전통혼례복을 입은 신부의 모습을 보고 닥터 로제타와

식장에 보인 선교사들이 웅성거렸다.

"진짜 너무 예쁜 신부복이다. 에스더가 입은 저 옷 참으로 찬란해 보인다."

"우리가 입는 서양신부복은 머리끝부터 발끝까지 흰색이라 너무 단조롭고 밍밍한데 조선신부복은 색깔을 어떻게 저렇게 멋지게 조화를 시켰지."

신부는 앞서 입장한 신랑을 보고 싶었으나 전통예식을 치루는 것이니 눈을 들 수가 없다. 할머니와 어머니가 일러준 대로 눈을 내려뜨고 있으니 신랑의 얼굴을 어찌 보겠는가. 키가 큰 사람일까. 아니면 난장이일까. 얼굴은 하얀 편일까. 아니면 검은 사람일까. 광대뼈가 나온 사람이면 상당히 고집이 셀 터인데……. 신랑이 신고 있는 천으로 만든 검은 장화 목화가 신부의 눈에 들어왔다. 동네에서 치루는 혼례식에서 본 것처럼 신랑은 사모관대에 가슴부분 중앙에 두 마리의 홍학을 수놓은 단령포를 입고 신부의 대대처럼 허리에 각대를 하였을 것이다. 보지는 못하지만 신랑은 머리에 검은 색 사모를 쓰고 있을 터이다. 양 옆에 장식깃이 달려있는 모자 말이다. 조선시대 궁중관료들의 복장인 사모관대를 혼례식에만 신랑에게 허락하여 일생 딱 한 번 착용해보게 하는 관습을 따르는 것이다.

둘이는 마주 서서 맞절을 하고 청중을 향해 인사를 하고 목사님을 향해 나란히 서서 결혼주례 말씀을 들었다. 다른 것은 점동의 머리에 하나도 남지 않았지만 딱 한 마디가 머리에 각인되었다.

"이러므로 남자가 부모를 떠나 그 아내와 연합하여 둘이 한 몸을 이룰지니 이 비밀이 크도다."

뒤통수에 꽂히는 사람들의 눈길을 잊고 점동은 둘이 한 몸이 된다는 말에 마음이 쓰였다. 어떻게 두 사람이 하나가 될 수 있단 말인가. 이건 굉장한 비밀이구나 하는 생각에 빠져들었다.

드디어 주례자의 공포가 교회당 안에 울려 퍼졌다.

"이제 부부가 된 박에스더와 박유산, 이들은 하나님이 짝지어주신 것이니 사람이 나누지 못합니다."

아하! 신랑이란 하나님이 짝지어 준 것이란 말이지. 에스더는 눈을 깜빡이며 이 말의 뜻을 받아들이려고 마음을 가다듬었다. 드디어 결혼식이 끝났다. 김에스더가 아니고 박에스더란 이름이 아주 생경스럽게 마음에 다가왔다.

이화학당 여학생들 모두 나와 축가를 불렀다. 소프라노와 알토의 화음이 부드럽게 성전을 채운다. 교회 한가운데를 신랑과 팔짱을 끼고 나오는 성혼행진을 하면서도 에스더는 다소곳이 눈을 내려떴다. 성전입구에 이르러서 에스더는 잽싸게 옆에 선 신랑을 흘끔 훔쳐보니 자신보다 키가 커서 마음이 놓였다. 키 작은 남자는 싫었다.

어머니의 가는 흐느낌을 들으면서 식장을 나왔다. 열 살에 양인들 집으로 보내 거기서 먹고 살았으니 너무 일찍 부모 곁을 떠나버린 딸이나. 그러고 보니 결혼식 때 빚을 내서 한복을 해 입힌 것 말고는 해준 것이 없었다. 교회에서 하는 예식이니 신부가 꽃가마를 타지도 못했고 신랑은 말을 타고 들어오지도 않았다. 그게 할머니와 어머니의 가슴을 도려내듯 아프게 했다. 특히 어머니의 눈앞엔 익숙하게 봐온 결혼식 장면이 쫙 펼쳐진다. 동네가 떠나갈 만큼 울려대는 꽹과리, 소고, 북, 징, 장구 날라리 등의 귀청을 찢는 풍물소리와 상모돌리기, 사물놀이로 동네가 떠들썩하다. 마당 여기저기 멍석을 깔아놓고 구름처럼 모여든 사람들 앞에 음식상을 푸짐하게 차리고……. 그런 것을 모두 제해버린 것이 딸에게 큰 죄를 지은 듯 부끄럽고 가슴이 저몄다.

세 번째도 딸을 낳았다고 점동이 태어났을 적에 며느리와 아기에게 미역국도 끓여주지 못하게 하고 모녀를 무지막지하게 구박을 했었다. 이렇게 구박덩어리로 태어난 손녀, 점동을 떠나보내니 죄의식이 대못을 박는 것처럼 아프게 할머니의 가슴을 스쳐지나갔다.

수원댁은 집으로 돌아오면서 점동에게 선물로 기러기 한 쌍을 해주어야겠다고 생각했다. 기러기는 한 번 인연을 맺으면 끝까지 간다는 백년해로를 서약하는 징표이다. 청색 보자기에 싼 기러기 한 마리, 또 홍색 보자기에 싼 기러기 한 마리를, 가장 예쁜 목(木)기러기로 골라 선물하면 가슴에 맺힌 한이 풀리고 점동에게 덜 미안할 것이란 마음이 들어 가벼운 마음으로 집으로 향했다. 어머니로서 딸에게 줄 마지막 선물이 겨우 나무기러기 한 쌍이라니!
하면서도 딸이 쪽을 찐 것이 너무 기뻤다.

　첫날밤 처음으로 신랑과 신부가 마주 앉았다. 신부의
눈이 날카롭게 머리끝에서 발끝까지 신랑을 훑어본다. 매
몰찬 신부의 눈길을 피해 신랑인 박유산이 머리를 푹 숙
였다. 좀 뜸을 드리다가 서서히 치켜뜬 신랑의 눈이 신부
의 눈과 마주치는 순간 피식 웃었다. 상당히 계면쩍은 웃
음이었다. 신부인 에스더의 첫눈에 신랑은 우직하고 정직
하고 성실해 보이지만 그만 실망하고 말았다. 집을 떠나
기 전에 본 남자란 어린 시절 이웃이었던 필봉과 봉운이
가 전부였다. 그리고 집안에 오직 한 사람 남자인 아버지
뿐이었다. 딸이 넷이요, 어머니 할머니 모두 여자였다. 열
살에 이화학당에 들어와 본 남자들은 닥터 스크랜턴, 그
리고 닥터 홀, 어쩌다 스치고 지나가는 남자 선교사들뿐
이다. 저들은 키가 크고 얼굴은 해사하고 영양상태가 좋
아 윤기가 돌았다. 그들 모두는 자신감이 넘쳤고 주눅 들
지 않은 당당한 모습이었다. 지금 에스더의 신랑이라고
앞에 앉아 마주 보고 있는 남자는 젓가락처럼 삐쩍 말랐
고 오종종한 얼굴에 구리색 피부, 누런 이빨은 외국인들
만 봐온 에스더의 눈에 생경스럽고 이질적이며 정말로 못
생긴 남자였다. 신랑, 박유산은 조선사람 치고는 키가 크
고 몸집도 좋았고 이목구비가 또렷해서 잘생긴 얼굴이었

으나 외국인에 익숙한 에스더의 눈에 비친 박유산은 너무 못 생겨서 실망하여 가슴이 철렁했다.

어머니의 마지막 당부의 말이 귓가를 맴돌았다.

"내가 보기엔 네 개짐이라도 빨아줄 남자로 보이더라. 시부모가 다 돌아가시고 없다니 그게 너에게는 큰 복이다. 시집살이 시킬 사람들이 없다는 뜻이다. 더구나 너처럼 여염집 여자가 아니라 의사를 도와 팔랑거리는 팔자에 딱 맞는 사람처럼 보인다."

에스더 앞에 앉아있는 이 남자가 개짐이라도 빨아줄 남자란 말인가. 의구심에 가득 찬 시선으로 에스더는 남편을 머리끝부터 발끝까지 날카로운 눈으로 계속 샅샅이 훑어보았다. 그녀의 차가운 눈초리에 질렸는지 박유산은 머리를 푹 숙이고 잠잠히 앉아있다. 그의 옆얼굴을 보며 혼례식에 주례자가 일러준 당부의 말이 스쳤다. 하나님이 짝 지어준 남자이니 죽음의 자리까지 함께 가야겠구나 하는 생각에 이르자 에스더는 한숨을 푹 내쉬었다.

혼례를 치렀으니 댕기머리가 아니고 쪽을 찐 에스더는 김에스더가 아니라 남편의 가문을 따라서 박에스더가 되었다. 과년한 나이에 치렁하게 머리를 땋아 등 뒤에 늘어뜨리고 병원에 나가면 환자들이 불쌍하다고 혀를 차며 안타까워하는 마음을 감추지 않고 내비쳤다. 이제 쪽머리를 하니 비녀를 찌른 모습으로 당당하게 저들 앞에서 어른행

세를 할 수가 있게 되었다. 게다가 닥터 홀 부부를 따라 평양으로 가는 일이 척척 진행되고 있었다. 바로 이 길이 에스더가 바라고 원했던 바였다. 끝까지 닥터 로제타를 따라다니면서 의술을 배울 심산인데 남편인 박유산까지 함께 가니 이런 횡재가 어디 있겠는가! 박유산은 닥터 홀에게 꼭 필요한 사람이고 닥터 로제타도 박에스더가 꼭 필요한 존재였다. 그녀 혼자의 손으로 내과, 치과, 이비인후과, 피부과, 산부인과 등 모든 분야의 치료를 하기 때문이다.

4

1894년 오월 초 따사한 봄볕을 받으며 제물포에서 작은 기선을 탔다. 닥터 홀 부부와 갓 돌을 지낸 아들 셔우드를 데리고 유모인 실비아, 그리고 박유산과 박에스더 부부가 평양으로 향했다. 한양에서 평양까지 육로를 이용하면 걷거나 가마를 타든지 당나귀를 타도 편도만 일주일 이상이 걸리지만 배편을 이용하면 이삼 일이면 가능했다. 더구나 남녘에서는 동학농민군의 들썩거림을 평범하게 보아 넘길 수 없었다. 외국인의 신분을 감출 수도 없어 아무래도 평양까지 가는 육로는 위험했다. 어린 아들까지 데리고 육로를 이용하는 것보다 배편이 낫다고 주장하는 닥터 홀의 결정을 따라 일행은 배를 탔다.

왼쪽에 탁 트인 바다를 끼고 고광나무 꽃이 순백의 꽃잎을 자랑하며 은은한 향이 그득 고여 있을 산야를 오른쪽에 끼고 도는 해안 길은 환상적이었다. 튀긴 좁쌀을 붙여놓은 것처럼 보이는 조팝나무들도 어른거렸다. 더군다나 오렌지색 돛이 멋과 흥취를 한껏 부추겼다. 서해안은 동해안에 비해 물이 맑지 않고 황하에서 흘러내려오는 물로 인해 누르끄름한 황토 빛이다. 그래도 봄빛이 완연한 오월의 풍경은 바다와 육지가 조화를 이루어 무척 즐거운 기운을 자아냈다. 육지엔 진달래가 거의 져가고 빛깔이 억센 매화나 아기씨 꽃이 여기저기 강렬한 빛을 토해가며 몽우리를 터뜨리고 있을 것이다. 새털구름이 나지막이 해변 가를 스쳐 지나간다. 바닷바람과 산바람이 맞부딪히며 실어 나르는 쌉쌀한 찔레꽃 향기도 코끝을 스친다.

임신 중인 에스더는 입덧을 심하게 하지 않았지만 남편 박유산은 계속 신경을 썼다. 신혼여행도 없었던 에스더 부부는 배를 타고 가는 평양행이 마냥 즐거웠다. 박유산은 아내와 밤마다 이야기를 나누면서 아들을 낳지 못해 고통을 당한 처갓집 사정을 알게 되었다. 아내인 에스더가 하는 일은 자신이 하는 일보다 전문적인 것이 많았다. 영어도 잘하고 자신보다 훨씬 영리하고 총명한 아내가 남편의 입장에서 자랑스러웠다.

"찔레 순이 먹고 싶어요."

에스더의 요구에 유산은 빙그레 웃었다. 곤란하다는 표정을 지으면서도 다정하게 대답했다.

"뱃속의 아기가 상당히 똑똑한 모양이다. 바람을 타고 온 찔레꽃 향기를 뱃속에서도 맡은 모양이지. 찔레 순을 벗겨 먹으면 약간 알싸하고 달착지근 아삭아삭한 맛이 보리고개를 앞둔 배고픔을 참지 못하는 가난한 사람들의 입 안에 군침을 돌게 하지."

"어떻게 그렇게 잘 알아요. 난 태어나서부터 한성에서 자라서 그런 걸 잘 몰랐는데……."

"내가 당신보다 나이가 많으니 더 경험이 많아. 봄이 오면 산야에 지천으로 자란 찔레 순이 어린 시절 우리들의 간식이었어. 당신도 정동에서 살았지만 울안에 찔레꽃을 심었던 모양이지. 찔레 순을 먹고 싶다고 하는 걸 보니."

에스더는 남편의 다정한 말에 머리를 끄덕였다. 울안에 찔레꽃은 없었지만 봄이 오면 어머니와 바로 위 언니를 따라 목면산에 올랐다. 거기서 어머니가 따준 찔레 순을 먹은 적이 있었다. 아들을 못 낳는다고 할머니의 불호령으로 집에서 쫓겨난 봄철이면 언제나 어머니는 점동이를 데리고 심심산골을 헤맸다. 그 시절 어디서나 지천으로 피어있는 찔레꽃의 연한 순으로 끼니를 때우기도 했었다.

박유산은 항상 자신의 마음을 아내에게 알렸다.

"부모를 일찍 여의고 동생들을 뒷바라지하며 너무 외로웠어. 내가 죽을 때까지 함께할 당신을 만나서 정말 기뻐고 행복해."

에스더 부부보다 일 년 먼저 결혼한 닥터 홀 부부의 생활이 그들의 모델이 된 탓일까. 박유산은 에스더에게 조선의 권위적이고 횡포로 가득한 남자와 달리 이국적인 취향과 냄새를 솔솔 풍기기 시작했다.

닥터 홀 일행이 타고 가는 배가 평양을 앞두고 절반쯤 왔을 적에 갑자기 나무 조각들과 잡다한 바다 쓰레기들이 해안을 향해 급물살을 타고 밀려왔다. 바람도 점점 거세게 불기 시작했다. 배가 마구 나뭇잎처럼 흔들리더니 몸을 가눌 수가 없을 정도로 요동쳤다. 뱃멀미를 심하게 하는 에스더는 견디지를 못하고 뱃바닥에서 뒹굴다가 혼절할 지경이 되었다. 박유산은 아내를 무릎 위에 뉘고 안타까운 시선으로 내려다보며 가슴을 따독여주고 짐 속에서 얄팍한 이불을 꺼내 에스더의 어깨를 덮어주었다. 점점 바람이 거세졌다. 태풍이 분명했다. 바다 위에 떠있는 종이배처럼 배는 세차게 요동해서 장난감을 갖고 잘 놀고 있던 셔우드가 울음을 터뜨렸다. 닥터 로제타가 아들을 가슴에 안고 머리를 쓰다듬었다. 다행히 선장이 지혜롭게 작은 섬으로 피하여 정박하는 바람에 이틀을 섬에 머문 뒤 태풍이 잠이 들자 간신히 다시 평양으로 항해를 시작했다. 육로보다 편하다고 택한 뱃길이지만 이런 경우 육로를 택한 것보다 더 위험했다.

태풍을 겪어가면서도 무사히 일주일만에 대동강 입구

에 도착했다. 큰일을 행하려 가는 앞길이 어찌 평탄하겠는가, 하며 닥터 홀은 모두를 위로했다. 100리 정도 떨어져 있는 보산까지만 대동강 물줄기를 타고 배가 갈 수 있는 한계였다. 그 다음은 물의 깊이가 얕아져서 나룻배로 갈아탔다. 지금까지 온 길은 한쪽은 바다이고 다른 한쪽은 해안을 끼고 돌아서 두 쪽 풍경을 감상했는데 대동강을 끼고 가는 뱃길에는 양쪽의 아름다운 절벽과 산야가 눈에 들어왔다. 한강변과는 완연히 다른 풍치가 펼쳐졌다. 평양이란 도시는 닥터 로제타나 에스더가 처음 오는 생소한 곳이다. 닥터 홀은 박유산을 데리고 일 년에 두세 차례 답사하고 선교기지로 삼느라고 오갔기 때문에 평양은 저들의 피와 땀이 괸 도시였다.

대동문 밖 덕바위 아래 나루터에 나룻배가 닻을 내렸다. 닥터 로제타와 에스더의 가슴이 뛰기 시작했다. 바로 이 도시에 일생을 걸어야 할 것이라는 강한 힘이 저들의 마음을 사로잡았다. 뱃전을 잡고 선 두 여인은 이상하게 밀려오는 마음의 출렁임을 누르면서 강변의 풍경을 그윽하게 바라보았다.

한양에서 평양까지는 800리. 조랑말 양 옆구리에 책, 약품, 약간의 식량을 담은 상자를 매달고 평양에 오갈 적마다 닥터 홀은 이따금 다리가 아프면 올라탈 때를 대비하여 담요를 준비해 갔다. 너무 작은 말이라 걷는 속도가 닥터 홀이 걸어가는 것보다 더디어서 내부분 기가 크고 몸십이 좋은 닥터 홀은 걸어갈 수밖에 없었다. 남편이 이렇게 고생하며 개척한 모험의 땅, 평양에 로제타는 아들과 함께 유능한 동반자 에스더를 데리고 온 셈이다.

평양은 조선의 어느 도시보다 악하고 더러운 곳으로 알려져 있다. 자기들 마음에 들지 않으면 조직적으로 저항하고 돌을 던지는 곳이다. 인구가 10만이 넘는 도시이며 대체적으로 주민들은 상당히 도전적이고 적극적이다. 반항심이 강하고 패를 갈라서 석전(石戰)을 벌렸고 기생이 말을 타고 군무를 출 정도로 여성들이 강한 걸로 유명한 도시다. 다른 도시보다 부유한 것은 청국과 접한 국경이 가깝기 때문이다. 한양과 북경을 연결하는 도로 위에 자리잡고 있어서 도로가 잘 정비되어 있고 해상교통도 용이한 곳이라 선교기지로는 가장 적합한 도시라고 본 닥터 홀이 평양을 선교의 베이스캠프로 결정했다. 처음에는 의주에 관심이 많았으나 의주는 죽어가는 도시였다. 평양은 이런 지형적 이점과 도로 여건 때문에 앞으로 크게 성장할 것이란 판단을 내리고 이들이 평양에 오게 되었다.

닥터 홀이 분석한 것 중에 가장 중요한 요지는 평양이 이런 위치적 여건 때문에 새로운 문화에 대하여 개방적일 것이라는 이점을 마음에 두었다. 물론 처음에는 저항을 하겠지만 다른 지역에 비해 활발한 선교가 이뤄질 수 있는 도시라는 진단을 내렸으나 때때로 힘이 들어 낙심할 적도 있었다. 특히 작년에 장로교의 마펫 선교사와 한석진 조사가 당한 핍박은 앞으로 다가올 큰 환란의 징표이기도 했다.

"아무래도 저항이 클 거야. 여기에 당신과 아기를 데리고 온 일이 잘한 짓인지 모르겠어."

이따금 닥터 홀은 고민스러운 표정을 감추지 못하고 괴로워했다. 반드시 개척해야 할 곳이지만 다가오는 무서운 환란과 핍박을 예측할 수 없었기 때문이다.

"사도 바울이 개척할 적에 얼마나 많은 고생을 했는지 성경에 기록되어 있잖아요. 로마에 갈 적에는 죄수가 되어 묶여 갔지요. 인간의 눈엔 안타까웠지만 오히려 그 갇힌 힘이 그의 생명을 구하게 된 놀라운 섭리가 숨어 있었잖아요. 지금 평양엔 외국인이 우리 두 사람뿐이에요. 물론 생명의 위험이 따르고 두렵지요. 우리가 보기에도 이런 미미함이 나중에 창대하리라 믿어요."

남편이 낙심하지 않도록 닥터 로제타가 격려했다.

"당신 말이 맞아요. 지금 시점에서 보면 상당히 난감하지만 주님이 우리 앞에 서서 인도하여 모든 것이 잘 될 거라고 믿어요."

재작년 가을 육척 장신의 닥터 홀이 평양에 나타나자 구경꾼으로 길은 혼잡해지기 시작했었다. 주막에 자릴 잡고 앉았다. 앞문은 거리를 향해 있지만 옆과 뒤에는 돼지우리, 외양간, 닭장이 있어 냄새가 진동했다. 도배를 하지 아니한 벽에서는 흙가루가 부슬부슬 떨어져내려 서걱거렸다. 이런 방에서 먹고 자고 환자들을 치료해주었다. 밤에 잘 때가 제일 괴로웠다. 너무 작은 주막의 토방은 닥터 홀이 전신을 펴고 누우면 창호지문 밖으로 두 발이 삐죽 툇마루로 나가서 그런 자세로 문을 열어놓고 잔 적이 많았다. 이렇게 고생하면서 닥터 홀이 개척한 평양을 선교의 베이스캠프로 절대 포기할 수 없었다.

평양거리에 처음 나타난 서양여자인 닥터 로제타로 인해 도시가 발칵 뒤집혔다. 게다가 서양아기까지 등장했으니 동물원에 처음 등장한 원숭이라도 이런 소동을 겪지 않았을 터이다. 청나라에 가깝게 있어 이질적인 문화를 무척 많이 수용해서 개방적일 거라고 닥터 홀 부부는 생각했는데 그게 아니었다. 처음 나타난 서양여자와 아기에게는 너그럽지를 못했다. 사람들은 배에서 내린 닥터 로제타와 돌을 넘긴 아기, 셔우드를 구경하려고 거센 물결처럼 밀려와서 자꾸 조여오니 아기를 안은 닥터 로제타는 몸을 움직일 수조차 없었다. 아기의 파란 눈을 보고 킥킥거렸고 닥터 로제타의 지나치게 부드러워 중국비단처럼 느껴지는 머리카락과 옷을 만져보느라고 손을 마구 내밀었다.

태풍을 만난 뒤끝이라 지쳐버린 에스더는 자신보다 닥터 로제타와 셔우드를 보호하느라고 고함을 치면서 벌떼처럼 밀려드는 사람들을 떼어냈다. 인파의 힘은 태풍의 눈처럼 휘몰아쳐서 제어할 수가 없을 지경이었다. 박유산은 배가 부른 아내 에스더가 다칠 것을 우려하여 앞으로 돌려 세우고 등으로 사람들을 막았다.

사태가 심각함을 인지한 닥터 홀은 군중을 향해 소리쳤다.

"내일 우리가 아기랑 엄마를 함께 여러분들에게 보여드릴 터이니 오늘은 제발 돌아 가주시오. 내일 오시오. 내일 오시면 차례로 10명씩 줄을 서서 방안으로 들어와 볼 수 있도록 하겠습니다."

너무 다급해서 터져 나오는 영어와 서툰 조선말을 알아듣지 못하고 어리어리거리는 사람들을 향해 에스더가 통역하여 다급하게 외치니 서서히 군중들은 머리를 끄덕였다. 평양거리가 너무 소란하여 관리들까지 총출동하여 인파를 막아섰다. 내일을 기약하며 아쉬움과 호기심에 들뜬 사람들은 닥터 홀의 가족 옆을 서서히 물러나기 시작했다.

5

음식 조심을 무척 했는데도 닥터 로제타와 셔우드는 물이 바뀌고 환경이 달라져서인지 장염을 앓기 시작했다. 몸살기가 심한 터에 사람들은 밖에 밀려와 웅성거렸다. 닥터 홀도 지난 겨울부터 시작된 기침이 멎지 않고 콜록

거려서 온가족이 몸이 부실한 상태였다. 지금 평양에는 아기 셔우드까지 포함해서 오직 세 사람의 외국인만 있을 뿐 아무에게도 도움을 청할 수 없는 상태였다.

에스더는 임신한 몸이라 자고나면 몸이 무거운 걸 느끼고 손발이 퉁퉁 부어올랐다. 닥터 홀 부부와 아기까지 아프니 말도 못하고 밀려드는 인파를 걱정이 가득 담긴 시선으로 바라보았다. 박유산은 아내가 걱정이 되었으나 상황이 급박하게 돌아가니 어쩌지를 못하고 서성거렸다. 자신보다 여덟 살이 어린 아내지만 에스더는 지나치다 싶게 완벽주의자였다. 울타리가 무너져 내릴 정도로 빼곡하게 밀려드는 사람들을 열 명씩 세워놓고 차례를 정했다. 이렇게 줄지어 기다리는 일에 익숙지 않은 사람들은 안달이 나서 자꾸 앞으로 밀려들어와 질서를 지키기 어려웠다.

닥터 로제타와 아기 셔우드는 처음에는 방문을 열어놓고 열 명씩 방안으로 들어와 보고 나가게 했었다. 제일 앞의 몇 팀은 에스더와 박유산의 말을 따라 질서를 지키더니 나중에는 와장창 무너진 저수지 둑처럼 물밀 듯이 방안으로 밀려들어와서 방이 터져나갈 지경이었다. 어쩔 수 없이 닥터 로제타는 어린 셔우드를 안고 마당으로 나갔다. 잘못하면 압사 사건이라도 터질 위기의 순간이었다.

밀려든 사람들은 아기를 보고 특별한 관심을 보였다. 닥터 로제타는 아직 조선말에 서툴러서 다 알아듣지 못하지만 에스더는 작은 소리까지 다 들으면서 웃음이 절로 터져 나왔다.

"아들이라는데 어째서 저렇게 이상하게 생겼지."

"우리 아기들하고 살갗이 다르잖아."

"눈이 작년에 중국에서 얻어온 강아지 눈빛이야. 새파란 것이 꼭 가을 하늘 빛이야."

"손가락으로 눈알을 콕 찔러보고 싶어. 눈을 깜빡일까 하는 의심이 들잖아."

"그래도 우리의 아기하고 많이 닮았어."

"우리 아기들처럼 오줌똥을 싸는 것일까?"

"기저귀를 찼는지 모르겠다. 그걸 확인할 걸."

"머리카락이 우리 집에서 기르는 강아지, 누렁이 하고 비슷해."

"아마도 강아지가 조상인가. 어째서 그렇게도 강아지 모습을 많이 닮았지."

이렇게 호기심이 많은 사람들이 과연 내 나라 민족인가 하는 생각에 에스더는 웃음이 터져 나왔다. 여자들은 주로 아기 셔우드에게 관심이 많았다. 슬쩍 옆구리를 찌르자 셔우드가 죽어라 울어대는 바람에 그때서야 모두 함박웃음을 삼키며 아기를 달래려고 손을 내밀었다. 이런 식으로 나가다가는 압사사건이 일어나서 아내와 아기가 위험할 뿐만 아니라 사람들까지 다칠 위험성이 있어서 닥터홀은 애가 탔다. 마낭에서 일어나는 사건을 모르고 집 주위로 몰려드는 사람들이 자꾸 늘어나서 천 명도 넘을 듯

했다. 사태를 수습해야겠다는 마음에 닥터 홀은 박유산을 데리고 평양 고위직 관리를 만나러 갔으나 아무도 나오지 않았다. 어쩔 수 없이 통역을 할 수 있는 에스더를 데리고 평양감사, 민병석을 만나려고 뛰었다. 게슴츠레한 눈에 귀찮아하는 표정을 감추지 않고 거드름을 피우면서 나온 민병석 감사의 첫 발언이 닥터 홀을 위협했다.

"어쩌자고 남의 나라에 들어와서 이 소란을 떠는 거요. 자기 나라에서 살지 조용한 우리나라에 와서 어쩌자고 이런 난동을 피우는지 정말 모르겠네."

이 말을 다 전하면 닥터 홀의 마음이 상할까봐 에스더는 조심스럽게 그저 좋게 통역을 했다. 그러나 그의 건방지고 방자스러운 태도가 마음에 걸린 에스더는 장차 다가올 어떤 위기감 같은 걸 감지하고 몸을 떨었다.

"아기와 어머니를 보호해 주지 않으면 국제법에 걸립니다."

에스더가 암팡진 눈으로 평양감사를 노려보면서 강하게 말했다. 물론 닥터 홀의 말을 전한 것이지만 국제법이니 하는 것은 에스더 자의로 집어넣어 그를 위협하는 태도로 나갔다.

"으흠! 맹랑하군. 뒤에 미국이나 영국 같은 큰 나라가 버티고 있다 이거지. 여긴 우리나라야. 어떻게 너희들이 힘을 쓸 수 있다고 이래. 어서 빨리 내 관할인 평양에서 꺼져버려. 그래야 이곳이 조용해질 터이니. 우리나라 법을 어긴 건 너희들이다. 아직 조정에서 너희 양놈들이 여기까지 올 수 있다는 허락을 내린 증명서가 없잖아."

이런 대화의 진행을 잘 모르고 닥터 홀은 그저 아내와 아기를 보호해 달라고 애걸했다.

그러자 평양감사는 내심을 들어내기 시작했다.

"어째서 여관에서 환자들을 치료하지 않고 서문 밖에 좋은 집을 골라잡아 터를 잡고 그런 짓을 하려는 것이요?"

에스더의 통역을 통해 내용을 전달받은 닥터 홀은 즉각 이렇게 대답했다.

"여관은 너무 좁아 치료하기 불편해서 넓은 집으로 옮겼습니다. 모두 당신네들을 위한 것인데 무엇이 잘못되었단 말이요."

"그런데 어쩌자고 아내와 아기를 데려왔소?"

"제 아내도 의사라 이곳 여성들과 아이들을 치료해주려고 왔소. 아기는 이제 돌을 지냈으니 혼자 둘 수 없어 어머니를 따라와야 하니 데리고 왔소."

"그럼 여기서 길래 살 것이요?"

"아니요. 얼마동안 이곳의 아픈 사람들을 치료해 준 뒤 돌아갈 것이요."

"사람들 말로는 아내와 아기까지 데리고 온 가족이 온 것을 허락해준다면 양인들이 하나씩 둘씩 자꾸 늘어와서 평양이 양인들 바다가 될 것이라고 야단이요. 마치 제물포나 부산항이 왜놈들 천지가 되듯이 말이요."

밀어닥치는 변화의 싹을 누르고 기존세력을 유지하고 자 수단과 방법을 가리지 않는 수구세력 편에 서 있던 민병석 감사는 에스더와 입씨름을 한참 한 뒤에야 마지못해 군졸을 보내 사태를 수습하였다.

김창식 조사가 자신의 이름으로 서문 밖에 집을 두 채 사놓아서 거기에 짐을 풀자 평양주민들의 관심이 이 집에 쏠리게 되었다. 박유산은 우선 음식을 해먹을 수 있도록 그을음으로 얼룩진 부엌을 치우고 정리하느라고 이마 위로 굵은 땀이 줄줄 흘러 내렸다. 평양에 오래 머물 기미를 보이지 않으려고 접이식 침대를 가져와서 펴놓고 돗자리를 사다 차가운 온돌바닥에 깔았다.

닥터 홀이 나타나자 평양주민들은 28년 전에 일어났던 양선(洋船)사건을 생생하게 떠올렸다. 지금도 대동문에는 그 당시 전승기념으로 평양주민들이 태워버린 셔먼호의 닻과 쇠사슬이 걸려 있었다. 이런 상황에 겁도 없이 양인이 아내와 아기까지 데리고 나타났으니 평양주민들의 감정이 복잡한 건 당연했다.

1866년 대동강 물줄기를 타고 올라왔던 미국 상선 제너럴셔먼호는 비가 많이 와서 수위가 높을 적에 멋도 모르고 큰 배를 보산까지 몰고 왔다가 당한 일이었다. 저들이 원한 것은 통상이라 문호를 개방하여 서로 교역하자는 주장을 내세웠다. 그러나 외세에 대하여 조정으로부터 거부반응을 보이고 있던 때다. 비가 멎고 물의 수위가 얕아져서 배가 강바닥에 걸려 꼼짝 못 하는 걸 보고 쪽배에 짚을 잔뜩 실어 불을 붙여 내려 보내 제너럴셔먼호를 불태워버렸다. 마침 그 배에 조선에 선교할 기회를 엿보느라고 한문성경을 많이 가지고 타고 있던 영국의 토마스 목사가 불길을 피해 뭍으로 내려와 잡혔다. 그를 모래사장에서 효수할 적에 그는 자신이 들고 온 한문성경을 사람들에게 나누어주었다.

바로 그 성경의 흔적을 닥터 홀이 평양의 한 모퉁이에서 발견한 적이 있었다. 그가 평양을 선교지로 정하려고 탐사하러 왔을 적에 대동문 안에 위치한 허름한 여관에서 묵게 되었다. 자려고 방에 누워서 가만히 보니 그 여관방 벽과 천장을 온통 한문 범벅인 종이로 도배를 했다.

"이게 미신을 불러들이는 주술이 적힌 부적인가? 이상하군. 자네가 한문을 잘 아니 한번 읽어보고 번역해 보시오."

천장과 벽의 도배지에 별관심이 없던 김창식 조사가 한참 정신을 집중하여 벽면을 보다가 소리쳤다.

"어머머! 이건 성경말씀입니다. 한문으로 쓴 성경이요."

늦은 시간이지만 여관주인을 불러 사연을 물었다. 최치량이란 이름을 가진 중년의 사내가 닥터 홀 앞에 섰다.

"어째서 한문성경을 뜯어서 이렇게 방을 도배했나요?"

"그건 제가 한 것이 아니고 여관의 본래 주인이었던 영문주사 박영식이 종이가 귀한 시절이라 양인 목사 효수 현장에서 얻어온 책으로 여관방들을 도배했습니다."

그렇다면 도배지로 사용된 책은 토마스 목사가 전해준 성경이란 뜻이다. 놀란 닥터 홀이 흥분을 삭이면서 여관 주인에게 물었다.

"양인 목사가 효수당하는 현장을 지켜보았소?"

"그 당시 제가 11세였는데 양인은 무릎을 꿇고 무어라 중얼대더니 칼이 목을 치기 전에 책을 높이 들고 무어라 외쳤습니다. 조금도 겁을 내지 않고 아주 당당했어요."

닥터 홀보다 앞서 들어와 순교한 토마스 목사의 흔적이 그의 가슴을 뭉클하게 했다.

평양감사의 강한 박해로 인해 이틀간 고생하고 위험에 처했지만 닥터 홀 부부는 환자진료를 시작했다. 로제타는 여성 환자를 닥터 홀은 남자 환자들을 하루 종일 치료했다. 가드너 영사는 외국인 여자와 아기가 평양에 머물기는 위험하니 어서 귀경하라는 명령이 득달같았다. 남쪽에서 일어난 동학군이 심상치가 않아 외국인 모두가 철수할 가능성도 있다는 염려의 전보였다.

평양에 도착한 지 한 달 만에 독일인 선장이 이끄는 배를 타고 제물포로 향했다. 닥터 로제타는 평양을 떠나는 것이 아쉬운지 연신 눈가의 눈물을 닦아냈다. 아직 산달이 두 달 남았는데도 배가 살살 아파서 에스더는 불안했다. 다행히 바다가 잔잔해서 27시간 만에 제물포에 도착했다.

제물포의 분위기는 상당히 분분하고 전쟁 전의 이상한 전운이 감돌았다. 닥터 로제타는 여자인지라 예민하여 바닷바람에 실려 오는 심상치 않은 분위기에 앞으로 다가올 무서운 기운을 감지할 수 있었다.

그녀의 염려대로 청국과 일본이 자기들의 땅이 아닌 남의 땅, 조선에서 맞붙었다. 청국과 일본은 모두 조선을 삼키려는 발톱을 감추지 못하고 그대로 적나라하게 드러내 놓고 서로 으르렁거렸다. 잘 차려진 잔치상인 조선을 앞에 놓고 누가 먹을 거냐고 으르렁거리면서 싸움판을 벌린 셈이다.

이런 소란통에 에스더가 진통을 시작했다. 팔삭둥이를 나오려는 모양이었다. 나이도 어리고 너무 격심한 환경이 원인이었을까. 걱정스럽게 바라보는 남편의 손을 잡고 닥터 로제타가 출산을 도왔다. 박해가 심했던 평양으로 가서 마음고생이 많았고 험한 바닷길에 배를 타고 한성으로 오가는 안정되지 못한 상황에서 일찍 출산한 아기는 겨우 1.8kg의 미숙아였다. 딸만 낳고 고통 받던 친정어머니 모습을 봐왔던 에스더는 낳은 아기가 고추를 달고 있는 걸 보니 내심 기쁨이 충만했다. 비록 아기 몸이 작았지만 슬그머니 만족감과 떳떳함을 느꼈다. 어쩔 수 없이 에스더도 이 땅의 여자임을 부인할 수 없었다. 그러니 이기는 에스더와 박유산 품에서 겨우 36시간을 머물다가 숨을 거두었다.

슬픔을 감추지 못하는 쪽은 남편인 박유산이었다. 부끄러운 줄도 모르고 흐느꼈다. 이런 박유산의 등을 두드리면서 닥터 홀이 위로했다.

"아기가 여기보다 하늘나라가 더 좋은 모양이야. 이 땅에 와보니 전쟁소식으로 시끄럽고 북적이니 그냥 제 자리로 간 거야. 아기는 다음에도 낳을 수 있으니 우리 이 고난을 이겨냅시다."

에스더도 슬퍼했으나 우선 의학공부를 해야겠다는 욕심이 앞서서 모든 걸 다행이라 생각하며 가슴 속에 묻어버렸다. 하나님은 에스더에게 공부할 시간을 더 주기 위해 여기보다 더 좋은 천국으로 아기를 데려간 것이 분명했다. 닥터 홀의 가정과 의료활동을 도우면서 부부는 자신의 아기에게 시간을 할애하는 것이 사실상 어려운 일이었다. 더구나 셔우드가 이제 겨우 한 살인데 그 아기도 돌봐줘야 하는 자리에 있기 때문이다. 정들기 전에 그렇게 떠나보내는 것이 훨씬 낫다고 마음을 달랬으나 그래도 여덟 달을 뱃속에 넣고 있던 아기가 아닌가. 에스더에게 등을 돌리고 자는 척하는 박유산도 이따금 코 막히는 숨을 내쉬는 걸 보면 아내 몰래 울고 있는 것이 확실했다.

박유산은 남편의 자리에서 산후조리를 잘 해주고 산전조리에 더욱 신경써주지 못한 일이 못내 미안했다. 임신한 어린 아내가 배를 타고 평양을 오갔고 끔찍한 평양박해현장에서 고통을 당했으니 말이다. 아기를 밴 아내 앞에서 상투가 잡혀 얻어 맞아가며 질질 감옥까지 끌려갔으니 그 자리에서 유산하지 않은 것만도 다행이라고 생각하지 않았던가. 더구나 김창식 조사가 감옥에 갇혀 사형당한다는 절박감을 앞에 두고 얼마나 모두가 마음을 졸였던가! 아무리 마음을 다잡아도 박유산에게는 아내가 임신하고 있는 동안 격동기를 치른 지난날들이 너무 마음을 아프게 했다. 죽어버린 아들에게나 아내 에스더에게 너무나 미안했다. 남편이 모자라서 그렇게 된 것이라는 마음에 다음번에 태어날 아기에게는 자신이 특별히 잘해야겠다는 다짐을 하기도 했다.

갓 한 살을 넘긴 셔우드가 꼭 하루 동안 에스더의 아들을 만났는데 자꾸 죽은 아기를 찾았다. 인형처럼 손이 작다고 웃어대며 만졌던 따스함을 잊지 못하는 모양이다. 방 구석구석 장난감 상자 안을 뒤척이며 인형처럼 작은 아가를 찾아 헤매는 모습이 에스더 부부의 마음을 더욱 아프게 했다.

6

새벽 5시. 한성에 울려 퍼지는 요란한 총소리에 늘린

사람들이 잠에서 깨어났다. 일본군이 한성의 사대문과 사소문 등 8개 성문을 장악하고 청군과 20분간 총격전을 벌리는 바람에 놀란 주민들은 성문을 빠져나가느라고 장사진을 이루었다.

청일전쟁이 터진 것이다. 평양에서 청국과 일본이 맞붙어 격렬하게 싸워서 두고 온 성도들과 김창식 조사 걱정을 많이 하던 닥터 홀은 평양에 가봐야겠다고 짐을 꾸리기 시작했다. 아직도 더위가 기승을 부리는 터라 지금 가지 말라고 붙드는 아내의 손을 뿌리치고 용감하게 평양을 향해 진군하는 장군처럼 닥터 홀은 홀연히 한양을 떠났다.

달랑거리는 조랑말에 양식과 약을 싣고 떠나가는 닥터 홀의 등을 로제타는 가늠할 수 없을 정도로 밀려오는 걱정근심으로 인해 두려운 눈으로 바라보았다. 닥터 로제타 뒤에 몸을 숨기고 조랑말 고삐를 잡고 따라나선 남편, 박유산의 등을 에스더는 옷고름을 입에 물고 눈물을 글썽거리면서 배웅했다.

피난민들이 길이 미어지도록 밀려 내려와서 닥터 홀과 박유산은 더 이상 북쪽으로 전진할 수가 없을 정도였다. 그도 저들과 함께 어딘지 모르지만 피난민의 물결을 따라 무턱대고 남쪽으로 이동하해야 하는 것이 아닐까. 하지만 평양에 있을 김창식 조사와 두고 온 믿음의 식구들이 걱정이 되어 닥터 홀과 박유산은 무조건 평양 쪽으로 뚫린 길을 다잡았다. 두 사람은 모두가 버리고 떠나는 도시, 평양을 향해 피난민들과는 역방향으로 돌진했다.

닥터 홀과 박유산이 성문 언저리에 이르자 한 여름 뒷간보다 더 지독한 냄새가 코끝을 스쳤다. 푹 썩은 오줌통에서 나옴직한 눈을 아리게 하는 그런 기운이었다. 여기저기서 나는 지독한 냄새의 강도는 너무 심해서 눈이 알알할 정도였다. 푹 썩은 걸음더미에서 풍기는 냄새는 그에 비하면 아주 약과였다. 눈을 들어 들판을 바라보니 말들과 청국군인들이 뒤섞여 나뒹굴었다. 총을 맞아 죽은 시신들이 층층이 쌓여 있었고 죽은 사람과 죽은 말이 수십 미터 심지어 어떤 곳은 수백 미터에 널려있었다. 한 여름의 무더위로 인해 저들의 몸이 썩어가면서 내뿜는 악취는 말로 형언할 수 없을 정도였다. 쉬파리들이 알을 슬어 깨알만한 구더기들이 오물오물 들썩거리는 시신도 있다. 사방에 크고 작은 구더기들이 우글거렸고 쇠파리들이 윙윙거렸다. 청국군이 후퇴하면서 일부 죽은 자기 병사들을 묻어주었으나 채 묻지 못한 시체들과 묻어도 설익게 흙을 덮어 손발이 삐져나와 뒤엉켜 있었다. 청국군들이 버리고 간 종이부채와 종이양산이 여기저기 너저분하게 널려 있었다.

9월 중순이니 보통 때라면 한창 무르익어가는 곡식들이 너울거릴 들판에 죽은 군인들과 저들이 탔던 죽어 사빠진 군마들, 버리고 간 무기와 니끼저기 나뒹구는 옷가

지늘이 너저분했다. 악취가 진동하는 들판에 눈길을 던지며 알싸해진 코를 막고 박유산과 닥터 홀은 둔덕에 앉았다. 흰 치마저고리를 입은 아낙들과 죄 없는 어린 것들도 저들 틈에 끼어 죽어 널브러져 있었다. 불쌍한 이 나라의 백성들이 우연히 현장에 있다가 마침 들이닥친 양쪽 군대의 접전에서 빠져나오지 못하고 죽은 것이 분명했다.

한성에서 평양까지 먼 길을 걸어온 닥터 홀은 무척 지쳐보였다. 박유산은 악취가 풍기는 들판과 평양 시내를 바라보면서 엉엉 소리 내어 울어버렸다. 동학군은 나라를 위해 일어섰을 터이니 이 나라 백성이다. 잘 살아보자고 외치고 있으니 서로 만나서 타협할 일이지 동학군을 죽이겠다고 다른 강대국을 불러들였다. 다른 나라 군대를 불러서 자기 백성을 죽이라고 지시하는 왕은 도대체 어느 나라 왕인가. 왕은 정신이 있는 사람이란 말인가. 버려진 고아 같은 신세가 바로 이 나라 백성이라는 사실이 뼈저리게 다가오자 박유산은 가슴을 칼로 도려내는 듯 심한 아픔으로 인해 숨을 쉬기도 거북살스러웠다.

키가 구척인 닥터 홀이 땅바닥에 무릎을 꿇고 앉아 사방에서 신음하고 있는 아픈 사람들을 돌보기 시작했다. 모두 빠져나간 평양 시내에 양귀라고 사람들이 그토록 미워하던 양인이 부상병들을 돌보고 있다니! 박유산도 지천으로 널린 아픈 사람들을 돌보려고 눈물을 씻고 닥터 홀 옆에 앉았다. 양인 의사의 얼굴은 땀으로 범벅이 되었고 윗옷은 어깨에서 등을 타고 허리까지 흘러내리는 땀으로 푹 젖어있었다. 얼마나 힘이 들면 저런 땀을 흘리고 있을까! 아직도 목숨이 붙어있어 신음하는 청국군인들과 피난민들을 가리지 않고 돌보는 그의 옆에서 박유산도 땀범벅이 되었다.

"박유산! 여기 이 사람의 상처 부위를 알코올로 소독을 하시오. 이 더위에 고름이 잡혀서 수술이 필요하니 우선 붕대로 감고 우리 병원으로 옮겨놓으면 밤에 수술을 해야겠소."

"성문 밖 두 채의 한옥 병원은 부상자들로 만원입니다."

"우선 자네 방과 내 방에 뉘어도 돼요."

처음 평양에 자리를 잡을 적에 닥터 홀은 장로교의 마펫 선교사처럼 대동문 안에 자리를 잡지 않고 서문 밖에 자리를 잡았다. 전쟁의 와중에 대동문 안에 자리 잡은 마펫 선교사의 널다리골 교회는 상업지역이고 사람들이 들끓어 모두 약탈해 가고 폐허가 되어버렸다.

주민들이 피난 가버린 전쟁의 폐허에서 박유산은 죽은 듯이 널브러진 환자를 혼자서 옮기느라고 쩔쩔 맸다. 수도 없이 밀려오는 부상자를 돌보느라고 닥터 홀은 기력이 쇠한 듯 이따금 가슴을 펴고 멀리 하늘을 바라보면서 머리를 흔들었다. 아마도 힘이 진하여 어지러운 모양이다.

박유산은 최악의 전쟁터에서 닥터 홀의 헌신석인 태도에 가슴이 뭉클했다. 도대체 이 사람은 이떤 사람이란 말인가? 이 더럽고 냄새나는 전쟁의 폐허에서 자기나라 백성도 아닌 남의 나라 사람들을 돌보고 있으니! 이 나라의 왕인 국왕도 버린 백성이 아닌가. 박유산은 닥터 홀을 따라다니면서 넓은 시야로 조국도 보게 되었고 자신의 위치도 새삼스럽게 관찰했다.

곧 숨이 끊어질 청국군인의 입에 허리에 차고 있던 물병을 열어 물을 몇 모금 흘려 넣어주었다. 그리고 박유산이 혼자 중얼거렸다.

'죽을 사람이지만 목이 마르니 목이나 축이고 가시오.'

땡볕이 폐허를 태웠다. 병균이 득실거려 전염병이 나돌기 시작했다. 일본군인들에게서 퍼져나간 이질은 대단한 속도로 번졌다. 이질에 걸린 일본군인들은 곧바로 평양에서 후방으로 후송된 숫자만 해도 600명이 넘었다. 닥터 홀과 함께 온 마펫 선교사도 몸이 둘이라도 모자를 정도로 바빠서 정신이 없었다. 우선 피난가지 못하고 평양에 남아있는 노약자들을 돌보는 구호활동으로 인해 그는 닥터 홀을 도와줄 시간적 여유가 없었다.

결국 마펫 선교사와 닥터 홀이 이질에 걸려 쓰러지고 말았다. 건강한 마펫은 잘 견디었는데 닥터 홀은 병세가 아주 심해 보였다. 이런 상태로 며칠을 지내자 눈에 뜨이게 그의 모습이 초췌해졌다. 박유산 자신도 학질로 열이 대단했다. 그렇다고 아프다며 이대로 누울 수는 없었다. 평양으로 떠나기 전날 닥터 로제타가 가만히 다가와서 다정하게 박유산의 손을 잡고 남편 닥터 홀을 잘 돌봐달라고 부탁했으니 그녀와의 약속을 지켜야 한다. 닥터 홀의 건강을 돌봐야 한다.

음식도 부실한 전쟁의 폐허에서 날이 갈수록 닥터 홀은 허덕거렸다. 결국 그는 비틀거리면서 몸을 잘 가누지 못했다. 박유산이 애가 타서 닥터 홀의 팔을 잡아끌며 애걸했다.

"닥터 홀! 아무래도 안 되겠어요. 건강이 너무 나빠 보여요. 환자들 고만 돌보고 집으로 가서 휴식을 취해야 합니다. 이대로 여기 있다가는 죽습니다. 어린 아들 셔우드와 아내인 로제타를 생각해보세요."

박유산은 아내와 아기를 들이대면서 부상자들과 환자 치료를 중단시키려고 애를 썼다. 그래도 그는 끔쩍 않고 환자들에게 전심을 다해 매달렸다.

그간 여러 번 평양을 오갔고 음식도 좋지 않아 그의 건강은 작년부터 서서히 가라앉고 있었다. 여긴 한 여름의 전쟁폐허라 도시 안팎이 비위생적이고 더구나 닥터 홀은 외국인이니 면역력이 약했다. 전쟁 뒤끝이라 창궐한 전염병이 평양을 무섭게 강타하고 휩쓸었다. 그런 와중에도 그는 마치 켜놓은 촛불을 향해 죽으려고 달려드는 불나방처럼 악착같이 죽어가는 환자들에게 매달렸다. 아무리 참으려 해도 악취와 불결함이 극에 달한 환경이라 박유산도 견딜 수가 없어 차츰 짜증이 나기 시작했다. 몸과 마음이 한계섬에 이른 증상이다.

박유산의 강권적인 권유에도 닥터 홀은 머리를 흔들었다. 의사의 소명대로 움직이는 것이다. 국경을 초월하여 죽어가는 청나라, 일본의 군인 부상자들과 일반 민간 병자들을 버려두고 어떻게 여길 떠날 수 있단 말인가. 그가 이 나라에 온 목적은 이들을 돌보고 구하기 위한 것이 아닌가. 자신의 목숨을 위해 어찌 저들을 버린단 말인가.

드디어 닥터 홀이 쓰러지고 말았다. 그를 이대로 둘 수 없는 다급한 상황까지 간 셈이다. 마펫 선교사와 박유산은 점령군인 일본군본부로 달려갔다. 팔도 들어 올릴 수 없는 무력함에 빠진 닥터 홀의 눈앞에 아내 로제타의 얼굴과 아들 셔우드가 다가왔다. 지난 겨울부터 기침을 해서 평양에 올 때까지 멈추지 않는 것을 걱정했던 아내의 눈물어린 얼굴이 또렷하게 살아났다. 닥터 홀의 건강은 이미 그때부터 문제가 되고 있었던 셈이다.

평양에서 일본 배를 얻어 타고 한양으로 돌아오는 동안 박유산과 마펫 선교사는 닥터 홀의 곁에 바짝 붙어 한시도 떠나지 않고 돌보기 시작했다. 600명이 넘게 타고 있는 일본군인들은 모두 이질이나 열병에 시달리고 있어 배 전체가 전염병이 창궐하는 본거지가 되어버린 곳에 닥터 홀은 병든 몸으로 저들과 함께 타고 있었다.

배는 다행히 제물포에 도착하였고 닥터 홀의 증세도 호

전된 듯 보였다. 그런데 어쩌랴. 배에서 내리기 직전에 닥터 홀은 발진티푸스에 감염되고 말았다. 좁은 배에 갇혀 오는 동안 왜군들이 앓고 있었던 병이 전염된 것이 확실했다. 닥터 홀의 몸이 고열로 인해 혼수상태에 이르는 와중에 제물포에서 배를 갈아타고 한강을 거슬러 올라가고 있었다. 닥터 홀에게는 분초를 다투는 시간에 배가 암초에 걸리고 말았다. 해안에 상륙하여 하루를 묵고 다음날 수소문하여 돛단배를 빌려 계속 항해를 했다. 한성까지 오는데 하루가 더 쓸데없이 소비된 셈이다. 닥터 홀에게는 죽느냐 사느냐 하는 긴박한 시간이 치료도 받지 못하고 이렇게 방치되어 시간이 흘러갔다.

박유산은 너무 애가 타서 닥터 홀의 손을 두 손으로 맞잡고 계속 희미해져가는 의식을 잡아주려고 말을 많이 했다. 나중에는 어렸을 적에 어머니가 산신령님께 빌 듯 그가 믿고 이제 박유산이 의지하고 있는 하나님을 향해 눈물을 흘리며 간절하게 빌기 시작했다. 닥터 홀이 병든 뒤부터 치료도 받지 못하고 평양에서 한성까지 오는데 아흐레나 걸린 꼴이 되었다.

박유산이 닥터 홀의 귀에 입을 바짝 대고 소릴 지른다.

"닥터 홀! 정신 차려요. 이제 5분 내로 집에 도착합니다."

죽은 듯이 축 처져 미동도 없어 혹시나 하는 걱정에 박유산은 이따금 손을 그의 코언저리에 대본다. 그만큼 닥터 홀은 죽음을 향해 치닫고 있었다.

남편이 곧 도착한다는 소식을 접하고 닥터 로제타는 왕진 가려던 가방을 내려놓고 에스더와 함께 집으로 향했다. 아무 것도 모르고 방글거리는 아들 셔우드를 안고 남편을 맞았다. 걷지를 못해 박유산의 등에 업혀 방으로 들어온 닥터 홀은 아내를 보고는 힘없이 꺼져가는 미소를 흘렸다.

"당신에게 건강하여 돌아오는 것이 늘 감사했고 기뻤는데 이제 병들어 집에 오니 참말 위로가 되는구려."

그가 활짝 웃으며 아내를 반기는 바람에 로제타는 의사였지만 남편이 치명적인 위기에 처해있다는 사실을 미처 깨닫지 못했다. 시간이 흐를수록 그는 40도를 넘기는 고열로 입술까지 까맣게 타들어갔다. 그 밤에는 머리맡에 놓아둔 요강에 소변을 볼 정도였으나 다음 날은 아기, 셔우드처럼 요에 오줌을 싸기 시작했다.

기운 없는 눈을 간신히 뜨고 닥터 홀은 아내를 불러 연필과 종이를 가져오라고 손짓을 한다. 유언을 쓰려는 것일까. 닥터 로제타는 벌벌 떨면서 종이와 연필을 그의 앞에 내밀었다. 그는 아내에게 평양 여행 중에 쓴 경비를 세세하게 받아쓰게 했다. 재무를 맡은 아펜젤러 선교사에게 보고하기 위해서다. 힘없이 기어들어가는 목소리로 일러주는 세목을 일일이 닥터 로제타는 종이 위에 받아 적었다. 로제타의 손이 가눌 수 없을 정도로 덜덜 떨렸다.

"여보! 여기 기록하지 못한 이전 지출은 내 가방 속에 들어있는 공책에 써놓았어. 지금 받아 적은 것과 함께 모든 걸 아펜젤러 목사에게 전해주시오."

그리고 편안한 숨을 내쉬면서 아내의 눈에 자신의 눈을 고정시켰다. 표현할 수 없을 정도로 깊은 사랑이 넘치는 눈으로 그는 아내를 지긋이 오랫동안 바라보았다.

"여보! 난 죽든지 살든지 다 준비가 되었어. 더 오래 일하고 싶지만 그건 그분의 뜻이겠지."

더 이상 말을 잇기 힘든 상태로 닥터 홀은 서서히 가라앉았다. 몸이 점점 굳어져서 목의 근육까지 마비되었다. 다섯 명의 의료선교사들이 모두 병원 일을 접어두고 모여들어 닥터 홀을 둘러앉아 최선을 다해 자신들이 알고 있는 모든 의학지식을 동원해서 치료했으나 어쩔 수 없었다. 그는 점점 깊고 아득한 무의식의 수렁으로 내려갔다.

너무 지쳐서 곧 쓰러질 지경이 된 박유산은 늦게야 아내의 방으로 들어갔다. 벽을 향해 앉아 두 손을 모으고 기도하고 있는 에스더의 등을 몇 번 두드려주고 그는 그대로 방바닥에 누워버렸다. 전쟁의 폐허인 평양에서 창궐했던 전염병인 학질로 인해 그도 역시 너무 아픈 상태다. 그의 두 눈가로 눈물이 줄줄 흘러내린다. 닥터 홀이 조선 땅에 발을 드려놓는 순간부터 내내 옆에서 그의 지체처럼 움직였던 박유산이다. 평양과 의주를 조랑말 고삐를 잡고 수없이 그와 함께 오갔다. 그의 곁에 있어 핍박도 많이 받았으나 넓은 세상을 엿볼 수 있었다. 닥터 홀이 열어준 창문을 통해 완전히 다른 세계를 보고 살아왔다. 더구나 그의 곁에 있었기 때문에 사랑하는 아내 에스더를 만나 결혼까지 했는데 그의 몸의 일부나 다름없는 닥터 홀이 죽어가고 있다. 그가 죽는다면 자신은 어떻게 되는 것일까. 닥터 로제타는 어떻게 될 것이며 에스더도 어디로 갈 것인가. 사방이 깜깜하게 막혀 와서 숨이 턱턱 막혔다.

에스더는 통나무처럼 쓰러져 잠든 남편의 머리에 베개를 고여 주고 다시 눈을 감고 벽을 향해 앉았다. 잠시 끊어졌던 기도 줄을 잡아당기며 주님의 손이 닥터 홀의 아픈 몸에 닿기를 간구했다. 그런데 갑자기 한강변의 완만한 푸른 언덕 자락에 둥근 무덤이 나타났다. 에스더는 머리를 흔들었으나 그 환영은 사라지지 않고 그녀 앞에 알찐거린다. 아아! 주님은 닥터 홀을 데려가기로 결정한 것이 분명했다. 7개월이 넘어 배가 불룩해진 닥터 로제타를 떠올리자 에스더는 억제할 수 없는 통곡을 쏟아냈다.

'이제 돌을 넘긴 셔우드와 뱃속의 아이를 어찌하라고 닥터 홀을 데려가십니까. 너무 하십니다. 이건 아닙니다. 어느 것이나 당신이 하는 일에 순종하고 따르지만 이번 일은 정말 아닙니다. 그러지 마세요. 살려주세요. 주님이 한 마디만 하면 닥터 홀은 살아나는 것이 아닙니까. 조선 땅에 지금 가장 필요한 인물인 닥터 홀을 왜 그렇게 급히 데려가려하십니까. 이러지 마세요. 이건 아닙니다. 정말 아니에요. 뜻을 돌리세요. 제발 살려주세요.'

에스더는 격렬하게 흐느끼며 반항하는 기도를 하고 있었다. 고열로 인해 몽롱한 의식 속을 헤매고 있던 박유산이 열로 인해 벌게진 눈을 뜨고 아내를 올려다보았다. 그의 눈에서도 흥건한 눈물이 눈 꼬리를 타고 철철 흘러내린다.

닥터 홀이 무엇인가를 쓰겠다고 손짓을 해서 로제타는 연필과 종이를 가져다주었으나 이미 그의 손은 마비되어서 아무 것도 할 수 없었다. 닥터 홀의 눈물어린 슬픈 눈이 아내의 눈을 응시했다. 말도 못할 정도로 혀가 굳었지만 로제타는 그의 입술을 보고 그가 하고 있는 말을 들을 수가 있었다. 그가 숨을 거두면서 하는 말이 쟁쟁하게 그녀의 귀에 들려왔다.

'당신을 사랑하오. 너무 사랑하오.'

그는 전심을 다해 영과 혼을 다 바쳐 그렇게 말하고 있었다. 얼굴을 찡그려가면서 아내에게 어서 아들 셔우드를 데려오라는 표정을 지었다. 아내의 팔에 안긴 아들 셔우드에게 닥터 홀은 오랫동안 눈동자를 고정시키고 있었다.

그는 마지막 입술을 달싹이며 말했다. 아무도 알아들을 수 없는 말이었지만 아내인 로제타는 알아들을 수가 있다. 그는 분명히 이렇게 말하고 있었다.

'내가 평양에 갔었던 걸 원망하지 마시오. 그 일이 너무나 감사하고 은혜가 충만했나오. 덩신도 그걸 받이드러아

하오. 뱃속에 있는 아이까지 당신에게 맡기고 가니 미안하오. 그러나 좋으신 하나님은 당신과 우리 아이들에게 좋은 것으로 갚아주실 것이요. 미안해요. 하나님 다음으로 나는 당신을 사랑하오.'

저녁노을이 지고 땅바닥에 내려앉았던 그림자들이 어둠에 묻히는 시간, 한겨울의 찬바람이 코끝이 알싸하게 불어오는 늦은 저녁, 닥터 홀은 아내의 손을 잡고 마지막 숨을 몰아쉬었다. 닥터 로제타는 남편의 눈을 두 손으로 감겼다가 다시 뜨게 했다. 파란 그의 눈을 다시는 보지 못할 것이라는 생각에 눈을 강제로 열어 그의 눈이 자신의 눈을 오랫동안 보게 했다. 코끝에서 숨이 떠났건만 그의 눈빛은 여전히 사랑이 넘치고 파랗고 깊었다. 그러고 보니 그들의 결혼생활은 2년 5개월. 닥터 로제타의 뱃속에는 임신 7개월의 둘째 아이가 출산을 기다리고 있고 곁에는 첫돌을 지낸 아직 말도 잘 못하는 아들, 셔우드가 있었다.

전염병으로 죽은 남편을 하루라도 빨리 매장해야 한다. 닥터 로제타는 남편의 관에 넣을 물건들을 챙기기 시작했다. 손은 그의 유품들을 만지고 있었지만 마음은 하나님을 향한 원망으로 부글거렸다.

'우리 부부가 이토록 헌신하고 있는데 꼭 그렇게 남편을 데려가야 합니까. 주님 너무 하셨어요. 전 도저히 이 사실을 받아드릴 수가 없습니다. 이건 아니에요. 저희들이 미국 땅에서 의사라는 전문직을 가졌으니 잘 살 수 있었는데도 죽어가는 불쌍한 영혼들을 구하려고 이 험한 나라에 왔습니다. 이곳에서 헌신하던 남편이 주님의 마음에 들지 않았습니까? 왜 제 남편을 데려가셨어요. 전 두 아이의 엄마입니다. 이 아이들을 어떻게 저 혼자 감당하고 이 나라에서 펼칠 치료활동과 생명구원은 어찌하라고 이러십니까. 지금이라도 늦지 않았으니 제발 그의 코끝에 호흡을 돌려주세요. 나사로처럼 살려주세요. 죽은 나사로는 죽은 지 나흘이 되어 썩은 냄새가 진동했어도 살려내셨잖아요. 지금 당장 살려내세요. 그게 싫으시면 히스기야 왕처럼 생명을 연장시켜주세요.'

닥터 로제타는 한밤중 유품을 정리하던 손을 멈추고 벌떡 일어나서 남편의 시신 앞에 앉았다. 거기에 에스더와 박유산이 동그마니 빈 방을 지키고 있었다. 11월의 끝자락이라 냉온돌인 방안에 한기가 스쳤다.

"나 혼자 남편을 만나고 싶으니 잠시 이 방을 나가줘. 에스더는 출산 뒤에 몸도 좋지 않으면서 이렇게 추운 방에 있다니 걱정이네."

두 사람이 방을 나간 뒤에 닥터 로제타는 남편의 손을 잡았다. 감겨진 그의 눈이 자신을 다시는 보지 못할 것이란 사실에 그제야 참을 수 없을 정도로 격한 울음이 복받쳤다. 육신으로 대하는 것은 이게 마지막이다. 내일 아침 입관예배를 볼 때는 많은 사람들이 함께 하니 마음내로 말할 수도 맘껏 통곡할 수도 없다.

괜히 젊은 혈기에 들떠서 미지의 나라 조선에 와서 이 세상에 하나뿐인 사랑하는 남편이요, 아이들의 아빠를 전염병에 걸려 죽어나가게 한 일이 과연 잘한 짓인가! 가슴이 미어지게 억울하고 자신이 남편과 자식들에게 기막히게 큰 잘못을 저질렀다는 생각뿐이다.

순간 남편의 다정한 음성이 그녀의 귓가를 스쳤다.

'나는 천국에서 아주 기뻐요. 당신이 자꾸 울고 괴로워하면 나도 이곳에서 슬퍼요. 제발 감사함으로 모든 걸 받아드리시오. 땅 위에 사는 동안 내 몫까지 당신이 살아주오. 세월이 흐르면 어째서 하나님이 나를 이렇게 데려갔는지 알 것이오. 승리하기 바라오. 당신을 지극히 사랑하오.'

감사함으로 남편의 죽음을 받아드리라고! 결혼 생활 중 한양에서 평양을 수없이 오가느라고 부부가 일 년도 함께한 시간이 안 된다. 이건 아닌데…… 뭔가 크게 그녀의 인생길이 삐걱거린다고 느낄 정도로 몸이 휘둘리기 시작했다. 정신을 차리자. 닥터 로제타는 정신을 수습하려고 자신의 무릎을 손으로 꼬집었다. 참새 한 마리도 하나님의 허락이 없으면 땅에 떨어지지 않는 법이라고 배웠는데 남편을 데려간 하나님은 그의 죽음을 허락한 것이 틀림없다. 이 사실을 부인하는 것은 마치 하늘을 향해 주먹질을 하는 것이나 다름없다. 감사하면서 받아드리자. 그분의 뜻에 순종하자. 억지로라도 받아드리자. 어떻게 감히 그분의 뜻을 거역할 수 있단 말인가. 이런 생각이 스멀스멀

물 위의 새벽안개처럼 피어올랐다.

잠시 잠을 청했다. 내일 입관식과 장례식을 치른 뒤에 바로 양화진 묘지로 가야 한다. 억지로 잠을 청할수록 정신은 말똥말똥 점점 맑아왔다. 두 아이를 생각하자 억제할 수 없을 정도로 눈물이 줄줄 흘러서 베개가 푹 젖었다. 두 아이는 아버지의 음성도 듣지 못할 것이고 아버지의 품에 안길 수도 없다. 평생 아버지의 손길도 느껴보지 못할 것이다. 아이들의 문제에 이르자 격렬한 울음이 터져나왔다. 아이들에게 아빠라고 불러보지도 못하는 아픔을 안겨주었다는 현실에 엄마로서 너무 잘못하고 있다는 죄책감이 그녀의 몸을 휘감았다.

너무 울음소리가 컸는지 에스더와 박유산이 달려와서 곁에 앉아 따라서 흐느꼈다.

박유산이 더듬거리면서 말했다.

"닥터 홀은 하늘나라에 가셨고 주님 곁에 있습니다. 거긴 슬픔도 아픔도 없는 나라라고 배웠습니다. 그러니 너무 슬퍼하지 마세요."

멀리서 수탉울음소리에 연이어 서서히 내려앉는 새벽빛을 뚫고 사람들이 모여들었다. 오전에 입관식을 했다. 죽은 남편의 모습이 너무 평안하고 안온해서 왜 나를 여기에 넣느냐고 조선식의 커다란 나무관 속에서 벌떡 일어설 것 같아 닥터 로제타가 잡은 남편의 손을 놓질 못한다. 마지막 관뚜껑을 닫기 전에 아빠의 모습을 보도록 셔우드를 에스더가 안고 와서 이마 위에 키스를 하게 했다. 셔우드는 슬픔을 누리지 못하고 웅성거리는 많은 사람들과 소리 없이 눈물을 줄줄 흘리는 엄마의 얼굴을 보고 무슨 큰일이 난 것 같은 분위기에 입을 삐죽거렸지만 소리 내어 울지는 않았다. 눈물이 글썽한 얼굴로 아빠의 이마에 키스를 했다.

전염병으로 인한 죽음이었기 때문에 매장을 서둘러야 한다. 오전에 입관식을 하고 오후 2시 장지로 떠날 시간이 다가왔다. 닥터 로제타는 아들 셔우드를 무릎 위에 안고 네 사람이 매는 가마를 탔다. 철없는 셔우드는 흔들거리는 가마에 탄 것이 좋은지 어머니 무릎 위에서 끼룩끼룩 웃었다. 장례식을 치루는 동안 에스더의 품에 안긴 셔우드는 아주 곤한 잠속으로 빠져들어 아빠가 땅에 묻히는 것을 보지 못했다. 셔우드의 부드러운 몸에서 전달되는 따스함에 에스더는 셔우드를 꼭 껴안고 차가운 비바람이 몰아치는 양화진의 강둑에 앉아있었다. 앞으로 이 가족과 에스더 부부는 어떻게 되는 것일까. 구심점이 되는 닥터 홀이 가버렸으니 앞이 꽉 막힌 기분이었다.

7

남편을 한강변의 양화진에 묻고 돌아온 닥터 로제타는

도저히 이 땅에 머무를 수 없을 정도로 탈진했고 또 마음이 상했다. 그대로 여기 남아서 환자들을 치료해주고 왕진을 다니며 이화학당에 나가 여학생들을 가르칠 의욕은 바닥이 났다. 이 나라의 여성의료 인력을 키우려는 욕심이랑 힘차게 무서운 줄 모르고 덤벼들어 몸이 상할 정도로 해냈던 일상을 견뎌낼 마음도 기력도 없었다.

더구나 그녀가 처녀시절부터 높이 치켜들었던 좌우명이 감당하기 힘들 정도의 갈등으로 마음을 쪼개 놓았다.

'네가 진정 인류를 위해 봉사하려거든 아무도 가려하지 않는 곳으로 가서 아무도 하려 하지 않는 일을 하라.'

곰곰이 생각해보니 이 좌우명이 그녀를 이 지경으로 만든 것이 분명했다. 인류를 위해 봉사하는 일을 하면 축복이 임하여 비록 몸과 마음은 고달파도 행복할 것을 확신하고 힘차게 살아왔다. 하지만 그런 좌우명과 헌신이 자신에게서 가장 소중한 남편을 앗아갔고 이토록 치유될 수 없는 크나큰 아픔을 안겨주었다.

장례식을 치루는 동안 얼떨결에 사람들의 손에 끌려서 모든 절차를 감당했지만 혼자 남아 시간이 흐를수록 참을 수 없는 소외감과 고통이 뒤따랐다. 이런 상태로는 도저히 조선에 머물 자신이 없었다. 임신 7개월이 넘으니 무거워지는 몸으로 이런 패닉상태에 빠지면 태어날 아기에게 나쁜 영향을 미칠 수도 있는 상황이었다.

미국으로 돌아가자. 닥터 로세타가 할 수 있는 일은 귀국뿐이었다. 자신이 태어난 뉴욕 리버티 고향집으로 가야 한다. 거기서 우선 마음을 수습하고 태어날 아기를 기다리고 그녀가 앞으로 살아가야 할 방향을 정해야 한다.

선교본부에 알리고 조선을 떠나기로 결심했다. 그래도 고향집이 있어 어머니, 아버지에게 돌아갈 수 있다는 사실이 위로가 되었다. 미국의 부모에게 돌아간다는 현실이 차츰 무너져 내렸던 가슴에 한 줄기 빛이 되어 스며들었고 숨통이 트이는 것 같았다.

그때 로제타의 방문을 두드리는 사람이 있었다. 그녀의 대답도 기다리지 않고 에스더가 불쑥 들어왔다. 입을 앙 다물고 두 주먹을 불끈 쥔 모습이 단단히 무언가를 결심한 모습이다.

"미국으로 돌아가실 것이지요?"

그녀의 마음을 꿰뚫어볼 수 있는 것은 그간 그녀와 함께한 세월의 연륜과 통역이란 소통의 통로 탓일 것이다. 닥터 로제타는 수척한 얼굴에 눈물자국도 감추지 않고 머리를 끄덕였다.

"저도 따라갈 것입니다. 미국에 저도 갈 것입니다."

아주 똑 부러지게 단호한 음성이다.

"거기 가서 무얼 하려고 그러냐. 거기서는 여기서처럼 너의 도움이 내겐 필요 없단다."

"미국에 꼭 따라가서 의학을 공부하여 당신처럼 의사가

될 것입니다. 의사가 되어 돌아와서 돌아가신 닥터 홀의 일을 제가 대신할 것이니 저를 데려가주세요. 닥터 홀도 너무 과로해서 조선 땅에서 사랑을 베풀다 돌아가셨으니 제가 의사가 되어 돌아와 이 민족과 나라를 위해 일하면서 당신을 돕고 싶습니다. 그래야 제가 사랑하는 당신도 건강할 수 있습니다."

사실 말은 하지 않았지만 이따금 의사의 손길이 부족할 적마다 에스더를 공부시켜 의사로 만들까 하는 마음이 퍼뜩 스친 적이 많았다. 솔직하게 고백하자면 그 문제를 놓고 혼자 상당히 많은 생각을 해왔었다. 닥터 로제타는 에스더의 강력한 요구에 그녀의 간절한 눈을 한참동안 응시했다.

"전 이미 미국에 따라가기로 결심했습니다. 언제까지 선교사들이 우리나라에 와서 목숨을 바쳐가며 봉사하겠습니까. 저희 조선 사람들이 배워야 합니다. 우리가 그분들을 대신해서 일해야 합니다. 저를 데리고 가주세요."

"그게 쉬운 일이 아니다. 우선 언어장벽이 있다. 네가 통역을 여기서 하지만 그 영어로 어림없단다. 의학이란 전문적인 지식이라 학교수업을 네 영어로는 따라갈 수 없다는 말이다. 너의 능력이 부족하다는 뜻이다."

"해낼 것입니다. 내게 능력주시는 분 안에서 난 모든 걸 할 수 있습니다. 하나님 앞에서 만인이 동등하다는데 그걸 못한다면 하나님을 믿는 사람이 아니시요. 전 할 수 있어요. 꼭 해낼 것입니다."

"언어뿐만 아니라 경제적인 문제도 있다. 학비가 만만
치가 않다는 말이다. 특히 의과대학 학비는 엄청나게 비
싸다. 그걸 어떻게 감당할 것이냐?"

"저는 두려워하지 않습니다. 의학을 공부하라는 하나님
의 허락이 있었기 때문에 저는 모든 것이 가능하다고 믿
습니다."

에스더의 결심은 철옹성처럼 단단했다. 에스더를 미국
으로 데리고 가서 의학공부를 시킨다면 학비가 엄청나다.
일반 대학에 비해 의과대학은 돈이 많이 든다. 오가는 경
비도 문제다. 일본까지 가서 거기서 미국의 샌프란시스코
까지 배를 타고 가야 한다. 닥터 로제타의 친정이 있는 뉴
욕은 대륙을 횡단해야 하는 먼 여정이다. 게다가 에스더
의 남편인 박유산은 어떻게 해야 할 것인가? 한 사람도
데리고 가기 벅찬데 두 사람을 데리고 가는 일은 상상도
할 수 없는 일이다.

"네 남편, 박유산 하고는 네가 미국에 가 있는 동안 떨
어져 있어야 하는데 그게 이 나라 관습에서 있을 수 있는
일이라고 생각하느냐? 이별의 기간이 한두 해가 아니고
여러 해가 될 터인데 그게 가능할까. 더구나 너희들은 결
혼한 지 겨우 일 년이 넘었는데 헤어질 수 있겠니?"

"저희 부부가 어제 밤새도록 이 문제를 놓고 의논했습
니다. 남편은 제가 의학 공부하는 걸 절대적으로 지지하

고 있습니다. 남편은 문제가 되지 않습니다."

"알았다. 이건 시간이 필요한 문제다. 기도하면서 더 생각해보자."

에스더는 눈물이 글썽한 눈을 감추지 않고 간절함이 고인 시선을 닥터 로제타의 얼굴에 얼마간 고정시키고 한참 서 있다가 나갔다.

에스더를 데리고 미국으로 가려면 우선 비용 문제를 해결해야 한다. 학비는 물론 생활비, 게다가 태평양을 건너서 대륙횡단까지 하는 여비가 만만치 않다. 남편의 죽음으로 인해 시끌시끌한 마음이 에스더 문제로 옮겨가면서 잠깐 그 고통을 잊을 수가 있었다. 우선 미국 북감리회 여선교회에서 승인을 받아야 한다. 남편을 잃은 서러움과 당황함 가운데서도 정신을 차리고 몸을 가누면서 닥터 로제타는 친구들에게 에스더의 뜻을 전하고 유학경비를 모금하는 편지를 보냈다. 신기할 정도로 빨리 좋은 소식이 왔다. 미국에서 선교사를 파송하는 비용보다 원주민을 데려다가 공부시켜 일을 시키는 편이 경비도 적게 들고 훨씬 실용적이라는 여론이 일어서 문제가 쉽게 풀려나갔다. 에스더를 미국으로 데리고 가자. 공부를 마치고 의료선교사로 파송하면 닥터 로제타가 다시 조선으로 돌아오지 못할 경우 에스더가 그녀 대신 일할 수 있으리라. 지금 사정으로는 두 명의 어린 것들을 데리고 남편을 죽게 만든 병균이 득실거리는 험한 조선 땅에 다시 돌아올 수 없다. 그러니 더욱 에스더를 공부시켜 의사로 만들어 파송하는 방법이 마땅하다는 생각을 지울 수가 없었다.

닥터 로제타는 박유산을 불렀다.

"에스더가 미국 가기를 원하는데 어찌할 것이요?"

"제 아내가 원하는 것이니 해야 합니다. 우리 부부는 이미 결심했습니다. 에스더가 미국에서 공부하는 동안 서로 헤어져 있어도 기도 중에 만나자고 말입니다."

"이 나라 풍습으로는 남자가 공부하고 여자는 살림을 해야 하는데 그게 가능합니까? 더구나 여자가 공부를 한다고 태평양을 건너서 머나먼 미국으로 가는 일을 받아드릴 수 있으세요?"

"아내가 의사 되는 것이 제 소원이고 아내의 바람입니다."

"의사공부를 하는 긴 세월 혼자 조선에서 아내를 기다릴 수 있단 말이요?"

"미국에 따라갈 수만 있다면 저도 공부하면서 아내를 돌보고 싶습니다. 그럴 수 없다면 여기서 어떻게든지 돈을 벌어 송금하여 조금이라도 아내를 돕고 싶습니다."

박유산의 이런 태도는 이 나라의 형편에서 보기 드문 의식을 지닌 남자이고 굳건한 결단이라는 생각에 닥터 로제타는 기쁜 마음이 들었다. 그래도 젊은 부부를 갈라놓는 일이 못내 그녀의 마음을 아프게 했다. 자신의 생활비를 졸라매서라도 박유산과 함께 에스더를 미국으로 데려가야겠다는 마음이 박유산을 대하면서 조금씩 자리 잡기 시작했다.

남편을 양화진에 묻은 지 한 달을 넘기지 못하고 1894년 12월 중순 닥터 로제타는 제물포로 향했다. 청일전쟁 뒤끝이라 조선의 정치적 상황은 뒤숭숭했다. 일본을 거쳐 호놀룰루로 해서 샌프란시스코로 가기 위해 겨울의 찬바람을 안고 일행은 머나먼 여행길에 올랐다. 한 겨울의 조선 땅은 초록 기운이 싹 가시고 산야가 전부 흙색으로 변해버렸다. 가마를 타고 가는 로제타의 무릎 위에 에스더가 무릎담요를 덮어주었다. 그녀의 배려가 제물포의 바다처럼 황량한 마음을 달래주었다.

나가사키까지 가는 동안 어찌나 태풍이 심하게 부는지 배가 너무 흔들려 멀미를 심하게 하는 어머니의 무릎 위에서 셔우드는 조금도 아프지 않고 아주 건강하게 놀았다. 요코하마에 내려 에스더와 박유산의 출국 서류를 준비하고 에스더에게 신식 구두를 사서 신겼다. 박유산의 모습도 그대로 데리고 갈 수가 없어서 양복을 구입하여 입혔다. 고집스럽게 상투를 자르지 않겠다고 나대서 상투 위에 중절모자를 쓰게 했다.

샌프란시스코에 도착하니 그제야 조금 로제타의 속에서 풍랑처럼 일렁이던 음울함이 가라앉기 시작했다. 드디어 그녀의 조국에 돌아온 것이다. 그러나 사랑하는 사람을 태평양 건너 조선 땅에 묻고 왔다는 사실이 믿기지 않을 정도로 토할 듯 그녀의 마음을 할퀴고 지나갔다. 기차를 타고 대륙을 횡단하는 5일 동안 마음을 추스르지 못하는 엄마, 로제타를 대신하여 에스더는 어린 셔우드를 데리고 기차 윗간에서 놀면서 잤다. 셔우드는 에스더를 친이모처럼 잘 따랐다. 비록 나이가 어렸지만 가슴이 아파 몸부림치는 엄마의 마음을 이해하는 모양이다.

고향을 떠난 지 5년 만에 닥터 로제타는 혼자가 되어 어린 아들을 안고 만삭의 몸으로 뉴욕에서 조금 떨어진 리버티에 도착했다. 낯선 이방인 부부를 데리고 추위에 퍼렇게 얼어서 아기를 안고 부른 배를 내밀고 들어서는 딸을 어머니, 아버지는 따스하게 받아 안았다. 피차 말을 잊고 한참을 가슴에 전해지는 아픔과 따스한 육신의 정과 사랑을 온몸으로 주고받았다.

로제타의 어머니는 소리를 죽이고 펑펑 울었으나 오히려 로제타는 의연하게 가족들을 대했다. 참으로 평온한 집이다. 벽난로에서 타고 있는 장작의 열기가 은은한 나무냄새를 풍기면서 온 집안을 따뜻하게 해주었다. 그 온기를 타고 평안과 기쁨이 집안에 가득 넘쳤다. 어쩌자고 이런 곳을 두고 로제타는 사랑하는 사람을 조선으로 불러갔단 말인가. 너무나 큰 잘못을 저질렀다는 후회로 온 몸이 떨렸다. 그녀의 방이 처녀시절에 썼던 물건을 그대로 간직한 채 그녀를 반겼다. 남향이라 밝은 방이 모든 물건을 제 자리에 그대로 품고 그녀를 맞아주었다. 닥터 홀과 뜻이 맞았다고 할 수 있지만 먼저 과감하게 조선을 향해 떠난 사람은 바로 로제타였다. 남편은 그녀를 사랑하여 조선이란 땅으로 선교지를 바꾸었다. 그녀가 아니었다면 닥터 홀은 인도나 중국으로 갔을 터이고 이런 비극은 일어나지 않았을지도 모른다. 자신이 자초한 불행이란 자책감으로 로제타는 책상에 엎드려 소리를 죽이고 한참을 울었다. 이런 딸을 근심어린 눈으로 지켜보던 어머니가 딸을 등 뒤에서 가만히 안고 다정하게 도닥거려주었다.

"하나님이 하신 일에 반기를 들지 말거라. 오늘 실컷 울고 내일부터는 힘 있게 서라. 뱃속에 든 아기가 놀란다. 엄마란 혼자가 아니란다. 좋으신 하나님이 너를 아주 멋지고 보람된 좋은 길로 인도하실 것이다. 그분의 줄에 끌려가기만 해라."

어머니의 말에 로제타는 눈물을 씻고 셔우드를 찾으러 거실로 나갔다. 벽난로 앞에서 할아버지와 함께 셔우드는 장난감 트럭을 가지고 찻소리를 흉내 내면서 즐거워했다. 외할아버지와 셔우드는 생일이 같은 날이라 만나는 순간부터 각별한 사이가 되었다.

서서히 평안한 날들이 그녀를 기다리고 있었다.

에스더 부부는 낯선 미국의 대도시 뉴욕 리버티에 도착하여 로제타와 셔우드 곁에 머물렀다.

4부
거친 광야

1

에스더와 박유산은 닥터 로제타의 친정집인 뉴욕 리버티에 머물면서 낯선 땅에 적응하느라고 어릿거렸다. 이곳의 날씨는 조선처럼 사계절이 정확했다. 오히려 겨울이 두고 온 조국보다 훨씬 더 춥게 느껴지는 것은 아마도 고향을 그리워하는 마음 때문일 터이다.

오는 날부터 박유산은 이 집의 일을 도와야 했다. 그야말로 막노동이었다. 닥터 로제타의 친정에 도착한 시기가 겨울이라 뙤약볕에 나가 일을 하지는 않지만 소와 말과 염소들을 돌보는 일이며 다가오는 봄을 준비하는 일로 그는 눈코 뜰 새 없이 바빴다. 말이 통하지 않았으나 그래도 그간 닥터 홀 옆에서 배운 짧은 영어로 다른 일꾼들과 소통하며 끝도 없이 이어지는 자지레한 일을 했다. 다행히 이 집에 오랫동안 살아 가족처럼 지내고 있는 흑인 죠와 함께 지내는 것이 그래도 박유산에게는 잔잔한 평안과 위안으로 다가왔다.

닥터 로제타는 뉴욕 친정에 도착한 나흘 뒤 딸 이디스 마거릿을 출산했다. 며칠이라도 여정이 늦었더라면 기차나 배 안에서 아기를 낳을 뻔했다는 생각에 온 식구가 가슴을 쓸어내렸다.

로제타의 어머니는 자신의 꿈을 펼쳐 보지 못하고 가정에서만 지낸 한이 많았다. 자기 대신 딸인 로제타를 선교사로 보내는 일에 적극적이었던 것도 자신이 못한 일을 딸이 대신 하게끔 장려한 탓이었다. 하지만 고생바가지로 살아야하는 선교사로 딸을 미지의 땅 조선에 보내놓고 그간 드린 기도의 눈물을 어찌 다 말로 표현하겠는가!

에스더는 하루라도 아껴 공부하려는 욕심에 뉴욕에 도착한 며칠 뒤 바로 뉴욕 리버티공립학교에 입학했다. 농장에서 학교까지는 거리가 멀었다. 한성이나 평양 같은 도시에 비해 미국은 너무나 광활했다. 교통편이 여의치 않아 학교 근처로 가는 것이 공부에도 도움이 되었고 교통비도 줄이고 시간도 벌 수 있었다. 남편 박유산은 아기 셔우드와 함께 집에 남았다. 그녀의 입장에서는 농장일과 집안일을 돕고 있는 남편이 안쓰럽고 말도 잘 통하지 않는 낯선 곳에 혼자 두고 가는 것이 못내 가슴 아팠다. 집안의 모든 일을 남편에게 떠맡기고 여자인 에스더가 학교에 간다고 떠나버리니 아무래도 미안한 마음을 누를 수 없어 남편의 손을 잡고 에스더가 더듬거리며 말했다.

"나만 학교에 가니 마음이 편치 않네요. 더구나 말도 서툰 이곳에 놔두고 나 혼자 뉴욕 시내로 나가 살게 되니 마음이 아주 불편해요."

"사실 나도 당신을 따라 미국에 오면서 내심 공부를 하리라 생각했어. 그러나 여기 와보니 나까지 공부할 수 없는 형편이네. 당신이 먼저 공부를 끝내고 의사가 된 훗날 나도 공부할 수 있을 거야. 당신이 나보다 재능이 많고 머리가 총명하잖아. 내가 최선을 다해 뒷바라지를 할 터이니 당신이 먼저 열심히 공부해요. 당신이 학업을 마친 뒤에 내가 꼭 공부할 터이니 마음 편히 먹고 학교에 다녀요. 나중에 우리 서로 교체합시다."

보통 때는 남편이 그렇게 말을 길게 하지 않는 성품이다. 그런 그가 줄줄 길게 말을 늘어놓는 것은 그만큼 마음에 갈등이 많아서 그걸 자신에게 다짐하여 마음을 안정시키려는 의도라는 걸 에스더는 짐작할 수 있었다.

"내가 꼭 성공하여 의사가 된 뒤에 당신을 공부시켜줄게요. 둘이 공부를 끝내고 함께 조선으로 나가 일해요. 돌아가신 닥터 홀의 자리에 제가 설 것입니다. 그리고 당신도 공부하여 조선에 돌아가 큰일을 할 수 있어요. 무엇을 공부해야 할지 잘 생각해보고 택해야 돼요. 당신이 좋아하는 과목을 공부하여 귀국한 뒤에 학교에서 가르치세요. 전 믿어요. 우리 부부를 많은 조선 사람들 중에 뽑아서 미국에 보내신 하나님의 뜻이 있을 것입니다. 우리 꼭 성공하여 돌아갑시다."

에스더가 여기 와보니 배워야 할 것들이 너무 많았다. 그간 이화학당에서 배운 것으로는 기초가 부족하여 의과대학에 들어가기도 힘들었고 따라가기 어려운 과목들이 너무 많았다. 어쩔 수 없이 매달 과외비를 지출하여 부족한 과목을 배워야만 했다. 그러자니 친구 집에 머물기도 하고 기숙사에 묵으면서 온전히 공부에만 몰두했다. 이곳 미국학생들 수준으로 자신을 끌어올리려면 대풍이 몰아치듯 무서운 속도로 질주하여 저들과 함께 나란히 서야만 한다. 더나가 월등한 실력으로 고등학교를 졸업해야 의과대학입학시험에 통과할 수가 있다. 코피가 밤마다 쏟아졌지만 자신을 위해 가정일은 물론 거친 농장일까지 하고 있을 남편을 생각하고 밤잠을 설치며 오로지 배우는 일에만 전력했다. 반드시 의사자격증을 따가지고 조국으로 돌아가야 한다. 질병으로 고통 받는 여성들과 병든 아이들을 치료해야 한다. 만에 하나 혹시 조선으로 돌아갈 수 없을 닥터 로제타를 대신해서 반드시 그 자리를 채워야 한다.

6개월 만에 고등학교를 졸업한 뒤 에스더는 뉴욕 시내에 위치한 어린이병원에서 실습하면서 돈을 벌었다. 의과대학에 들어가려면 에스더에게 선혀 생소한 과목인 라틴어와 물리학, 게다가 고급수학을 공부할 시간이 필요했다. 로제타가 소개한 가정교사를 두고 과외수업을 매일 받았다. 낮에는 병원에서 보조 일을 했는데 이미 보구여관에서 익숙하게 해온 일들의 일부라 그리 어렵지는 않았다. 하지만 남편, 박유산을 주말에나 겨우 만날 수 있었다. 그것도 과외수업 때문에 주말에 로제타의 농장 집에 가지 못하는 날도 많아졌다. 다가오는 가을학기에 닥터 로제타가 졸업한 펜실베이니아 여자의과대학에 입학해야 하는 목표가 놓여 있었다. 그러나 미국에 온 지 2년도 되지 않은 에스더가 아무리 노력해도 거긴 입학하기 힘들었다. 그 대신 볼티모어 여자의과대학에 입학허가서를 받았다.(이 대학은 나중에 존 홉킨스 의과대학으로 발전하여 지금 미국에서는 가장 유명한 의대로 명성을 날리고 있다.)

의대 합격증을 내밀자 박유산은 입이 귀밑까지 찢어지는 웃음을 숨기지 못하고 에스더를 가슴에 와락 껴안았다. 여기 사람들처럼 스스럼없이 아내를 끌어안자 에스도도 그의 넓은 가슴패기에 얼굴을 묻으면서 푹 안겼다.

"내 일생에 가장 기뻤던 일이 세 번 있었소. 그게 뭔지 당신 알기나 해요."

"……."

"부모도 없이 동생들의 생활비를 벌려고 천한 일을 하며 돈을 벌적에는 전혀 느껴보지 못했던 일이야. 그 첫 번째가 내가 닥터 홀을 따라다니면서 예수 씨를 알게 된 것이요. 그땐 정말 밤잠을 설치면서 기뻐 눕지도 못할 정도로 흥분했었지."

"저도 그래요. 아버지 손을 잡고 이화학당에 들어가서 하나님을 만난 날이 제 일생에서 가장 기뻤던 날이었어요."

에스더도 남편의 가슴에 안겨 행복하여 응석이라도 부리고 싶었다. 이런 아내를 지긋이 내려다보며 박유산은 사랑이 그득한 눈으로 빙긋 웃었다.

"두 번째 내가 기뻤던 일은 바로 당신, 에스더란 여자를 만나 결혼하여 아내로 맞은 날이었어. 나 같은 남자가 어찌 감히 당신처럼 엄청난 여자를 내 사람으로 삼았는지 정말 믿기지 않는 놀라운 일이야. 이건 기적이었어."

에스더는 잔잔한 눈으로 남편의 턱밑에 수북하게 자라오른 수염을 만지면서 자신에게 물었다. 남편처럼 자신도 이 남자와 혼례를 치르고 그렇게 기뻤던가? 아니었다. 그러나 확실한 것은 날이 갈수록 이 남자를 사랑할 수밖에 없었다. 눈에 보이지 않게 살살 내리는 이슬비에 옷이 젖듯 그의 사랑이 에스더의 마음을 자신도 모르게 푹 젖게 하고 있었다.

"세 번째 나를 기쁘게 한 일은 바로 오늘이요. 당신이 의과대학에 입학한 일이요. 너무 기뻐서 가슴이 마구 뛰고 춤을 추고 싶을 정도요. 밖에 나가 농장의 허허벌판을 향해 맘껏 외치고 싶을 정도요. 드디어 내 아내가 의과대학에 입학했다고 기쁨의 환호성을 내시르고 싶은 충동으로 이렇게 가슴이 뛰어요."

박유산은 아내의 오른 손을 끌어다가 자신의 가슴에 얹었다. 에스더는 쿵쿵거리는 남편의 심장에 손을 얹고 머리를 대고 귀를 기우렸다. 참말로 청진기를 댄 것처럼 쿵쿵거리는 남편의 심장박동이 진하게 그녀의 귀에 전달되었다. 하긴 조선의 여성으로 최초로 의사의 길을 걷겠다고 태평양과 미(美)대륙을 횡단해서 의대에 입학했으니 이건 기록에 남을 만한 대사건이었다.

닥터 로제타도 집에 있지 않고 뉴욕 빈민가의 어린이들에게 무료봉사를 펼치는 프로그램에 담당의사로 가버렸다. 다행히 셔우드와 이디스, 두 어린 것들이 박유산을 무척 따랐다. 특히 외할아버지와 생일이 같은 날인 셔우드는 외할아버지를 졸졸 따라다녔지만 아기 이디스는 박유산을 '다'라고 부르면서 곁에 꼭 붙어 앉아있기를 좋아했다. 아빠가 없으니 박유산에게서 아버지의 정을 느끼는 모양이다. 아이들 돌보는 일로 인해 박유산의 농장일이 조금 줄어들었다. 로제타 대신 아이들을 위해 해야 할 일들이 많았기 때문이다. 박유산은 가정에서 주부들이 주로 할 일을 감당해야만 한다. 손이 모자란 농장일도 하고 울안의 여기저기를 가다듬고 정원의 나무도 가꾸면서 돌봐야 한다.

이곳 미국에서 태어나고 자란 사람들은 힘이 황소였다. 배를 곯지 않고 어려서부터 잘 먹은 탓일까. 가을에 거두어 들이는 농산물을 큰 묶음으로 묶어 지나가는 트럭에 던져 넣어야 한다. 박유산은 두 손으로 간신히 들어올려 트럭 안으로 던지는 일이 너무 힘겨웠다. 옆구리가 당길 정도로 아팠다. 그러나 이곳 일꾼들은 한 손으로 휙휙 아주 쉽게 묶음을 던지는 것이 아닌가. 옆에서 지켜보니 저들의 힘은 정말로 괴력에 가까웠다. 식사도 문제였다. 쌀밥과 김치에 익숙한 그의 입맛은 이곳 사람들이 먹는 음식으로는 속이 메슥거릴 정도로 힘이 들었다. 매콤한 김치 맛을 떨칠 수가 없었다. 구릿한 냄새가 나지만 구수한 된장찌개도 이곳 사람들이 먹는 빵을 앞에 놓고 눈물이 날 정도로 그리웠다. 이들은 기름지고 밍밍한 음식을 어찌나 잘 먹는지! 그들 옆에 앉으면 누릿하게 풍겨오는 그들 특유의 이상한 노린내를 참기도 힘들었다. 이런 박유산의 입맛을 알고는 검둥이 죠가 가끔 돼지족발을 푹 삶아주었다. 그건 아주 오래 삶아야 하는 음식인데 바깥 구석진 곳에 냄비를 걸고 나무를 때서 오랜 시간 끓였다.

"이건 소울후드(Soul Food)라고 흑인들이 아프리카에서 이곳 미 대륙까지 노예로 끌려와서 먹었던 음식이야. 자네처럼 이곳 음식을 잘 먹지 못하고 영양실조가 되었을 적에 끓여 먹었지. 영혼까지 먹이는 음식이란 뜻이니 먹어보게."

블랙 죠의 사랑에 거절하지를 못하고 먹어본 족발당은 제법 입맛을 당겨수었나. 눈물이 닐 징도로 엄청 매운 자은 멕시코 고주를 잘게 썰어 넣고 버무려 먹으면 느끼하던 입맛을 달래주어 속이 확 뚫렸다. 그것을 힌트 삼아서 박유산은 당근과 양배추를 잘게 썰고 매운 멕시코 고추를 다져넣고 마늘 대신 양파를 잘게 썰어 소금으로 얼버무려 농장의 한 귀퉁이에 숨겨놓았다. 조국에서 먹던 김치 맛은 아니지만 시큰하게 익은 박유산 식의 양배추김치는 그래도 엇비슷하게 김치맛을 내서 그의 입맛을 살려주었다. 시큰하고 맵게 발효된 간이식 양배추김치를 빵에 곁들려 먹으면 속이 확 뚫렸다. 이런 김치를 이따금 만나게 되는 아내 에스더에게 먹이면 아주 좋아해서 박유산은 이런 김치를 보름마다 한 번씩 담갔다.

에스더가 여름방학을 맞아 오랜 만에 남편이 있는 리버티로 돌아왔다. 방학을 이용하여 닥터 로제타는 두 아이를 데리고 에스더와 박유산과 함께 캐나다의 시댁을 방문하기로 되어 있었다. 에스더는 임신을 하여 배가 불렀으나 공부로 지쳐있어 이렇게 한 번씩이라도 나들이를 나가는 것이 좋겠다는 마음에 박유산도 기꺼이 동행했다. 그는 일본에서 닥터 로제타가 사준 양복을 입었다. 머리 깎는 걸 거부하여 상투를 머리꼭대기에 틀어 올리고 그 위에 검정 중절모자를 눌러썼다.

닥터 홀이 다녔던 글렌뷰엘 교회 앞에는 그를 기념하는 돌비석을 세워 놓았다. 고향사람들은 닥터 로제타 일행을 맞아 열광했다. 특히 에스더가 어떻게 이화학당에 들어갔으며 여기까지 오게 되었는지 간증을 하고 조선어로 성경을 낭독하고 찬송가를 불러 기립박수를 받았다.

셔우드와 이디스는 색동 한복을 입고 나와 저들을 즐겁게 해주었다. 특히 재롱덩어리 셔우드를 저들이 잘 볼 수 있도록 강대상 위에 올려놓았다. 셔우드가 한복을 입고 사람들 앞에서 모델처럼 몸을 좌우로 흔들었다. 뒤태를 보여주려 돌아앉기도 했다. 두 손을 번쩍 추켜올리고 활짝 웃어서 청중은 발을 굴러가며 폭소를 터뜨렸다. 닥터 홀이 이곳에서 자란 탓에 그가 성장했던 모습을 기억하고 있던 사람들은 셔우드를 보면서 죽은 닥터 홀의 모습을 떠올리고 있었다. 셔우드는 무의식 속에 평양에 갔을 적에 그를 구경하려고 몰려든 사람들의 북새통을 기억하고 있는 것일까. 그렇지 않고야 어찌 그렇게 멋지게 모델처럼 행동할 수 있단 말인가!

특히 에스더의 간증과 찬송에 감동한 사람들은 자진해서 에스더의 학비에 보태라고 모금을 해서 적잖은 돈을 안겨주었다.

닥터 로제타는 시댁에서 사랑을 받으며 5주를 머문 뒤에 미국으로 향했다. 에스더의 학업 때문에 더 이상 지체하기 어려웠다. 리버티 집에 돌아온 에스더는 배를 부여안고 뒹굴었다. 조산이었다. 아기는 사산이 되었고 에스더와 박유산은 슬픈 얼굴로 서로 마주 보았다.

"이번 아기도 아들이었는데 미안해요."

에스더가 힘없는 목소리로 말하자 박유산은 가만히 머리를 흔들었다.

"지금 이 시점에서 아기가 태어나도 우리 부부에겐 감당하기 어려운 상황이요. 여기는 우리 땅도 아니고 남의 땅인 미국이요. 당신은 학업을 계속하여야 하는 지경에 아기를 무슨 수로 기르겠소. 하나님께서 우리 사정을 아시고 데려갔으니 그저 감사합시다. 아기는 또 낳을 수 있어요. 당신이 공부하느라고 바쁘니 하나님은 우리에게 아기를 허락하시지 않는 것이요."

에스더는 첫 번 아이를 닥터 홀 부부의 선교현장에서 잃었고 이번에는 공부로 인해 과로한 탓으로 자연유산하게 되었다. 부부는 서로 위로하며 기대어 앉았다. 박유산이 에스더의 손을 잡고 눈물이 글썽한 얼굴로 말했다.

"우린 아직 젊잖아. 당신이 의사가 된 뒤에 아기를 낳읍시다."

두 사람 모두의 마음엔 이 멀고 먼 남의 땅에서 어서 배우고 돌아가야 한다는 마음뿐이었다.

닥터 로제타는 미국의 안정된 생활에 빠져들면서 다시 조선으로 두 아이들을 데리고 떠날 마음이 추호도 없었다. 아늑하고 편안하며 전염병이 없는 이곳에서 두 아이를 기르고 싶은 마음뿐이다. 이따금 한강변의 양화진 언덕에 외롭게 홀로 누워있는 남편, 닥터 홀이 떠오르지만 그마저 잊으려고 애를 썼다. 어쩌다 남편의 유업을 잇기 위해 조선으로 되돌아가야 한다는 생각이 충동적으로 발동하지만 그런 마음도 강하게 누르면서 접고 있었다. 에스더를 공부시켜 의사를 만들어 자기 대신 파송하면 하나님도 기뻐하실 것이란 생각에 에스더의 공부에 박차를 가하며 격려하는 일에 힘을 썼다. 이곳에서의 의사생활도 나쁘지는 않았다. 아들, 셔우드와 달리 재롱을 떠는 딸, 이디스로 인해 남편을 먼저 저 세상으로 보낸 아픔을 참을 만했다.

닥터 로제타는 아이들을 친정집에 맡기고 뉴욕에 나와 빈민을 구제하는 병원에서 일을 했다. 그것도 양에 차지 않아 다른 병원에서 자리를 잡고 일하기 시작했으나 그게 영 즐겁지 않았다. 예쁜 딸, 이디스가 죽은 남편을 대신하여 큰 위로가 되었는데 이렇게 친정에 놔두고 오니 외로움이 극에 달했다. 어쩔 수 없이 박유산에게 두 아이와 집안 살림을 맡기기로 하고 뉴욕시내로 이사를 했다. 닥터 로제타는 일터에서 돌아와 매일 저녁 아이들을 보면서 안락한 생활에 젖어들었다.

로제타의 아이들을 돌보느라고 뉴욕으로 나온 박유산은 아내를 더욱 만날 수가 없었다. 아내의 학교는 뉴욕이 아닌 메릴랜드 주의 볼티모어에 있으니 피차 서로 얼굴을 대하기 힘들었다. 아내는 주말에노 공부로 인해 남편에게 오기 힘들 정도였다.

어쩌다 뉴욕으로 오는 날엔 에스더는 수척해진 남편을 위로했다.

"당신 왜 이렇게 말라요. 배고파요?"

"아니. 당신이 보고 싶어서 그래."

"어쩌지요. 의과대학이 여기서 너무 멀리 있으니……"

박유산은 아내의 얼굴을 찬찬히 살폈다. 눈에서는 형형한 빛이 뿜어 나오지만 쇄골이 들어날 정도로 몸은 말라 있었다. 의학공부가 힘이 드는지 아내의 목이 학처럼 길어졌다.

"당신 건강이 걱정이네. 나보다 당신이 훨씬 더 힘들지? 미국에서 우리말도 아닌 영어로 하는 공부니 얼마나 힘들겠어."

"그래도 잘 감당하고 있어요. 당신이 조선이 아닌 미국에 있으니 위로가 돼요."

의사공부를 하는 아내가 돈을 벌어가면서 할 수는 없었다. 선교부에서 일부 지원은 해주지만 의과대학 학비는 살인적으로 비쌌다. 닥터 로제타가 여기저기 연락해서 거둬 주기도 하고 개인적으로 돕기도 하지만 턱없이 모자라는 형편이다.

"아무래도 내가 밤에라도 일을 해야겠어. 당신은 공부만 해야지 학비를 벌면서 공부할 수는 없잖아. 내가 이제 조금 영어가 텄으니 일을 구하러 나가보려고 해."

"낮에 살림하면서 두 아이를 돌보고 어떻게 밤일을 해요."

"여보! 걱정하지 마요. 나는 젊으니까 무엇이나 할 수 있어. 당신을 위하고 조국을 위한 일인데 무얼 못하겠어."

두 사람은 서로 위로하면서 껴안았다.

닥터 로제타는 남편이 죽고 난 뒤에 앓았던 우울증 증상이 살살 오기 시작했다. 이상한 일은 아이들이 옆에 있어도 밤이면 한강변의 양화진에 홀로 누워있는 남편이 자꾸 나타나 손짓을 하고 불러댔다. 닥터 홀이 가장 행복했던 시절의 모습이다. 두 사람이 사랑에 빠져 서로 만났을 적의 미소를 짓고 그의 특유한 느릿하고 다정한 음성으로 말을 걸어온다. 닥터 로제타 앞에 이 밤엔 아주 가까이 다가와서 껴안고 귓가에 입술을 대고 생생하게 말하는 것이 아닌가.

"여보! 내가 다 이루지 못하고 남겨놓은 일을 당신이 마저 해야지 여기 이러고 있으면 어떻게 해요."

"난 두 아이를 맡아 아빠노릇까지 하며 혼자 길러야 해요. 당신은 두 아이들을 버리고 먼저 갔잖아요. 아이들을 기르는 일이 나의 책임이요 의무입니다. 당신도 죽게 만든 병균이 득실거리는 조선 땅으로 어떻게 어린 것들을 데리고 가라고 그러세요. 난 못갑니다. 절대로 가지 않아요."

"그건 인간적인 생각일 뿐이요. 근심걱정 말고 아이들

올 데리고 어서 평양으로 가시요. 그게 하나님이 원하시는 길이요."

남편은 밤마다 나타나서 자기가 못다 이루고 남겨놓은 일을 마저 하라고 보챘다. 꿈속에 자주 나타나는 남편이 가엾기도 하고 한편 성가시기도 했다. 뉴욕 번화가에 나와 돈도 벌고 아이들을 매일 곁에 두고 보면서 평온한 일상으로 돌아온 그녀도 남편의 이런 보챔으로 인해 차츰 마음이 흔들렸다. 그래서인지 시간이 흐를수록 이곳 병원 일이 진부하게 느껴지기 시작했다.

꿈 때문일까. 닥터 로제타는 그의 억지주장에 솔깃해지기 시작했다. 돈을 받지 않고 왕진을 가고 죽어가는 가여운 조선의 여자들을 돌볼 때 마음에 가득 차올랐던 충만한 기쁨이 풍요로운 미국에서 일할 적에는 전혀 느낄 수 없었다. 한 마디로 보람을 느낄 수가 없다고 할까. 어린 두 아이를 위해 엄마인 자신은 아빠 몫까지 감당하며 이 나라에 머무는 것이 순리고 안전했다. 그런데 왜 매일 밤 굴레에 묶여 병들어 헐벗고 굶주린 조선 여자들이 눈앞에 어른거리는 것일까. 그곳의 순박한 여인들이 자꾸 눈앞에 보였다. 병을 고쳐주어 많이 고맙다고 살아있는 암탉을 묶어 가져오기도 하고 달걀을 보석처럼 귀중하게 가슴에 안고 와서 내놓기도 했던 여자들. 심지어 대추나 감을 서너 개 가져와 부끄러워하면서 로제타의 손에 쥐어주기도 했던 끈끈한 정이 그녀를 사로잡았다. 감정이 풍부하고 사랑스러운 조선여자들이 자꾸 어서 와서 도와달라고 손짓을 해서 닥터 로제타는 도저히 이대로 있을 수가 없었다.

에스더가 의사공부를 시작했으니 의사자격증을 받은 뒤에 함께 나가도 된다는 생각으로 자신을 달랬으나 남편은 한강변의 양화진에 누워서도 가만있질 않고 자꾸 손짓하며 불러대고 있었다.

닥터 로제타는 기도 중에 가만히 남편에게 속삭였다.

"여보! 우리 아이들이 너무 어려요. 지금은 아니에요. 특히 이디스는 미국에서 태어나 전혀 면역력이 없어요. 아이들과 미국에 몇 년 더 머무르고 싶어요. 여기서 아이들을 좀 더 키워서 건강해지면 조선에 가긴 가요. 에스더가 의사자격증을 받으면 그때 생각해볼게요. 제가 여기 있어 에스더를 도와야 그녀도 공부를 마칠 수 있어요. 제가 없으면 에스더가 어떻게 의사공부를 해요."

그러나 남편은 꿈에 생시처럼 나타나서 아니라고 강하게 머리를 흔든다. 어서 조선으로 가는 배를 타라고 다급하게 명령했다. 물론 남편이 못다 이룬 꿈을 대신 이뤄야 한다는 마음은 아내로서 늘 가슴에 박혀 있었다. 하지만 어린 두 아이를 데리고 정치적으로 불안하고 병균이 들끓는 나라로 가는 일은 두려웠다. 자신은 어른이라 거기서 견딜 수 있지만 아이들은 아니다. 남편도 면역력이 약해 그곳의 전염병에 걸려 죽은 나라이다. 거길 어떻게 이 아이들을 데리고 가라고 자꾸 꿈에 찾아와 간청할 수 있단 말인가.

몸은 미국 땅에 있으면서 닥터 로제타의 마음은 몽땅 조선에 가 있었다. 그곳에 그대로 방치해서 버려두고 온 일들이 그녀의 몫이라고 마음이 자꾸 재촉했다.

로제타는 남편을 추억하며 그의 전기를 쓰기 시작했다. 간결하고 감동적인 전기는 부부가 함께 겪었던 역경과 그녀의 슬픈 마음을 진솔하게 표현하여 써내려갔다. 매일 밤 집에 돌아와 자정이 넘도록 책상에 붙어 앉아 써낸 '윌리엄 제임스 홀 M.D.의 생애'란 책을 세상에 내놓았다. 그게 솔솔 잘 팔려서 돈이 모였다. 그 돈을 종자돈으로 삼고 친구들과 심지어 남편의 고향인 캐나다의 교인들이 거둬준 돈이 제법 많았다. 닥터 홀의 죽음이 헛되지 않게 그의 기념병원을 지으라는 건의가 빗발쳤다. 남편기념병원을 세운다는 것은 닥터 로제타에게 큰 힘과 용기를 불러일으켰다. 그 돈으로 남편을 기리는 글귀를 새겨 번쩍이는 대리석으로 동상이나 기념비석을 만들 수도 있다. 그러나 그건 아무 일도 못하는 그저 돌일 뿐이다. 평양으로 다시 가야 한다. 남편이 그토록 사랑했던 사람들이 있는 곳이다. 자신의 목숨을 순교자의 피로 뿌린 그곳에 가서 남편의 못 다한 사랑까지 베풀어야 한다는 소명감이 속에서 강하게 꿈틀거리기 시작했다. 가야 한다, 가지 말아야 한다. 두 갈래의 갈등 속에서 며칠을 밤새워 고민하던 닥터 로제타는 드디어 가기로 결심했다.

주일 아침 밥상에 둘러앉아 식사하는 동안 그녀는 식구들에게 선포했다.

"조선으로 다시 돌아가야겠어요."

아버지는 로제타가 돌아와서 이디스를 낳은 지 반년 만에 돌아가셔서 혼자 외롭게 지내고 있던 어머니는 눈물을 닦으며 묵묵히 입을 다물었으나 거절하지는 않았다.

"두 아이들을 여기 두고 가라. 성인인 닥터 홀도 전염병으로 죽은 곳이다. 아이들을 내게 맡기고 가는 것이 좋겠다. 내 나이가 많지만 내가 길러주마."

어머니의 제안에 닥터 로제타는 머리를 흔들었다.

"남편이 죽은 땅에 저도 묻힐 것입니다. 우리 아이들도 아버지와 함께 그 땅에 묻히려면 지금부터 가서 거기서 자라고 훈련받아 아버지의 뒤를 이어 일해야 합니다. 우리 가족은 이미 그 나라에 바쳐진 사람들입니다."

단단히 결심하고 나대는 딸의 말에 식구들은 모두 입을 다물었다.

2

닥터 로제타 홀이 미국을 떠나 조선으로 가기로 결심한 터라 박유산은 거취문제로 고민했다. 이젠 닥터 로제타와 그간 돌보면서 정이 듬뿍 든 셔우드와 이디스가 없는 닥터 로제타의 진정으로 돌아갈 필요가 없었다. 물론 거기 남아 농장일을 도울 수도 있었으나 아내를 따라 이동하기로 내심 결심했다.

닥터 로제타는 강력하게 박유산에게 말했다.

"나와 함께 조선으로 돌아갑시다. 에스더 혼자 여기서 공부하게 둡시다."

늘 순종적인 성격인 박유산이 옆에 서 있는 아내의 손을 꼭 잡으면서 강하게 머리를 흔들었다.

"아니요. 전 여기 농장을 떠나 아내 곁으로 가서 함께 살면서 공부를 돕겠습니다."

"외국인의 신분으로 볼티모어에선 일자리 구하기 어려워요."

"해볼 것입니다. 아내 곁에 있으면서 돈벌이를 찾을 것입니다."

이런 남편을 에스더는 놀란 눈으로 훔쳐보다가 머리를 숙였다. 그의 손이 몹시 떨리고 있었다. 여직 살아온 짧은 결혼생활이지만 그는 일방적으로 에스더를 사랑했다. 사랑은 상호적이어야 한다고 배웠다. 그간 남편의 일방적인 사랑을 받아드리면서 서서히 자신도 남편을 사랑하고 있다는 마음이 들기 시작했다.

박유산을 데리고 조선으로 귀국하려던 닥터 로제타는 서운함을 금할 수가 없어서 눈언저리에 날카로울 정도로 싸늘한 기운이 서렸다. 이런 그녀의 마음을 오래 곁에서 한 몸처럼 지내온 에스더는 피부로도 느낄 수 있었다.

집에 돌아와서 에스더는 조심스럽게 남편에게 물었다.

"왜 그렇게 강하게 반발했어요. 부드럽게 말할 수도 있었는데."

"지금까지 해오던 일들을 집어치우고 싶어. 다림질을 하고 설거지 하고 집안 치우고 빨래하고 아이를 둘이나 돌보는 그런 일이 이젠 지겨워. 당신을 따라가서 매일 밤 당신의 얼굴을 보고 내가 원하는 직업을 택해 돈을 벌거라고. 몸이 으깨져라 일해서 돈을 벌어 당신 공부를 도울 결심을 했어. 이 나라는 일한만큼 돈이 된다고 알고 있어. 내일부터 볼티모어 시내로 나가 공장이나 식당이나 어디건 사람을 구하는 곳을 찾아 나설 참이야. 누구의 도움도 필요 없어. 내가 하고 싶은 일을 택해서 할 거라고. 나란 사람은 당신의 학업을 위해 돈이 되는 일은 무엇이나 할 수 있어."

아내 에스더가 의학을 공부하는데 드는 비용은 선교부에서 주는 돈으로는 턱없이 모자랐다. 아무리 아껴도 비싼 방세와 생활비랑 잔잔하게 드는 경비를 박유산의 노동으로 매워나가야 하는 현실이다. 미국은 뼈 빠지게 일해야 먹고 살 수 있는 곳이다. 그간 도움을 주었던 닥터 로제타도 조선으로 떠났으니 이제 온전히 박유산의 어깨 위에 모든 짐이 지워졌다.

아내의 학교가 있는 볼티모어의 민화기에서 지업을 구

하기 위해 박유산은 용감하게 혼자 나갔다. 먼지가 풀풀 일어나는 큰길을 따라 걸었다. 일할 사람을 구한다는 구직광고를 붙여놓은 상점이나 공장에도 들어갔으나 박유산이 동양인이어서인지 거절당했다.

매일 지쳐서 어깨가 축 처져 귀가하는 남편을 향해 에스더가 조심스럽게 말했다.

"여긴 미국이라 자신감이 넘쳐야 해요. 무엇이나 물어보면 무조건 다 할 수 있다고 씩씩한 얼굴로 대답하세요. 할 수 있다고 하세요. Yes, I can. 이라고 힘차게 외치세요."

"내일부터 그렇게 말할게."

"의과대학에서 제가 나이가 제일 어려요. 영어도 어떤 때는 잘 몰라서 알아듣지 못할 때가 많아요. 그래도 전 굴하지 않고 당당하게 맞서요."

아내가 아주 독한 성품을 지닌 줄 알았지만 모든 일에 힘이 미치지 못하는 상황에서도 강하게 도전하는 끈질긴 근성을 느낄 수가 있었다.

다음날 박유산은 어깨를 쫙 펴고 당당한 걸음걸이로 직업을 구하려고 큰길로 나갔다. 골목 깊숙이 허름한 식당에서 일할 사람을 구한다는 광고를 보았다. 무조건 그리로 들어가서 일을 하겠다고 하니 주인은 박유산의 위아래를 이상한 눈초리로 훑어보았다. 아직도 머리를 자르지 않고 상투를 틀고 옷만 미국사람들이 입는 허름한 평상복을 입은 동양남자인 그를 웨이터로는 쓸 수는 없다. 부엌에서 설거지와 청소, 채소를 다듬는 일 등 잡다한 심부름을 제안했다. 타국사람을 쓰면 우선 부지런하고 임금을 조금 주어도 된다는 생각에서였다. 그래도 걱정이 되어 자꾸 머리를 흔드는 주인을 향해 박유산은 자신 있다는 표정을 지으며 다짐했다.

"무엇이나 다 할 수 있습니다. 음식도 하라면 열심히 배워서 할 것입니다. 나는 무엇이나 할 수 있습니다. 시키기만 하세요."

박유산은 아내가 일러준 대로 할 수 있다는 말을 자신 있게 외쳤다. 이런 박유산을 음식점 주인은 재미있다는 표정으로 바라보았다.

"우린 밤에만 부엌에서 일할 사람이 필요한데."

"그렇게 하겠습니다."

아침 일찍 동이 틀 무렵 볼티모어 근처의 농장에 나가 하루 종일 일하고 헐떡거리면서 밤이면 식당에서 부엌일을 하게 되었다. 그래도 일하는 것이 즐거웠다. 하루에 두 곳에서 풀타임으로 일하게 된 셈이다. 몸은 지나치게 고되지만 단 한 가지 소망인 아내, 에스더가 의사가 된다는 꿈을 안고 몸을 아끼지 않고 뛰었다. 서양사람들의 위생 시설도 익혀가야 한다. 생활방식도 조선 사람들이 개선해야 할 점들이 속속 눈에 들어왔다. 우리나라도 변해야 한다. 스스로 변해야 한다. 조선이 택할 길은 강제로 변화에 끌려갈 것이 아니라 서눌러 스스로 변해야 살 수 있다. 이

나라에서 일하면서 이런 마음이 자릴 잡기 시작했다. 조국에 있을 적에는 느껴보지 못했던 생각들이 주마등처럼 그의 머릿속을 헤집고 다녔다.

밤중이 지나서야 헐떡이면서 들어온 박유산은 공부하고 있는 에스더에게 말도 못할 정도로 지쳐서 그냥 널브러져서 침대 위에 쓰러졌다. 일주일마다 받는 주급을 아내의 손에 쥐어줄 적에만 얼굴을 서로 마주 보고 박유산은 언제나 지쳐 자리에 누워버렸다.

에스더도 의학 공부하는 일이 쉽지 않았다. 어느 때는 따라가기 너무 벅차서 그냥 고만 두고 귀국해버릴까 하는 유혹이 그녀를 강하게 잡고 늘어졌다. 차라리 아기를 낳아 기르면서 평범한 아낙으로 돌아가는 길이 정상인데 이게 무엇 하는 짓인가 하는 후회도 되었다. 그만큼 의학공부는 힘이 들고 버거웠다.

그때마다 마음을 다잡아먹었다.

'나는 조선여인을 대표해서 여기 왔다. 나는 나 개인이 아니다. 가슴과 등, 머리에 조선이라는 이름을 달고 미국 땅에 와서 저들과 나란히 서서 달리기 경주에 임하고 있다. 나의 영광은 곧 나의 조국, 조선의 영광이다. 나 개인은 죽고 없다. 오직 내 어깨엔 조선이 걸려있다. 힘을 내자. 이대로 쓰러지면 웃음거리가 된다. 나를 위해 자신을 희생하고 있는 남편을 위해서도 나는 꼭 의사가 되어야 한다. 닥터 로제타를 능가하는 기술을 배워야 한다.'

코피를 쏟으면서도 에스더는 주저앉지 않고 오로지 책을 붙들고 늘어졌다. 미국 여인들보다 우수해야 한다. 저들을 이겨야 한다. 그 길이 조선을 대표하는 에스더의 갈 길이었다. 조선이라는 나라의 민족적 자존심과 자긍심을 앞에 내걸고 졸음이 올 적에도 에스더는 무릎을 꼬집고 머리를 때리면서 오직 책만을 끌어안았다.

'죽음 아니면 의사다.'

두 갈래 길을 앞에 놓고 결사적으로 에스더는 의사의 길을 택했다. 의사의 징표인 흰 가운을 입은 모습을 떠올렸다. 병원에서 환자들을 돌보는 자신의 모습을 눈앞에 그려보았다.

하지만 남의 나라 언어로 공부하는 일은 쉽지 않았다. 더구나 전문지식을 요하는 의학분야의 생소한 단어들이나 교수들의 번개처럼 빠른 구사력을 모두 흡수하기에는 역부족이었다. 솔직히 고백하자면 첫 강의를 들을 적에는 무슨 소린지 전혀 감도 잡히지 않아서 옆에 앉은 여학생의 노트를 훔쳐보고 베껴 써가면서 수업을 따라갔다. 한 학기가 지나자 차츰 강의 내용의 아우트라인은 잡혀오지만 세세한 부분까지 이곳 학생들처럼 다 알아듣기에는 힘들었다.

어쩔 수 없이 교수를 찾아갔다.

"아무래도 수업을 따라가기 어렵습니다. 제 영어실력이 아주 미세한 부분까지서 이해하기는 어렵습니다."

유학생이 거의 없던 시기에 동양에서 유학 온 여학생이다. 열심히 수업을 따라오려고 안간힘을 쓰는 에스더의 표정이 안타까웠던 교수는 함께 걱정을 해주었다.

"내가 어떻게 도와줄까요?"

"예습을 해야겠습니다. 교수님이 다음시간 강의할 내용을 주시면 제가 미리 공부하고 수업에 들어가지요."

"그 말은 책이나 강의노트를 달라는 말로 들리는군."

"네. 맞습니다. 미리 공부하고 참석하면 어려움이 없을 줄 압니다."

이렇게 열심인 에스더를 교수들마다 신기하고 호기심 어린 눈으로 바라보았다. 그 중에 제일 나이 많은 교수가 에스더에게 작은 목소리로 속삭였다.

"아주 좋은 방법이 있어요."

에스더는 솔깃해서 귀를 기울였다.

"먼저 클래스에서 공부를 가장 잘하는 학생을 찾아내세요. 그 다음엔 수업시간에 그 학생 옆에 바짝 앉아 먹종이와 백지를 필기하는 노트 밑에 넣어주면서 부탁하세요."

에스더는 좋은 의견이라 기뻐서 함박 웃었다. 그러자 노교수님은 다시 귀엣말을 해주었다.

"그건 한 학기뿐이요. 에스더의 성적이 좋으면 모두 먹종이를 자신들의 노트 밑에 넣는 걸 거부할 터이니 서둘러 열심히 영어공부를 하시요."

에스더는 그러겠다고 고개를 끄덕이며 다짐했다.

해부학을 배울 때에 시체를 조각을 내며 공부하는 일에 여학생들은 약했다. 구역질을 하고 토하고 더러는 기절했다. 화장실로 달아나 숨어서 우는 학생들도 많았다. 에스더는 제일 오래도록 해부실에 남아서 노트를 하며 배워나갔다. 그녀는 이미 보구병원에서 닥터 로제타 곁에서 충분히 피를 많이 보았기 때문이다. 에스더의 이런 점을 교수들과 학생들이 존경했다. 이런 경험이 에스더에게 용기를 주었다.

수업을 따라가려고 에스더는 말 못할 서러움과 아픔을 가지고 역경을 극복하기 위하여 오로지 공부에만 열중했다. 이곳에서 저들보다 우수하자면 세네 배로 노력해야만 하는 의학공부였다. 하루 이틀도 아니고 4년이나 걸리는 코스였다. 이 공부를 해내느라고 에스더의 온몸은 긴장하여 어디를 건드려도 오로지 공부, 의사라는 소리만 나올 지경이었다. 이러니 돈을 벌기 위해 죽어라 일하고 있는 남편, 박유산의 건강을 돌볼 수 없었다. 아내로서 남편에게 베풀어야 할 시간적, 심적 여유가 전혀 없었다. 자신의 건강도 문제가 될 지경이었다.

닥터 로제타는 두 아이들을 데리고 조선으로 출발하기 전에 메릴랜드 주에 있는 볼티모어에 에스더 부부를 만나러 왔다.

"공부하기 니무 이럽지. 의학공부를 포기하고 나와 함

께 조선으로 돌아가자. 전처럼 나를 도와 통역을 하고 박유산은 우리 아이들을 돌보고 그렇게 하자. 너도 결혼했으니 자식을 낳아 길러야 하는 것이 아니겠니."

닥터 로제타의 제의에 에스더가 머리를 세차게 흔들었다. 절대로 따라나서지 않겠다는 고집이 서린 눈을 감추지 않고 단호하게 말했다.

"전 반드시 의사가 되어 조선으로 돌아갈 것입니다. 죽음을 각오하고 공부하여 꼭 해낼 것입니다. 지금 제가 여기서 고만 두고 귀국하면 지금까지 고생한 모든 것이 수포로 돌아갑니다. 좋으신 하나님은 저를 의사로 만들기 위해 여기 보내신 걸 확신합니다. 중간에 제 마음대로 고만 둘 수는 없습니다. 저는 반드시 의사가 되어 평양으로 가서 당신을 도와드릴 것입니다. 닥터 홀의 죽음을 헛되이 하지 않게 의사가 되어 제가 그의 몫을 감당하겠습니다. 가까운 시일 내에 꼭 의사가 되어 돌아가 당신 곁에서 조선여성과 아이들을 돌볼 것이니 먼저 가 계세요."

에스더는 주저하지 않고 똑똑하게 자신의 의사를 강하게 밝혔다.

로제타의 눈에 에스더는 강단 있고 책임감이 강하며 똑똑하고 자신의 의지를 행동으로 옮기는 박력이 넘치는 성품이다. 에스더의 이런 강한 의지는 고집스러운 모습으로 다가와 더러 속상할 적도 있었다. 하지만 그녀가 에스더를 좋아하는 이유는 에스더의 바로 이런 점이다. 이것이 에스더가 많은 대다수의 순종적인 조선의 여성과 다른 점이다. 오랜 세월 순종을 미덕으로 삼고 길들여졌기 때문에 자신의 의사를 확실하고 단호하게 표현할 수 있는 여자를 조선에서는 만나기 힘들다. 이런 성품으로 에스더는 거친 광야 같은 미국 땅에서 로제타의 도움이 없이도 의학공부를 해낼 것이다.

로제타는 이렇게 의지가 강한 에스더를 보면서 조선으로 두 아이를 데리고 떠나는 것이 잘하는 짓인가 하는 마음이 불끈 솟구쳤다. 두 아이들이 따르고 좋아하는 이모 에스더를 의사로 키워서 자기 대신 조선으로 보내는 일이 최선의 길이 아닐까. 여기 사정으로 봐서는 에스더를 자신이 도와주어야 의학공부를 마칠 수 있을 터인데……. 그러나 이런 생각은 잠깐, 다시 또렷하게 남편 닥터 홀의 환영이 다가와서 손짓을 하는 바람에 로제타는 애써 그런 생각을 떨쳐버렸다.

1897년 9월 중순 닥터 로제타는 두 아이들을 데리고 조선으로 출발했다. 드디어 이별의 시간이 오자 로제타와 에스더, 어린 것들이 서로 껴안고 안타까워하며 헤어졌다.

집에 들어서자마자 에스더는 강했던 모습을 던져버리고 밤새워 흐느끼며 울기만 했다. 여기까지 따라와서 의지했던 닥터 로제타마저 가버리면 광활하고 거친 광야에서 그녀가 의지할 것은 오직 하나님과 남편 박유산뿐이었다.

이런 아내를 박유산이 위로했다.

"이제 나도 미국에서 돈을 벌 수 있어. 어느 정도 벌어도 할 수 있단 말이야. 비록 막노동이지만 내 육신이 건강하니까 당신을 반드시 의사로 만들 거야. 무슨 일이 있어도 의사가 되어 조선에 돌아가 닥터 로제타와 두 아이들을 만납시다. 닥터 로제타와 동등한 자격으로 하얀 가운을 입고 나란히 선 당신 모습을 보고 싶군. 이게 날마다 내가 바라는 소원이요. 공부를 마치고 성공하여 돌아갑시다. 우리 둘이 힘 있게 섭시다. 이 넓고 거친 광야에 당신과 나뿐이요. 서로 의지하고 서면 하나님이 도와주실 것을 확신해요."

박유산이 아내를 가슴에 꼭 안고 등을 다독여주었다.

밤이면 너무 일을 많이 하여 헛소리를 하면서 전신에 식은땀을 줄줄 흘리는 남편의 수척한 모습을 보면서 에스더는 이를 앙다물었다. 그리고 거듭 다짐하며 공부에 집중했다. 하루 두세 시간도 자지 못하면서 미친 듯이 오직 공부에만 매달렸다. 미국이 어떤 나라냐고 물으면 에스더는 할 말이 없다. 오직 학교와 세든 집만을 오갔으니 길바닥과 양옆의 건물들 말고는 아는 것이 없었다.

이런 생활이 너무 무리였는지 에스더는 세 번째 아이를 이번에는 임신 초기에 유산을 했다. 그 와중에도 남편은 괜찮다고 에스더를 위로했다.

"아이는 공부 끝나고 자리잡으면 다시 낳을 수 있어."

이렇게 위로하는 남편을 보면서 에스더는 굳게 다짐했

다.

'나는 반드시 의사가 되리라. 의사가 되어 조국으로 돌아가 선교사들이 하는 일을 내가 하리라. 여기서 작은 먼지만한 것이라도 깡그리 배워가서 내 민족, 내 백성을 치료하기 위해 사용하리라. 언제까지 외국 선교사들에게 의지하고 있을 수는 없다. 내가 하리라. 조선에 돌아가서 나 같은 여의사들을 많이 길러낼 것이다.'

동녘이 밝아올 때까지 에스더는 책상 앞에 앉아 아파오는 허리와 저려오는 손을 주무르면서 오직 책만 붙들고 늘어졌다.

3

닥터 로제타는 어린 아들, 딸을 데리고 1897년 시월 중순 시댁에 들렸다가 밴쿠버에서 출발하는 배를 탔다. 일본의 나가사키에 도착하기까지 2주가 걸렸다. 박유산이 따라나섰다면 얼마나 큰 도움이 되었을까. 그가 곁에 없는 것이 내내 아쉬웠다. 특히 이디스는 유별나게 박유산을 좋아했는데……. 지친 아이들을 데리고 거기서 증기선을 타고 11월 10일 아침, 조선의 제물포항에 내렸다. 그 아침이 바로 아들, 셔우드의 4번째 맞는 생일이었다.

조선을 떠난 지 3년이 채 되지 않아서 돌아왔는데 소선은 청나리로부터 독립을 선포하고 대한제국이란 이름을 달고 고종은 황제가 되어 있었다. 청일전쟁에서 승리한 일본의 힘에 눌리면서 이뤄진 일이니 권력이 없는 이름만 황제요, 대한제국인 셈이다. 한성까지 가마를 타고 지나가는 길가에 비단으로 싼 등이 주렁주렁 매달려 있다. 다음날이 명성황후의 장례식이라고 한다. 2년 전 1895년 10월 8일 일본공사가 사주한 일본의 낭인들이 왕비를 살해하여 불태워버렸다고 한다. 장례식이 왕비의 시신 없이 치러지는 모양이다. 일국의 국모가 궁궐 안에서 사살되어 이렇게 보내는 것이 하늘도 슬픈지 비가 추적추적 내렸다.

두 아이는 긴 뱃길이 힘들었는지 백일해에 걸렸다가 폐렴으로 발전해서 고생을 했다. 하긴 리버티 고향을 떠나 조선 땅까지 근 한 달 가까운 긴 여정이었으니 어린 아들과 딸에게는 무리였다. 고맙게도 이런 무서운 질병에서 두 아이는 잘 견뎌 내주었다. 아픈 중에도 이디스는 언제나 재롱을 떨어서 귀여웠다.

닥터 로제타는 어디를 둘러봐도 남편 닥터 홀의 모습이 어른거려 가슴이 아팠다. 선교사들 모두 부부가 함께 움직이는 현장에서 혼자 어린 것들을 데리고 일하자니 동료 선교사들의 못마땅해 하는 이상한 눈초리도 견디기 힘들었다. 남편의 빈자리가 썰렁했고 너무나 서럽게 그녀를 몰아붙여 혼자 구석진 곳에 숨어 엉엉 우는 일이 잦았다.

혼자 된 여자의 고독한 마음은 아주 작은 일에도 부지불식간에 서러움이 북받쳤다.

한양의 보구여관에서 석 달 일하고 드디어 평양으로 가라는 선교부의 명령을 받았다. 두 아이를 데리고 평양에 도착하니 가는 곳마다 남편의 흔적이 어려 있어 가슴이 아팠다. 다행이 그 시절 함께 했던 사람들이 울타리가 돼주어 외로움은 한양에서보다 훨씬 덜 했다.

도착하자마자 세 식구 모두 이질에 걸리고 말았다. 대동강에서 길러다 먹는 물이 문제였다. 닥터 로제타와 아들 셔우드는 그래도 털고 일어났는데 딸 이디스는 계속 심하게 앓았다. 갑자기 두려움이 닥터 로제타에게 밀려들었다. 만약에 어린 딸, 이디스가 죽는다면 어떡하지. 그건 있을 수 없는 일이다. 이디스가 어떤 딸이란 말인가! 남편을 먼저 하늘나라로 데려간 하나님이 그녀를 위로해 주려고 보내준 고마운 선물이기 때문이다. 이디스는 아빠를 제일 많이 닮아서 매사에 낙천적이었다. 그 애는 언제나 행복한 아이로 늘 방긋방긋 웃고 있어 주위 사람을 기쁘게 해주었다.

병원에서 일하는 엄마가 보고 싶어 엄마병원을 찾아온 이디스는 피 범벅인 수술실에 살그머니 들어와 엄마를 쳐다보았다. 살림집이 병원과 연하여 있어 이렇게 가끔 엄마가 보고 싶으면 이디스는 몰래 혼자 찾아와서 뒤에서 옹알이를 하다가 돌아갔다. 자궁을 적출하는 큰 수술을 하는 바람에 닥터 로제타는 딸 이디스가 수술실에 들어온 걸 몰랐다. 갑자기 우유냄새가 물컥 났다. 이디스의 냄새였다. 작은 의자를 끌어다 놓고 기어 올라온 이디스는 환자의 배를 가르고 수술을 한창하고 있는 걸 조금도 무서워하지 않고 바라보다가 손수건으로 엄마의 이마 위로 철철 흘러내리는 땀을 닦아주었다. 피가 흐르는 수술 장면을 대하면 아들 셔우드는 무서워 도망가버리지만 이디스는 항상 관심을 가지고 지켜보았다.

"너 아픈데 여길 어떻게 왔니?"

"엄마가 보고 싶어서."

"너 무섭지 않아. 이렇게 피가 마구 나오는데."

"조금도 무섭지 않아. 엄마가 하는 일인데."

그 순간 닥터 로제타는 이디스가 장차 엄마처럼 의사가 될 것이란 확신이 들어 위로가 되었다.

이런 딸을 절대로 하나님이 데려가지 않을 터인데 괜한 걱정을 하고 있어 믿음이 약해졌다는 나약함이 부끄러움으로 솟구쳤다. 평양에 찾아온 오월의 봄은 살림집 마당에 토종인 하얀 민들레꽃과 노란 민들레꽃을 탐스럽게 피어나게 했다. 살찐 토끼풀 꽃도 한창 피어났다. 이디스는 곱똥을 누면서도 마당에 피어난 꽃들을 따느라고 토끼처럼 뛰면서 마냥 신나게 돌아다녔다.

평양에 세운 닥터 홀 기념병원은 아내인 닥터 로제타가 직접 죽은 남편에 대하여 집필하여 출판한 책의 이득금이

종자돈이 되었다. 조선인 친구들과 캐나다 고향의 교인들 그리고 미국의 친지들이 모은 돈이 합쳐졌다. 그 돈으로 그녀가 평양에 오기 전에 이미 건축하여 개원한 상태였다. 선교회의 원조가 단 한 푼도 없이 순수하게 남편을 사랑하는 사람들의 손으로 세워져서 닥터 로제타에게 큰 위로가 되었다. 한옥으로 지어진 병원은 서문 안쪽에 위치하였고 대기실, 진료실, 약제실, 의사사무실까지 아주 깔끔했다. 병원크기도 가로가 18미터에 세로가 12미터로 평양에서는 보기 드물게 큰 기와집이다.

그녀의 일터는 안정되었지만 여기 와서 걸린 세 식구의 이질은 세균성 전염병이었다. 고름 똥을 누고 피똥을 누다가 죽어나가는 사람들이 허다했다. 셔우드와 닥터 로제타는 지난번 평양에 왔을 적에 한 번 앓았던 병력이 있어 쉽게 털고 일어났는데 미국에서 태어난 이디스는 면역력이 전혀 없어서인지 오래 앓았다. 나중엔 먹지도 못하고 계속 혈변을 누더니 축 늘어졌다. 오빠 셔우드가 아이스크림을 조금씩 입에 넣어주니 그걸 핥아 먹으면서 엄마와 오빠를 힘없는 눈으로 올려다보았다. 저녁이 되니 이디스의 체온은 41도를 넘었다. 숨을 가쁘게 내쉬면서 힘들어했다. 8시가 넘어 이디스는 마지막 숨을 내쉬었다. 평안한 모습이었고 아픔이 가신 기쁨이 얼굴에 서렸다. 하늘처럼 파란 눈을 크게 뜨고 엄마의 얼굴을 뚫어지게 물끄러미 바라보면서 숨이 멎었다.

동생이 죽은 걸 감지한 셔우드는 눈물을 뚝뚝 흘렸다. 이미 아빠도 죽지 않았는가. 아직 죽음에 대하여 자세히는 모르지만 죽으면 아빠처럼 땅에 묻어버리고 다시는 이 땅 위에서 볼 수 없다는 뜻이란 걸 나이가 어리지만 막연히 알고 있었다.

셔우드는 너무 기가 막혀 울음도 잊은 채 널브러진 엄마에게 말했다.

"아빠가 너무나 이디스가 보고 싶었나봐."

하얀 드레스를 입히고 관에 넣어 누워있는 동생 이디스에게 셔우드는 마당에 피어있는 노란 민들레꽃을 꺾어다가 손에 쥐어주었다. 셔우드는 관을 닫기 전 이디스의 이마에 키스를 했다. 그 순간 셔우드는 뒤로 물러서면서 놀란 얼굴로 말했다.

"왜 이디스의 이마가 얼음처럼 차지. 옆에 난로를 가져다 놓아야겠어."

그의 말에 방안에 모여 섰던 선교사들이 일제히 흐느꼈다.

딸의 관 주위에 둘러서서 흐느끼는 선교사들을 보면서 닥터 로제타는 구름 위를 부유하는 듯했다. 무엇인가 잘못되어 가고 있는 것이 틀림없다. 자신의 무분별한 선택이 이런 일을 일으킨 것이다. 죽은 남편의 자리에 대신 서서 큰 위로가 되었던 이디스가 떠났으니 이제 쓰러지는 일만 남았다. 휘청거리는 닥터 로제타를 다른 선교사들이 부축하여 침대 위에 뉘였다.

갑자기 닥터 로제타는 미국에 두고 온 점동이가 그리웠다. 그녀가 지금 옆에 있다면 큰 위로가 될 것이란 아쉬움이 폭풍처럼 전신을 휘감았다.

딸, 이디스는 1895년 1월에 태어나서 1898년 5월에 가버렸다. 너무나 어린 나이였다. 자신의 잘못된 선택이 이렇게 허망하게 딸을 보냈다는 후회로 닥터 로제타는 숨이 멎을 듯했다. 남편인 닥터 홀이 죽었을 때보다 더 가슴이 아리고 저미는 고통이요, 아픔이었다.

조선 사람들은 이렇게 말한다.

'남편이 죽으면 하늘이 보여도 자식이 죽으면 하늘이 돈짝만 하다.'

자식이 죽으면 어미의 가슴에 묻는다고 하더니 정말 그랬다.

어떻게 보석처럼 귀한 딸을 땅에 묻을 수 있단 말인가. 어떻게 이 딸을 포기한단 말인가!

셔우드와 사람들 앞에서 참았던 울음이 밤에 혼자가 되니 가슴 찢어지는 아픔을 달고 터져 나왔다. 오직 한 가지 소망은 딸을 따라서 죽고 싶을 뿐이었다.

김창식 조사가 이디스의 관을 지고 걸어서 닷새 만에 한성에 도착했다. 죽어서 온 가족이 한 군데 모이기를 바라는 로제타의 소원대로 이디스는 한 번도 보지 못한 아빠, 닥터 홀 곁에 묻혔다. 이제 로제나 家族의 절반이 양화신에 묻혀 천국에 있는 셈이다.

4

에스더 부부는 줄일 수 없이 꼭 내야만 하는 학비와 방세를 내고 나면 먹을 것을 사는 일만이 아낄 수 있는 유일한 길이 되었다. 자연히 먹는 음식이 부실했다. 빵 대신 밥을 하여 소금을 조금 뿌려 주먹밥을 해먹든지 피차 바쁘니 각자가 되는 대로 해결하는 식으로 살아야만 했다.

식품 값을 줄여서 생활한 것이 문제였을까.

일에서 돌아오면 박유산은 고목처럼 피곤하다고 쓰러져버렸다. 조금만 움직여도 힘이 들고 숨이 차다고 이따금 공부하느라고 책상에 붙어 앉아있는 아내에게 툭툭 몇 마디 던지면서 누워버렸다. 그는 몰라볼 정도로 체중이 빠져서 뼈만 앙상하고 날씬했다. 마치 젓가락처럼 말랐다. 어쩌다 정성들여 아내가 해주는 밥도 입맛이 없다고 밀어놓았다.

며칠 연속 내리던 비도 그치고 찬란한 아침 햇빛이 방안으로 파고드는 주일 아침, 둘이는 조반을 해먹고 교회에 갈 준비를 하고 있었다. 갑자기 발작하듯 박유산이 심한 기침을 했다. 입을 막고 화장실로 뛰어간 남편의 놀란 외침이 들려왔다.

"여보! 빨리 와봐. 나 이상하다."

에스더는 외출복을 다 입고 천천히 남편에게 다가갔다. 화장지에 피가 잔득 묻어 있다. 그의 코와 입언저리에도 피로 얼룩졌다. 선홍색의 거품이 섞인 피다. 화들짝 놀란 에스더가 남편의 가슴을 잡아 흔들면서 외친다. 절규에 가까웠다.

"이 피! 세상에 이를 어쩌. 피를 토하다니! 각혈이야. 이를 어쩌면 좋아. 이번이 처음이에요? 기침하니 피가 나 와요?"

"으응! 이상하지. 가래가 자꾸 끓더니 공기가 건조해서 그런가."

"아니야. 각혈이야. 피 색깔이 말해주고 있네. 위가 나 빠 나오는 피는 토혈로 암적색인데 당신이 토한 피는 선 홍색이야. 이거 큰일 났어. 빨리 병원으로 가야 해."

에스더의 얼굴이 파랗게 질렸다. 의학을 공부한 터라 이 병이 무엇을 뜻하는지 금방 감이 잡혔다. 허둥대는 모 습이 평소 에스더에게서 볼 수 없는 태도다. 큰일이 난 듯 흐느껴 울기까지 한다. 당돌하고 강인한 성품의 아내에게 서 평소 보지 못했던 모습이다.

에스더가 공부하고 있는 학교에 딸린 병원으로 향했다. 일요일이라 모두 문을 닫은 상태라 에스더가 알고 있는 의사들을 동원하여 간신히 병원에 입원할 수가 있었다. 폐결핵이 상당히 진행된 상태였다. 그러고 보니 늘 미열에 시달렸고 자고 일어나면 식은땀을 많이 흘리며 힘들어 했는데 공부한다고 그런 남편을 무심히 봐 넘긴 자신이 미웠다. 목표만을 향해 좌우 어디도 보지 않고 달려온 결과가 이것이란 말인가. 에스더의 심정은 공부고 무엇이고 다 팽개치고 싶은 심정이다. 이제 의사가 되는 졸업식이 바로 코앞에 놓여 있지 아니한가. 공부를 다 마쳐가는 판에 남편이 이런 무서운 병에 걸리다니! 어서 공부를 마치고 의사자격증을 들고 닥터 홀과 이디스를 먼저 하늘나라로 보내고 가슴 아파하는 사랑하는 닥터 로제타에게 돌아갈 길이 바쁜데 남편이 쓰러진 것이다.

"이제 제 공부가 다 끝나가요. 당신이 공부할 차례인데 이렇게 아프면 어떡해요."

"난 공부하지 않아도 좋아. 당신이 의사가 된 걸로 나는 너무 기뻐. 당신 졸업식에 가서 우리 함께 사진도 찍고 맛있는 음식을 느긋하게 즐기면서 사먹자. 여기 와서 당신과 내가 단출하게 단 둘이 한 번도 외식한 적이 없네. 이제 얼마 남지 않았지? 당신 졸업식 말이야. 난 당신이 너무 자랑스러워. 당신 같은 아내를 가진 내가 얼마나 복된 남자인지 몰라."

이런 말을 하면서도 힘이 드는지 박유산은 기운 없이 눈을 스르르 감았다. 열이 높아 얼굴이 벌게지고 숨을 헐떡였다. 미국이란 나라에도 결핵을 고칠 약이 없어서 그는 매일 조금씩 밑으로 가라앉고 있었다. 저녁에 수업을 마치고 남편의 병실로 돌아온 에스더는 그의 손을 잡고 간절히 애걸했다.

"여보! 꼭 일어나야 해요. 우리 두 사람 손을 꼭 잡고 조선으로 돌아가야 해요. 이 나라에 와서 나를 공부시키려고 별짓을 다 하면서 고생했잖아요. 이제 제가 당신을 위할 차례에요."

박유산은 아내의 손에 자신의 손을 맡기고 힘없는 눈으로 아내를 쳐다본다.

"당신은 내가 의사되기를 원했잖아요. 나는 최선을 다했고 당신의 소원대로 이제 곧 의사가 된단 말이에요."

그런 아내의 간절한 말을 들으며 박유산은 착 가라앉은 음성으로 말했다.

"내가 닥터 홀과 이디스를 만나려 먼저 하늘나라에 가더라도 낙담하지 말고 힘 있게 서요. 겁내지 말고 울지 말아요. 혼자 조선으로 돌아가 내 몫까지 일해야 하오. 불쌍한 조선의 버려진 아픈 사람들과 어둠 속에 웅크리고 앉아있는 여자들을 구해야 해요. 특히 교육의 혜택을 전혀 받지 못하고 철저히 소외된 조선의 여성들을 위해 일하기 바라오."

"난 당신이 내 곁에 있어야 그런 일을 할 수 있어요. 당신이 없다면 모든 일이 의미가 없어요. 당신은 꼭 일어설 걸 믿어요. 착한 당신을 이렇게 빨리 제 곁을 떠나게 하지 않을 겁니다."

아내의 절규에 박유산은 쓸쓸하게 미소짓다가 힘겹게 일어나 그녀의 손을 잡았다.

"당신이 조선에 돌아가면 닥터 로제타와 똑같은 의사로 살게 되었어. 당신이 당당하게 나란히 로제타와 동등한 위치에 선 모습을 그려보니 너무 좋아. 당신 참 훌륭해. 너무 자랑스러워."

"그런 내 모습을 보고 싶으면 살아야 해요. 이제 우리 어려운 고비를 다 넘겼잖아요. 미국에서 6년 동안 제가 공부할 수 있도록 당신이 밀어주고 고생했는데 이렇게 혼자 먼저 가버리면 제 가슴에 대못을 박는 거예요. 제가 일생 당신을 위해 헌신하는 아내가 될 터이니 일어나요. 친정어머니처럼 제가 당신에게 순종하고 떠받을 터이니 목숨만 붙어 있어요. 숨만 쉬고 내 곁에 있어 줘요. 똥오줌 싸고 누워 있어도 좋아요. 살아만 있어 줘요."

감당하기 어려운 순간에 친정어머니의 모습이 떠오르며 그녀처럼 살더라도 남편이 곁에 살아 있어 주기를 간절히 바라는 마음이 들었다.

"생사화복은 하나님에게 달렸어요. 지금이라도 오라하면 모든 것을 다 놓고 가야 해요."

그가 더듬거리면서 하는 말을 들으며 에스더는 그의 가슴에 머리를 박고 흐느꼈다. 이렇게 좋은 남편을 어떻게 보낸단 말인가. 이건 도저히 있을 수도 없고 감당할 수 없는 일이다.

"당신 절대로 죽지 않아요. 내가 의사예요. 제가 살려낼 것입니다. 우리를 여기 미국 땅에 보내신 분이 하나님이신데 어째서 당신을 데려가겠어요. 절대로 이렇게 떠나보내지는 않을 겁니다. 당신 정말 절 이렇게 혼자 두고 갈 거예요? 아니에요, 아니에요."

박유산은 흐느끼는 아내의 머리를 어루만지면서 등을 다독여주었다. 우리 같은 미물이 하늘의 마음을 어찌 알 수가 있겠는가. 그는 흐린 눈으로 창밖의 하늘을 멍하니 쳐다보았다.

"생사화복은 창조주의 손에 달렸으니 그분의 결정을 따를 뿐이요. 다행히 닥터 로제타가 조선에 있으니 그분 곁에서 일을 하시오. 그분이라면 내가 당신을 맡기고 갈 수 있소."

"여보! 그렇다면 당신 내 졸업식을 보고 가야 해요. 이렇게 당신을 보낼 수는 없어요. 나 곧 졸업한단 말이에요. 두 주일만이라도 살아서 제 졸업식을 봐야지요."

아내의 간절한 말을 들으며 그는 힘없이 머리를 숙였다. 깊어진 병으로 검측해진 얼굴에 그저 쓸쓸하니 서글픈 웃음을 입가에 담을 뿐이었다.

대학병원에 입원하여 투병 끝에 소생하지 못하고 박유산은 그가 그렇게도 사랑하고 따랐던 닥터 홀과 갓난아이 적부터 돌본 이디스가 간 곳으로 떠나버렸다. 아내의 의과대학 졸업식을 16일 앞둔 1900년 4월 28일이었다. 아내를 위해 미국까지 따라와서 온갖 허드렛일과 하류층의 일인 막노동을 하면서 헌신한 그를 앞에 놓고 에스더는 정신을 차릴 수가 없었다. 미안함과 통한으로 몸을 가누기 힘들었다. 마지막 남편의 눈을 두 손으로 감기면서 에스더는 아직도 온기가 남아있는 박유산의 손을 잡고 다짐했다.

"여보! 미안해요. 참말 너무 많이 미안해요. 공부한다고 당신 식사를 제대로 챙겨주지 못해 미안해요. 아내의 일을 못해주어 미안해요."

몸이 식어가는 남편을 부둥켜안고 에스더는 몸부림치며 울다가 그의 귀에 입을 대고 속삭였다. 하고 싶은 많은 말들을 두서없이 마구 늘어놓았다.

"일생 조선의 가여운 여성들을 치료하는 의사로 살게요. 그간 선교사들 옆에서 배운 것과 이곳 미국에 와서 배운 모든 걸 우리나라에 가서 베풀 것입니다. 미신을 타파하는 일에 앞장서서 여성들을 깨우치도록 열심히 가르칠 겁니다. 생활개선을 해서 미국처럼 위생적으로 사는 환경으로 만드는 일도 제가 할 일이지요. 축첩을 반대하는 운동을 일으켜 그간 가슴앓이를 하는 우리 조선 여성들을 행복의 길로 인도할 것입니다. 여자들의 지위를 높이도록 여자와 남자가 대등한 자리에 설 수 있도록 여성교육에 헌신할 겁니다. 아들을 선호하는 저들에게 딸이 얼마나 위대한 존재인 걸 알게 할 것입니다. 조선 여성들에게 풍성하고 완전한 삶을 찾아주도록 힘쓸 것입니다. 한글을 가르쳐 성경을 읽을 수 있도록 도와주어야 하고……. 아이쿠! 너무나 할 일이 많네요. 당신의 몫까지 제가 다 하고 당신 곁으로 갈게요. 먼저 가 계세요. 저도 열심히 일하고 곧 바로 따라갈게요. 당신에게 아내 역할을 다 하지 못해 미안해요. 아들도 낳아주지 못하고 침선도 못하여 당신의 옷도 꿰매주지 못했고……. 생각해보니 너무 후회되는 일이 많아요. 이런 절 용서해주고 떠나세요. 여보! 사랑해요."

박유산은 볼티모어에 묻힌 최초의 조선인이 되었다. 에스더는 남편이 묻힌 곳을 잊지 않으려고 수첩에 또박또박 적었다. 로레인 파크 공동묘지였다.

비문에는 영어로 Yousan Chairu Pak이라는 이름을 새겼다. 1868년 9월 21일에 태어나서 1900년 4월 28일에 죽어 미국의 볼티모어에 묻혔으니 32세의 젊은 나이였다. 조선의 남자로서는 최초로 전통적인 구습을 깨고 자신을 희생하여 아내를 공부시킨 남자로 생을 마감했다.

비석에는 에스더가 골라낸 성경말씀을 각인했다.

I was a stranger and Ye took me in.

마태복음 25:35의 후반부로 '내가 나그네 되었을 때 나를 영접하였고'라는 구절이다.

졸업장을 받아 쥐자 성적이 좋은 그녀가 미국에 남아 일해 달라는 요청이 여러 기관에서 들어왔다. 박에스더가 조선으로 돌아가시 않고 좋은 소건의 병원에서 일할 수 있도록 여러 병원에서 청빙했으나 그냥 돌아섰다. 남편까지 자신을 의사로 만들기 위해 한창 타오르는 잉걸불로 청춘을 불사르며 희생하였으니 어서 조선으로 돌아가 닥터 로제타 곁에 나란히 서야 한다. 남편의 소원대로 그녀와 동등한 위치에서 의술을 베풀 것이다. 엄청난 소명감이 그녀를 찍어 눌렀다.

6년간의 미국공부를 끝마치고 귀국선에 오른 에스더의 눈에는 자신을 목이 빠지게 기다리고 있을 닥터 로제타의 얼굴과 죽은 남편이 바다 물결을 따라 출렁거렸다. 올 때는 남편의 손을 잡고 왔으나 이제 혼자 쓸쓸하게 귀국하고 있었다. 남편에 대한 짙은 그리움과 보고픔이 태평양의 검은 물결 위에 내려앉았다. 고등어의 시퍼런 등처럼 무겁게 출렁이는 물결은 에스더의 아픔을 삼켜가면서 무거운 몸을 뒤척였다.

양화진에 홀로 누워서 손짓을 하며 부른다고 남편이 묻힌 조선으로 가버린 닥터 로제타처럼 에스더도 다시 미국으로 남편을 못 잊어 돌아올 것인가. 귀국하여 자리가 잡히면 남편의 유해를 조선으로 옮겨가리라. 거기 외롭게 혼자 두지 않으리라. 자꾸 뒤에서 자신을 잡아당기는 듯 느껴지는 남편의 손길을 애써 털어냈다. 낯선 땅에 낯선 사람들과 묻혀 있는 남편의 모습이 자꾸 에스더의 눈에 밟혀왔다.

5부
빛나는 황금길

1

닥터 로제타가 있는 평양으로 가는 길목엔 남편 박유산의 그림자가 곳곳에 찍혀 있었다. 남편을 미국 땅에 묻고 돌아섰던 때가 에스더의 눈앞에 다시 선명하게 다가왔다. 배를 타고 태평양을 넘어 또 그만큼의 거리로 대륙횡단한 곳에 그는 누워있다. 거길 오가자면 두 달을 잡아야 하는 머나 먼 곳이다. 더구나 조선 사람으로는 최초로 그곳에 묻혔으니 찾아주는 사람도 없을 것이다. 자신도 언제 거길 다시 찾아갈 수 있단 말인가! 먼 훗날 묵뫼가 되어 흔적도 없이 사라지는 것이 아닐까 하는 걱정도 되었다. 돌비석을 세웠으니 마음이 놓였다. 만에 하나 자신이 죽어 거기에 가지 못하더라도 언젠가 아주 먼 훗날 그를 기억하고 이따금 찾아주는 사람들이 있으리라. 조선의 사나이로서 미국대륙까지 가서 쇠심줄 같은 인습을 깨고 자신과 다른 사고방식을 수용했던 남자다. 사람들은 아내를 공부시키다 죽은 남편이라고 기억해줄 것이다.

그녀의 마음을 대변이라도 하듯 갑자기 밀려오는 먹구름이 하늘을 뒤덮었다.

에스더는 평양으로 와서 닥터 로제타 옆에 섰다. 통역을 하는 도우미가 아니다. 닥터 로제타처럼 자격을 갖춘 의사로 나란히 어깨를 겨누고 섰다. 얼마나 이 순간을 바라고 동경하면서 달려왔던가! 에스더의 가슴은 떨릴 정도로 벅찼다. 닥터 로제타는 혼자 힘겹게 감당했던 병원과 어린이 병동까지 에스더에게 맡기고 요리사, 수잔을 데리고 훌쩍 여행을 떠났다. 어린 셔우드까지 에스더에게 맡기고 말이다. 그만큼 에스더를 신뢰하는 것이지만 그녀 입장에선 병원일 말고도 해야 할 일이 너무 많았다. 닥터 로제타는 에스더에게 그녀가 해왔던 모든 일을 맡기고 자신은 이 땅에 버려진 여자맹인들을 위한 학당을 열겠다는 계획을 풀어놓았다. 선교부로 보낼 보고서 작성도 산적해 있고 앞으로 진행될 건축계획이랑 행정적인 일이 산더미 같았다.

눈이 먼 사람을 인간으로 대우하고 가르치는 일은 조선 땅에서는 처음 있는 일이다. 동물처럼 집구석에 틀어박혀 있거나 점치는 법을 배워 점을 치면서 생계를 유지하는 일이 다반사였다. 더러는 지압을 배워 가가호호 불려다니며 안마사로 일도 하지만 그건 남자 맹인에게 국한된 일이다. 맹인학당의 첫 학생으로 오형석의 딸이 들어왔다. 오형석은 죽은 닥터 홀이 평양에서 얻은 진실한 신자였다. 그런 연고로 앞을 보지 못하는 그의 딸, 봉래에게 접근하기가 아주 수월했다. 무조건 이런 맹인 소녀들 서너 명을 더 모아서 닥터 로제타는 자신이 만든 점자를 가르칠 마음이 불일 듯했다. 기름종이 위에 바늘로 점을 찍어 맹인용 점자를 고안하여 한글 점자를 완성했다. 이건 닥터 로제타가 미국에 갔을 적에 특별히 배워온 뉴욕 포인트라는 점자를 한글에 접목한 방법이다. 시간이 지나면 언젠가 봉래가 자신이 배운 것을 다른 맹인들에게 가르치는 지경까지 이르게 해야 한다는 계획이다. 에스더는 닥터 로제타를 열심히 따라다니며 배워서 맹인들에게 점자를 가르치기로 했다. 이 일을 계기로 에스더와 닥터 로제타는 장애인이 세상에서 쓸모없다는 편견을 무너뜨려야만 한다. 기존의 사고방식을 타파하는 일은 그렇게 만만치 않은 도전이었다.

우선 여자맹인들을 학생으로 모으는 일이 중요했다. 닥터 에스더는 병원진료를 마치고 오형석의 딸 봉래를 찾아갔다. 눈을 보지 못하는 것 말고는 아주 반듯하게 길러 예의도 바르고 첫눈에 총명하고 똘똘해 보였다.

"혼자 공부하는 것보다 친구들이 더 있었으면 좋겠다."

에스더의 말에 봉래는 바로 대답했다.

"제가 제일 좋아하는 동이라는 점쟁이가 있어요. 그 앤 열일곱 살인데 신점을 쳐요."

에스더는 신점이란 말을 이해 못해 봉래의 얼굴을 그저 빤히 보았다. 눈이 보이지 않지만 감각으로 느끼는 모양인지 얼른 말을 이어갔다.

"저도 그 애처럼 유명한 점쟁이가 되어 돈을 벌어볼 마음으로 점치는 장면을 많이 가 보았어요. 전 그런 점을 칠수가 없어요. 동이는 이름난 신점점쟁이로 하루에도 몇십 명씩 점을 치러 사람들이 몰려와요."

"신점이 무엇인지 아니?"

"신점은 아주 높이 계신 어떤 분의 힘을 빌려 사람의 운명을 예언하는 것이에요."

"어떻게 힘을 빌리는 데 그러니?"

"신접한 점쟁이는 공수라는 신의 언어를 듣고 말하면서 점을 쳐요."

공수라는 말은 에스더가 일했던 보구여관에서 피부병 환자로부터 직접 들은 적이 있어 즉각 알아들었다.

"네 친구 점쟁이에게 가 보자."

봉래가 지팡이를 짚고 더듬으며 길을 인도했다. 봉래네서 그리 멀지 않은 집에 사람들이 많이 모여 웅성거렸다. 점을 치러 온 사람들이다. 봉래의 친구 동이는 명복(名卜)

으로 소문이 나서 원근각처에서 점치러 오는 사람들로 북적였다. 에스더가 봉래를 따라 점치는 방으로 들어가 구석에 앉았다. 마침 병든 아들을 안고 점을 치는 젊은 아낙은 머리를 조아리며 공수를 듣고 있었다. 산통을 격렬하게 한참 흔들다가 신접한 음성으로 아이 엄마를 무섭게 혼내주고 있었다. 작년에 죽은 아이의 형이 동생에게 들러붙었다고 야단했다. 에스더가 아픈 아이를 보니 오륙세 정도로 얼굴이 노랗고 핏기가 없었다. 횟배가 분명했다. 뱃속에 회충이 너무 많아서 아이가 아픈 것이다. 안타까워서 에스더는 공수하는 도중에 큰 목소리로 말했다.

"저는 의사입니다. 제가 즉각 고쳐주지요."

놀란 쪽은 처녀점쟁이였다.

"서양에서 배운 의술로 치료할 것이요."

에스더는 늘 품에 회충약을 지니고 다녔다. 길거리나 지방순회 진료를 할 적에 주려고 준비한 것이다. 아이의 엄마는 겁을 먹고 점쟁이와 에스더를 번갈아 보다가 회충약을 받았다.

"자기 전에 한 알 먹이세요. 아침에 무척 똥을 많이 눌 것입니다."

"그러면 아픈 아이가 일어납니까?"

"변을 본 뒤에 배앓이가 사라지고 음식을 많이 먹을 것입니다. 변속에 지렁이들이 많이 나올 것이요. 이 아이 병은 이것들 때문이요. 앞으로 채소를 깨끗하게 여러 번 씻어 먹어야 해요. 채소는 가능하면 삶아 먹이세요."

젊은댁은 처녀점쟁이의 눈치를 보며 아이를 안고 다급하게 방을 나갔다.

다음날 아이의 배앓이가 치료되자 처녀점쟁이는 봉래를 따라 점자를 배우겠다고 나왔다. 에스더 앞에서 그녀는 눈물을 흘리면서 숨기고 있던 속 심정을 토로했다.

"그간 사람들 속이느라고 너무 힘들었어요."

"점을 치지 않으니 돈을 벌지 못하고 단골들이 들볶을 터인데 어쩌지?"

에스더가 빙긋 웃으며 말하자 처녀점쟁이는 아니라고 머릴 세차게 흔들었다.

"그간 벌어놓은 돈으로 재물을 쌓아놓아 일생 먹고 살수 있어요. 단골들에게는 신기가 사라져서 점을 칠 수 없다고 하면 아쉬워하면서 돌아가겠지요."

그런 동이를 에스더는 흐뭇한 눈으로 보았다. 그녀는 말이 많았다.

"지금 전 너무 좋아요. 봉래를 따라 교회도 가고 새로운 세상에 들어왔어요. 점을 치려면 날카롭게 상대방의 상태를 알아내는 것이 그렇게 쉽지 않아요. 전 눈이 멀어서 눈 뜬 사람들이 보지 못하는 것을 감지하여 점을 쳤어요. 그런 힘은 타고날 적부터 제게 주어진 것으로 알아요. 저를 찾아오는 사람들은 병이 들었거나 낙오된 인생들이 대부분이지요. 창기나 첩들, 근심이 많은 사람들이고 굶어죽을 정도로 없는 사람들인데 그들에게서 재물을 뺏는 것이 늘 마음 아팠거든요."

처녀점쟁이는 봉래보다 더 쉽게 점자를 익혀 빠르게 맹인학교에 적응했다.

어쨌든 에스더가 귀국함으로 아직도 응어리로 박혀 있던 닥터 로제타의 우울증세가 늘 해오던 일에서 해방되면서 많이 풀리고 있었다. 그녀의 롤 모델인 닥터 로제타를 위하는 일이라면 무엇을 못하겠는가. 남편도 먼저 갔으니 그녀는 밤낮으로 일할 수 있었다. 가정에 매이는 일이 없잖은가.

에스더가 일에 익숙하여 모든 걸 감당하는 걸 본 닥터 로제타는 일 년 안식년을 맞아 미국으로 가버렸다. 혼자서 처리해야 할 많은 일들이 에스더 앞에 매일 불어났다. 해야 할 일들이 산더미 같다고 묘사하기보다는 거대한 태풍처럼 밀려들어왔다. 너무 힘들어 두 다리에 힘이 쑥 빠지고 털썩 주저앉고 싶었지만 의사가 된 과정을 생각하면서 이를 앙다물었다. 잉걸불처럼 타오르는 인생의 황금기를 아내에게 바친 남편을 어찌 잊겠는가! 사랑하는 남편까지 제물로 바치면서 배운 의술이다. 어떻게 육신의 피곤을 핑계 삼아 몸을 도사릴 수가 있단 말인가.

너무 감당하기 어려워 힘들 적마다 에스더는 가만히 중얼거렸다.

'나는 점동이 개인이 아니다. 조선여성을 대표하여 뽑혀가서 미국이란 개화된 나라에서 배워온 의술을 지닌 여자이다. 저들의 앞장에 서서 이끌어야 할 막중한 소명을 지닌 여자다. 조선여성들의 롤 모델이다.'

혼자 감당할 수 없을 정도로 밀려들어오는 병든 여성 환자들을 치료하는 일보다 급선무는 위생교육이었다. 닥터 로제타가 보구여관에서 에스더의 귀에 못이 박히게 해준 말이었다. 병들기 전에 예방하는 일이 많은 환자수를 줄일 수 있는 지름길이기 때문이다. 예방뿐만 아니라 의식구조를 개화하도록 세상의 흐름에 맞춰 가르치는 일도 겸해야 한다.

10년을 집권한 대원군의 정책이 나라의 개화를 뒷걸음치게 한 셈이다. 시대의 흐름은 봉건체제의 해체를 요구하며 자주적 근대화란 과제가 요구되던 시대였다. 그런 상황을 지도자로서 그는 미리 파악하지 못했던 셈이다. 정확히 말하자면 대원군의 10년 집권은 조선의 자주적 근대화를 위한 전환기를 놓치게 했다. 대원군 정권은 진보적이고 미래 지향적인 시각을 받아드리지 못하고 기존의 통치 질서와 사회체제를 지키려는 강한 쇄국정책으로 나라를 이 꼴로 망친 셈이다.

이와 반대로 일본은 1859년 개항한 뒤에 1868년 메이지유신(明治維新)을 단행하여 근대화로 치닫고 있었다. 이웃나라 일본의 그런 변화의 시기에 그는 쇄국정책을 펴면서 경복궁 중건사업을 벌여서 국가의 재정을 악화시키고 백성들에게서 피를 빨아먹듯 가혹한 수탈을 했다. 그 결과 국력을 소진하고 민심마저 대원군을 떠나게 되었다. 게다가 양반유생들이 대원군의 강제 서원철폐로 그의 하야를 촉구하는 바람에 고종이 친정하게 되었고 그는 운현궁으로 되돌아갔다. 이런 역사의 흐름이 어쩔 수 없이 에스더를 뒤진 근대화의 선봉대장으로 앞세워 내놓은 꼴이 되었다.

닥터 에스더는 평양 근교에 세워진 작은 교회나 산골 마을을 찾아가서 위생을 곁들인 의식개혁 교육을 하며 환자를 치료해주기로 했다. 사람들이 모이면 먼저 교육하고 나중에 병자들을 치료하는 방법을 택했다.

그날도 병원치료가 끝난 시간에 저녁을 간소하게 먹고 바로 계몽 길에 나섰다. 가마를 타고 눈길을 달려 도착한 평양 근교의 촌락에는 숨이 막힐 정도로 많은 여자들이 모여앉아 에스더를 기다리고 있었다. 한겨울이라 춥기는 하지만 농번기가 아니라 여성들을 많이 모을 수가 있었다. 마을에서 제일 큰 집에 모여 앉은 사람들을 가르치고 치료해주고는 늦은 밤에 귀가해야 다음날 다시 병원 일을 할 수 있었다.

남자만이 하는 일로 알았던 의사 일을 여자의 봄으로 당당하게 행하고 있는 에스더를 구경하러 모인 여자들이다. 칼로 사람의 배를 가르고 나쁜 종기를 도려내고 나서 다시 바늘로 옷을 깁듯이 살을 꿰맨다는 여자이다. 호기심 어린 눈동자들이 등잔불 밑에서 번득거렸다. 건넌방에는 환자들이 누워 있거나 벽에 기대어 앉아 진료를 기다리고 있었다. 너무 방안이 후끈거려 안방과 건넌방, 대청의 문이란 문은 모두 열어놓았더니 나중에는 대청마루 위에까지 여자들로 바늘을 촘촘히 꽂아놓은 듯 앉아 있었다. 이 촌락의 여인은 다 모인 듯했다.

에스더는 그녀 특유의 잔잔한 미소를 흘리면서 은은하고 부드러운 음성으로 또박또박 가르치기 시작했다. 그녀의 의젓하고 당당한 음성에 모인 아낙들이 놀라서 침을 꿀꺽 삼켰다. 대중 앞에 선 에스더가 갑자기 말을 끊고 잠간동안 좌중을 훑어봤다. 모두가 귀를 기우리며 정신을 집중하고 그녀의 입이 열리기를 기다렸다.

"여러분들은 우물 속에 갇힌 눈먼 개구리들입니다."

그러자 모두 웅성거리기 시작했다.

"우리가 사람인데 개구리라고! 그것도 눈먼 개구리라고."

"웃긴다. 이게 무슨 소리지. 자기가 의사라고 우릴 싹 무시하는 거구나!"

"미국에서 공부하여 의사가 되니 우리가 개구리로 보이는 모양이지. 그것도 눈먼 개구리로."

에스더는 그들의 이런 반응을 보고 살살 웃어가면서 재미있는 이야기보따리를 풀어놓았다.

눈먼 개구리 한 마리가 깊은 우물 속에서 살고 있었습니다. 이 우물은 바닷가 동네에 있는 우물이라 바다에 사는 자라 한 마리가 우연히 우물가를 지나다가 실족하여 우물 속에 빠졌습니다. 우물 물속 가장자리 톡 튀어나온 돌 위에 앉아있던 눈먼 개구리가 자라에게 물었습니다.

"너 어디서 왔니?"

"나는 바다에서 왔다."

자라의 말을 듣고 눈먼 개구리는 아주 자랑스럽게 으스대면서 우물을 한 바퀴 빙 돌고 다시 튀어나온 돌 위에 임금님처럼 당당하게 가슴을 내밀고 앉아서 다시 물었습니다.

"바다도 이 우물처럼 크냐?"

"이보다 어마어마하게 엄청 크다."

그러자 눈먼 개구리는 다시 가슴을 내밀고 위풍당당하게 숨을 쉬다가 우물 속으로 첨벙 뛰어들어 밑바닥까지 내려갔다 나와서 자라에게 질문을 던졌습니다.

"네가 말하는 바다도 이처럼 깊으냐?"

그의 말에 자라는 픽 웃으면서 조용히 말했습니다.

"네가 이 좁은 우물 속에 갇혀 있으니 넓고 깊은 것을 알겠느냐. 개구리인 네가 평생을 들어가도 바다 밑에 닿지 못할 것이고 죽을 때까지 헤엄쳐가도 바다 끝에 이르지 못하리라."

그러자 눈먼 개구리가 불같이 화가 나서 소리쳤습니다.

"너는 내 우물을 탐내서 그러는 거지. 세상에 이 우물보다 더 깊고 너른 곳이 어디 있다고 그러느냐."

아무리 자라가 바다에 대하여 이야기 해줘도 화가 치민 눈먼 개구리는 머리를 흔들면서 믿으려고 하지 않았습니다.

에스더가 말한 한 토막 재미있는 우화를 듣고 사람들은 모두 웅성거리기 시작했다. 에스더는 그저 빙긋 웃으면서 저들의 말을 엿들었다.

"바다가 얼마나 큰데 고 조그만 개구리가 상상이나 하겠어."

"더구나 우물 속에 갇혀서 눈까지 멀었으니 짐작할 수도 없지."

"그 개구리 참 바보로구나!"

"아이쿠! 참으로 불쌍한 개구리구나!"

한참 저들의 반응을 지켜보던 닥터 에스더가 마침내 입을 열었다.

"여러분들이 바로 눈먼 개구리들입니다. 지금 세상은 바다처럼 넓게 우리 앞에 펼쳐져 있습니다. 우리 조선의 여자들은 갇힌 우물 속에서 밖으로 나와 바다처럼 넓은 세상으로 나가야 합니다. 배워야 합니다. 알아야 합니다. 학식이 없고 소견이 좁은 여자는 다른 사람의 개명한 지식과 재주, 광대한 사업을 듣고 믿지 아니하고 거짓말한다고 하지요. 마치 우물 속에 갇힌 눈먼 개구리처럼 바다를 몰라서 거기로 나갈 수 없습니다. 지금 세상은 무섭게 변하고 있습니다. 우리 모두 눈먼 개구리처럼 우물에 갇혀 살지 말고 우물에서 빠져나와 바다만큼 너른 세상을 봅시다."

닥터 에스더의 힘찬 말에 모두 박수를 치면서 환호하기 시작했다. 눈을 반짝이며 배우려는 열기가 뜨거워서 마른 땅이 비를 기다리듯 마구 빨아드릴 기세였다.

이런 그들을 바라보면서 에스더는 문득 여기 오기 전에 읽었던 1902년 12월의 '그리스도신문' 기사가 떠올랐다.

'작년 12월 말에 인천항에 일본 사람들의 집이 1,604호였는데 일 년 만에 74호가 늘었고 인구는 4,628명이었는데 일 년 만에 413명이 더 늘었다고 한다. 점점 일본이 득세하고 있는 위급한 상황을 어찌할꼬. 더구나 함경도 갑산 근처에 청국의 향마적이 몰려와서 우리 조선 사람들을 괴롭히고 있다. 놀랍게도 그 수효가 사백 명이 넘는다고 한다.'

여기서 갑산이 가깝지만 이곳 사람들은 그런 소식도 알지 못하고 있다. 저들의 문맹을 깨우쳐서 신문을 읽을 수 있도록 우선 한글을 가르쳐야 한다. 해서 책이나 신문을 읽어 배워서 깨달아 바다 같이 넓은 세상을 봐야 한다.

추위에 모여앉아 있으니 긁적이는 사람들이 눈에 띄었다. 더구나 가려운 머리를 긁느라고 사구 손이 머리에 가는 사람도 있었다.

"여러분들! 이 겨울에 이하고 싸우느라고 힘들지요? 잠간 시간을 드릴 터이니 마음 놓고 실컷 긁어 보세요."

그러자 예서제서 킥킥거리면서 마음 놓고 여러 사람들이 겨드랑이 밑이랑 허리께를 긁느라고 부산했다.

"제가 우리를 괴롭히는 이란 놈들을 당장 죽이는 방법을 가르쳐드릴까요?"

그러자 모두 좋다고 박수를 치기 시작했다. 흥이 많은 민족이었다. 기쁨과 슬픔을 얼굴과 전신으로 또는 입으로 표현하는 여자들을 바라보면서 닥터 에스더는 마음이 울컥했다. 마구 끌어안고 싶을 만큼 사랑해주고 싶은 여인들이었다.

닥터 로제타가 그리스도신문에 연재한 위생복론 중에 이를 죽이는 방법을 떠올리고 그걸 쉽게 설명하기 시작했다.

"이가 있는 옷을 겨울 햇볕에 내걸고 솔기마다 석유를 발라놓으면 이와 서캐가 다 죽습니다. 이란 놈은 다른 사람에게로 옮겨가니 모두 이렇게 옷을 햇볕에 내걸고 석유로 이를 죽이세요."

그러자 앞에 앉았던 젊은댁이 손을 번쩍 들고 물었다.

"머리에 있는 이나 머리카락에 악착같이 들러붙은 서캐는 어쩌지요?"

닥터 에스더는 총기어린 여인의 질문에 다정하게 일러

주었다.

"머리에도 사흘 밤을 석유를 바르고 자고 아침에 일어나 잘 빗으면 없어집니다."

멀리 앉아있던 백발의 할머니도 질문을 했다.

"제 집에는 한여름에 빈대가 많아서 죽을 지경인데 그것도 석유로 되나요?"

빈대 문제는 모두의 고통이라 모두 귀를 쫑긋 세웠다. 빈대로 인해 고통스러웠던 일을 몸소 겪어 잘 알고 있던 닥터 에스더는 아주 소상하게 방법을 제시했다.

"방안의 틈마다 석유를 조금씩 붓고 이삼일 간격으로 몇 차례 걸레에 석유를 묻혀 방바닥을 문지르면 빈대는 물론 다른 버러지도 죽습니다. 그렇게 하면 장판이 반짝반짝 빛나고 반들거려 보기에도 좋습니다."

"하지만 석유 냄새 때문에 어쩌지요?"

그 말에 사람들은 민감하게 반응했다. 그렇다고 모두 고개를 끄덕이고 있었다.

그러자 닥터 에스더가 반박했다.

"거처하는 집에나 사람의 옷과 머리에 버러지가 있는 것이 석유냄새보다 더 추한 것이 아닐까요. 냄새를 며칠 참고 이런 간단한 방법으로 이나 빈대를 제거하여 자신의 괴롬은 물론 사람들에게서 받을 부끄러움을 없애는 것이 좋다고 봅니다."

그러자 모인 여인들이 맞는 말이라고 모두 머리를 끄덕

였다.

밤은 깊어 가는데 저들은 닥터 에스더의 입을 간절한 눈길로 바라보기만 하고 흩어질 기미가 전혀 없었다.

닥터 에스더는 청아한 목소리로 노래를 부르기 시작했다. 정동청년회원들이 퍼뜨린 노래였다. 민초들 사이에 널리 알려진 곡조에 가사를 지어 붙인 탓인지 내용만 일러주면 친숙하게 모두 따라 부를 수 있었다.

에스더가 먼저 선창을 하면서 노래를 인도했다.

팔구십을 살지라도
이 세상은 허화시라
우환질병 다 제하면
기쁜 날이 며칠인가
후렴
어서 나오게 어서 나오게
죽어진 후에는 못 구하리.

회개하고 주 믿으면
천당으로 올라가리.
구세주와 동거하면
영생복락 한량없네.

천부 은혜 저버리고

헛된 영화 구치 말게

지옥 불에 떨어지면

애통한들 쓸데없네.

　흔히 아는 곡조라 모인 사람들은 손뼉을 치고 몸을 좌우로 흔들어가면서 에스더를 따라 부르기 시작했다. 강강술래나 윷놀이보다 더 사람들을 결속하고 마음을 찡하게 만드는 합창이었다. 특히 후렴인 '어서 나오게 어서 나오게 죽어진 후에는 못 구하리'에서는 흥이 나서 엉덩이를 들썩이며 앉은 채 어깨춤을 추어서 방안은 열기로 가득했다. 오랜 세월 흥이 나면 추어오던 춤사위가 앉은 자리에서도 어깨와 팔, 손에 고여 있어 멋들어지게 마음을 표현했다.

　"제가 매일 올 수가 없으나 한 달에 한번은 여기 오리다. 다음번에는 '부인의 교육이 제일 중요하다'는 제목으로 강의를 할 것입니다. 특히 첩을 얻는 폐단에 대하여 강론할 것이니 많이 모이시요."

　그러자 첩문제로 인하여 마음을 썩이고 있던 여자들이 한 목소리로 말했다.

　"첩을 얻는 쪽은 남정네들이니 우리 여자들보다 남자들이 들어야 하는 것이 아니요."

　그러자 모두 맞는 말이라고 박수를 치며 환호했다. 첩을 얻어서 가정에 분란이 많은 것은 도시나 농촌이니 고

누 혼한 일이라 여인들의 대단한 관심사였다.

저들의 뜨거운 반응을 뒤로 하고 닥터 에스더는 건너방에 모여 기다리고 있는 환자들에게로 갔다. 주로 부인병 환자들이다. 어린아이들도 진료하면서 닥터 에스더는 수술이 필요한 환자는 평양 광혜여원과 어린이 전용 병원인 이디스 마거리트 병원으로 오라고 일러주었다.

한밤중의 차가운 바람을 타고 눈발이 날리기 시작했다. 이런 날씨에 어떻게 눈길을 뚫고 평양까지 밤길을 갈까하는 걱정으로 에스더는 환자를 진료하면서 자주 밖을 내다보았다.

짙은 어둠과 눈발을 타고 대문 언저리가 사람들로 소란했다. 산발을 하고 얼굴에 앙괭이를 그린 여인이 찢어진 치마 속의 속곳을 들어낸 체 맨발로 버둥거리면서 사람들 손에 잡혀 끌려오고 있었다. 고장물이 흘러나와 말라붙어 손등과 발등에 더뎅이로 앉아있었다. 미친 여인이 내지르는 괴성으로 바깥은 시끌벅적했다.

광기어린 여인을 끌고 온 사람은 이 집의 주인과 마님이었다. 아무데나 쑤시고 돌아다니는 여자다. 길에 쓰레기처럼 버려진 미친 여인이 늘 마음에 걸렸던 모양이다. 오년 전부터 마귀들려 유리걸식하고 있는 가여운 여인은 길에서 아이들이 던지는 돌을 맞아 전신에 멍이 들고 피로 얼룩져 있었다. 이 집 내외는 닥터 에스더가 오면 이 여인의 병을 고쳐달라고 청하리라 기다리고 있던 터라 여인을 찾으러 나갔다. 마침 굿하는 집 마당 구석에 쪼그리고 앉아 사람들이 던져준 굿판 음식을 먹고 있었다. 미친 여인이 어찌나 힘이 센지 일꾼들까지 동원해서 강제로 집 마당으로 끌고 오는 참이었다.

닥터 에스더는 이 광기로 날뛰는 여인을 한참 보다가 이 집 주인 내외에게 아주 엄정한 빛이 어린 얼굴로 물었다.

"참으로 이 여인을 불쌍하게 여기는 마음이 있으세요?"

"네! 너무 가여워서 견딜 수가 없어요. 도야지 떼거리 마귀들이 들어간 거라사의 광인이라는 남자를 고쳐준 성경 말씀을 읽고 이 여인을 고칠 수 있다는 확신이 왔습니다."

"이 여인을 씻기고 깨끗한 옷을 입히고 좋은 음식으로 대접하고 방을 한 칸 내주어 돌보실 수 있습니까?"

닥터 에스더의 말에 주인은 아내를 보았다. 그 일은 주로 여자의 일이기 때문이다. 솔직하게 말하자면 그들이 원했던 것은 닥터 에스더의 말 한 마디에 미친증이 고쳐지고 마귀가 그 자리에서 나갈 것을 기대하고 있었는데 아주 다른 방향으로 일이 진행되고 있었다.

"제가 다음달에 여기 오니까 딱 한 달을 그렇게 돌봐주세요. 여기에 조건이 있습니다. 이곳 교우들이 매일 밤 두 시간씩 모여 이 불쌍한 여인을 위해 찬미하고 기도해야 합니다. 세상에서 제일 귀한 손님이요, 또한 일국의 공주님을 모신 듯 이 여인을 돌봐주시면 제가 와서 고치겠습니다."

밤은 깊어 가는데 의사 에스더는 어서 평양으로 돌아가야 한다. 거기 모인 많은 여인들은 그러겠다고 모두 머리를 주억거렸다. 아쉬워하는 저들에게 작별인사를 하고 닥터 에스더는 눈길을 뚫고 가마를 타고 평양으로 향했다. 심한 피곤함이 엄습하면서 눈이 감겨왔고 발이 시려서 두 손으로 버선 신은 발을 주무르기 시작했다. 솜으로 누빈 속곳을 입었는데도 차가운 겨울바람은 가마 속으로 파고들어와 속살까지 시렸다.

에스더는 감겨오는 눈을 비비면서 자신의 롤 모델인 닥터 로제타가 늘 강조했던 말을 떠올렸다.

'높은 이상과 고상한 동기라도 영적인 힘과 사랑이 없다면 실천하기에 미흡하다. 너는 그 점을 일생 잊지 말고 현장에 임해라.'

이 모토는 남편 박유산이 몸소 실천하여 보여준 길이기도 했다. 아내가 의사가 되어 조선으로 돌아가서 역사의 방향을 트는 일을 할 걸 의심하지 않았던 남편이다. 미국 고등학교 과정과 볼티모어 여자 의학교에서 의사가 되기까지 걸린 6년 동안 남편의 희생이 없었다면 자신은 의사의 반열에 설 수 없었을 것이다. 그런 남편과 닥터 로제타가 심어준 모토를 생각하며 더욱 분발해야 한다. 몸을 아껴 뒤로 물러서지 말고 맡겨진 사역에 돌진해야 한다.

이렇게 한적한 시골길을 가니 외로움이 왈칵 밀려왔다. 남편 박유산이 미치도록 보고 싶었다. 그의 다정하고 은근한 정이 어린 목소리를 한 번만이라도 듣고 싶었다. 그녀를 따뜻하게 늘 감싸주었던 남편의 품안이 못 견디게 그리웠다. 결혼예식을 치룰 적에 아내와 남편이 한 몸이라고 하더니 그 한 몸이란 뜻이 이런 거구나 하는 깨달음이 왔다. 억제할 수 없는 울음이 터져 나왔다.

2

아침부터 병원 입구가 어수선하더니 거의 사경을 헤매는 삼십대 초반의 여인이 실려 왔다. 응급환자라고 보조원들이 소란을 떨며 닥터 에스더에게 데려온 여성 환자는 건지도 못했다. 수간호사가 에스더의 귀에 대고 속삭인다.

"남편이 첩을 얻자 홧김에 양잿물을 마셨답니다."

"양잿물을 마신 지 며칠이 지났나요?"

"남편 말로는 엿새 가까이 되가는 모양입니다."

진찰을 해보고는 머리를 흔들었다. 목구멍과 식도가 타버려서 음식을 삼킬 수 없는 상태였다. 음식을 먹지 못하니 아사지경이었다. 얼굴이 아주 귀엽게 생겨서 양쪽 볼에 보조개가 지고 눈도 상당히 크고 코도 오뚝하여 한눈에 보아도 미인이었다. 이렇게 아름답게 태어난 여자가 어쩌자고 죽음을 택했는지 살리고 싶다는 강렬한 마음이 닥터 에스더의 마음을 사로잡았다.

"우선 굶어죽지 않게 먹여야 하니 보호자를 불러주세요."

아내에 비해 키도 작고 얼굴이 오종종한 남자가 들어왔다. 이런 남자가 첩을 얻었다는 것은 그만큼 재력이 있다는 뜻일 터이다.

"환자는 목구멍이 타버린 탓에 음식을 먹을 수 없어 굶어 죽어가는 상태입니다. 몇 달이라도 더 살릴 마음이 있습니까?"

남자는 시무룩해서 머리를 푹 숙이고 눈가에 물기를 잔뜩 머금은 채 입술을 실룩거리면서 곧 통곡할 것 같은 표정으로 더듬거렸다.

"며칠이라도 더 살다가게 도와주세요. 단 열흘이라도 제 곁에 있다가 가게 해주세요. 제가 사랑하는 아내입니다. 이웃에서 함께 자라서 제 일생 가장 사랑하고 아끼는 여자입니다."

"그런데 어쩌자고 첩을 얻었나요?"

"아내가 결혼 10년이 지나도록 아기를 낳지 못해서 부모님이 서둘러 아기 낳을 여자를 데려온 것이 이런 화근을 불렀습니다."

이 남자의 얼굴에서 닥터 에스더는 가슴 찢어지는 슬픈 아픔과 간절함을 읽어낼 수 있었다. 이런 상황에서 그녀는 자신의 어머니를 떠올렸다. 아들을 낳지 못하여 할머니에게 구박을 엄청나게 받았던 서러운 어머니 말이다.

우선 급하게 링거를 팔뚝에 꽂았다. 수분을 공급해야지 물도 삼키지 못한 채 엿새가 되었다면 죽음 직전이다. 일반적으로 인간은 일주일 물을 마시지 않고는 살 수 없는 법이다.

"위에 구멍을 뚫어서 음식을 주입하는 방법이 있습니다. 그 방법이라도 시도해볼까요."

에스더는 미국에서 공부할 적에 두어 번 이런 시술을 해본 적이 있었다. 이곳 조선에서는 과연 이런 수술을 할 수 있을지 걱정이 되었으나 남자의 간절한 눈빛을 보고 수술할 마음이 들었다.

"이러나저러나 죽을 목숨이니 며칠이라도 살 수 있도록 수술을 부탁합니다."

남편은 결사적으로 매달렸다. 의사의 입장에서도 최선을 다 해보는 것이 마땅하다는 생각이 들었다. 이렇게 예쁜 여자를 사랑하는 남편 옆에 며칠이라도 더 살 수 있도록 도와주고 싶었다.

"이런 상태의 환자를 수술하는 일은 상당히 어렵고 수술 도중 죽을 수도 있습니다."

"어쨌든 죽을 사람이니 모든 걸 다 해보고 싶습니다. 며칠이라도 더 살다 갈 수 있도록 도와주세요. 제 곁에 낯칠이라도 더 있다 가게 해주세요."

아내를 사랑하면서도 첩을 얻어야 하는 현실이다. 가문 보존의 책무를 짊어진 여성들은 인습의 굴레에 묶여있는 약자였다.

에스더는 손수 수술준비를 했다. 아직 전문적으로 옆에서 도와줄 간호사가 없는 자리에서 행하는 수술이다. 닥터 로제타와 에스더가 힘을 합쳐 간호학교를 시작하는 중이지만 전문적인 훈련을 받은 간호사를 배출할 단계는 아니었다. 아침부터 싸락눈이 내리는 쌀쌀한 날씨에 에스더는 혼자서 며칠 내로 굶어죽을 환자에게 칼을 대야 한다. 보조원들 몇 명을 데리고 대강 앞으로 행해질 수술에 어떻게 대처할 것인지를 설명하고 집도를 했다. 옆구리를 칼로 째서 구멍을 내고 위장을 뚫어 여자환자가 직접 씹은 음식이나 부드러운 음식을 옆구리 구멍을 통해 위장 속에 넣어주어야 하는 시술이었다. 두 시간이 걸리는 대수술을 끝내고 에스더는 기운이 진하여 의자에 기대어 앉아 잠시 환자 보는 일을 뒤로 미루었다.

남편의 간절한 소망이 통했는지 여자는 음식이 위에 들어가자 조금씩 소생하는 기미를 보였다. 특히 최근에 조선에 널리 알려진 '밀넨의 음식'이 큰 도움을 주었다. 입이 양잿물로 인해 몹시 헐은 탓도 있지만 식도가 타버려서 여인이 음식 씹기를 거부하는 건 당연했다. 최근 신문 광고에서 떠들어대는 밀넨의 음식이 큰 힘이 되었다. 젖 없는 아기나 환자에게 매우 요긴한 죽으로 세계에서 다시험해보고 매우 좋은 것이라고 입증된 것이라며 널리 광고하고 있는 음식이었다. 1900년에 파리에서 금으로 된 훈장을 탈 정도의 좋은 보양식으로 젖 없는 아기나 병인에게 쓰면 좋다는 소문이 나있는 식품이다. 영양이 풍부한 밀넨의 음식을 하루에 세 번씩 위에 넣어주었더니 아사직전의 여자는 말도 하고 더러 웃기도 했다.

이 수술을 놓고 평양에서는 소문이 파다했다. 신문기사로 뜰 정도였다.

'미국에서 공부하고 온 부인의사의 의술이 얼마나 신묘한지 입 대신 밥을 위에다 구멍을 뚫어 직접 먹이고 있다더라. 환자가 좋아지면 목구멍을 연결하는 식도를 만들어 넣을 수도 있다는 소문이나 그런 기적이 일어날지 모두 머리를 갸웃거린다더라.'

이런 파다한 소문을 뒤로 하고 닥터 에스더는 점점 거세게 쏟아져 내리는 싸락눈을 안고 미친 여자를 돌보도록 부탁한 마을로 향했다. 한 달이 되었으니 약속을 지켜야 하기 때문이다. 이상하게 몸이 무지근하니 아래로 가라앉고 의욕이 없을 정도로 기진하고 피로하며 진땀이 났다. 가마꾼들이 빙판길 걷기를 꺼려하여 어쩔 수 없이 노새를 타고 가는 길이었다. 겨울저녁이 쏟아지는 싸락눈 때문인지 일찍 어두워졌다. 닥터 에스더는 밑으로 한정 없이 가라앉는 노곤한 몸이 아무래도 께름칙했다. 아마도 낮에 혼자서 해낸 힘든 수술 탓일까. 긴장하여 십도한 앙겟몰

먹은 여인의 위와 옆구리를 뚫는 수술 탓으로 돌리고 닥터 에스더는 노새 위에 타고 까박까박 졸기 시작했다.

비몽사몽간에 죽은 남편 박유산이 다정하게 웃으며 다가왔다. 살아생전보다 더 멋진 모습으로 그녀를 향해 두 팔을 폈다. 늘 거무죽죽하고 누런 기운이 감돌았던 남편의 얼굴이 잘 익은 복숭아의 볼처럼 발그레하니 건강한 빛이 감돌았다.

"여보! 거기가 이 땅 위에서보다 더 좋은 모양이지. 당신 참 보기 좋다. 건강하고 활기 넘치고 아주 행복해 보여."

"여긴 천국이야. 너무 좋아. 당신이 고생하는 걸 보고 있으면 내 마음이 아파서 견딜 수가 없다. 곧 당신도 여기 내 곁으로 올 거야."

"내가 곧 당신 곁으로 갈 거라고요?"

그 말을 해주고 남편은 아주 서서히 안개 속으로 가라앉고 있는 산봉우리처럼 희미하게 모습을 숨기더니 꼴깍 사라져버렸다. 그 뒤를 이어 필봉 오라버니가 나타났다. 그를 마지막으로 본 지 10년이 넘는 세월이 흘렀다. 동학군에 가담한다고 가버린 뒤 소식이 끊어진 상태였는데 에스더 앞에 나타나는 것이 아닌가. 큰 키가 줄어들었는지 아주 작은 남자로 다가왔다. 그러나 패기가 넘치고 꿈이 고인 그런 얼굴이었다. 입은 옷도 상당히 고급스럽고 에스더가 미국에서 봤던 부자들이나 입는 그런 옷차림이었다. 머리도 단발을 하고 옷도 양복이라 예전과 전혀 다른 모습이었다.

눈을 비비면서 꿈에서 깨어난 에스더는 흔들거리는 노새의 고삐를 단단히 움켜잡았다. 잠깐 아주 깊이 잠들었던 모양이다. 두 남자가 연이어 보이다니! 남편도 죽었는데 아마도 동학군에 가담했던 필봉 오라버니도 죽은 모양이다.

흰 이불을 덮은 듯 눈 속에 잠긴 마을에 가까이 오니 횃불을 치켜들고 마중 나온 사람들이 산길을 밝히고 있었다. 많은 사람들로 안방과 대청마루랑 건넌방이 가득했다. 마당에 멍석을 깔고 앉아있는 사람들은 여인이 아니라 남편들이었다. 아내들이 성화를 해서 끌고 온 모양이다.

버선발로 뛰어나와 닥터 에스더를 맞는 이 집 주인 내외는 곱게 머리를 빗어 쪽을 찌고 정갈한 옷을 입은 여인을 앞세우고 맞아주었다. 제일 먼저 에스더의 눈에 들어온 것은 손등에 굳어 있던 고장물 더뎅이 딱지가 떨어져나가 반들거리는 손이었다. 의아해서 멈칫거리는 닥터 에스더를 향해 여인이 땅바닥 위에 주저앉아 새색시처럼 큰절을 올렸다.

"이 사람이 바로 미친증이 있어 우리 집에 한 달간 머물게 하라고 부탁하신 그 여인입니다. 며칠 전부터 의사 선생님이 오신다는 말을 듣고 이렇게 단정하게 옷을 입고 집안일을 돕고 있습니다. 이제 마귀가 다 나갔어요. 매일 모인 사람들의 찬미와 기도소리를 견디지 못하고 이 여사에게 들러붙었던 떼기리 귀신들이 모두 니기비렸어요."

주인내외는 말이 많았다. 너무 기뻐서 입이 헤펐다. 모인 많은 사람들도 이 미친 여자를 잘 알고 있었기 때문에 수군덕거리면서 들뜬 분위기였다. 놀라운 기적을 두 눈으로 보게 되었으니 모두의 마음이 술렁이고 있었다.

에스더는 감격하여 모인 사람들을 향해 떨리는 음성으로 말했다.

"이 여인을 우리의 육신적인 조막만한 사랑이 치료한 것이 아닙니다. 하늘만큼 바다만큼 거대한 사랑이 베푼 기적입니다. 여러분들이 치료하였습니다."

신식교육을 받은 여성이 가마를 타고 때로는 나귀를 타고 외떨어진 마을을 방문하여 위생교육을 하고 치료도 해주고 좋은 말도 전하니 날이 갈수록 평양근교와 황해도까지 소문이 나서 많은 여자들이 모여들었다. 태평양을 건너가 미국에서 의사공부를 한 여의사를 구경하려고 산 넘어 멀리 사는 여자들은 음식을 머리에 이고 오면서 도중에 허기를 채워가며 그녀의 가르침에 귀를 기울렸다. 사람 몸을 칼로 째고 바늘로 살을 깁는 귀신처럼 신묘한 재주를 부리는 여자라고 알려진 에스더는 저들의 눈에 충분히 기막히게 놀라운 구경거리였다.

소문은 사방으로 마구 퍼져나갔다. 조선여자가 서양여자처럼 척척 수술을 한다. 장님의 눈에 칼을 대면 심 봉사처럼 눈을 번쩍 뜨게 된다. 뱃속의 아기머리통만한 혹을 날카로운 칼로 잽싸게 도려내고 꿰매는 걸 본 사람의 말로는 아무래도 도깨비가 재주를 부리는 것 같다고 혀를 내두르게 된다는 소문, 소문이 바람처럼 산야로 퍼져나갔다.

입소문으로 더욱 유명해진 에스더는 산골마을 아주 외진 곳엘 가도 사방에서 여인들이 모여들었다. 에스더는 모든 여자들에게 아주 신비롭고 엄위와 경외가 넘쳐나는 존재로 비춰지고 있었다.

에스더 입장에서는 조선의 여성들 중에서 딱 한 사람으로 뽑혀 미국까지 가서 공부하여 의사가 되었다. 그러니 자기 자신만을 위하는 일로 주저앉을 수는 없었다. 깜깜한 굴에 갇힌 셀 수 없이 많은 여인들을 구하기 위해 등불을 밝혀들고 앞장서서 인도해야 하는 소명을 가졌기 때문이다.

'흑암 위에 앉아 있는 대한의 여자들을 깨우쳐야 한다. 인습의 굴레에 사로잡혀 세상과 격리된 채 살아가고 있는 현실을 깨우치고 갇힌 토굴에서 끌어내야 한다.'

에스더가 하는 이런 일이 넓은 바다를 메운다며 흙을 한 부삽씩 퍼붓는 형국이어도 누군가 앞장서서 먼저 시작해야만 하는 일이었다.

열기로 가득 찬 여인들의 얼굴을 대하고 위에 구멍을 뚫고 죽을 먹이고 있는 여인의 이야기로 강의를 시작했다. 양잿물 마신 여인을 수술하고 난 뒤끝이라 에스더는 스스로 느낄 정도로 피곤했다. 이런 일을 줄이기 위해 첩

문제를 다루어 의식개혁을 해야만 하는 일이 시급했다. 남편이 바람을 피우고 첩을 여러 명 얻어 집안에 들이면 참지를 못한 조강지처들이 동네 연못이나 강에 빠져 죽든지 아니면 양잿물을 마시고 죽은 사례가 급증하고 있었다.

"남자가 두 여자를 얻어 죄를 짓는 것이 여자가 두 남편을 두어 죄짓는 것과 똑 같건만 남자는 괜찮다고 용납하고 여자는 용서하지 못하는 이치가 맞지 않습니다."

닥터 에스더의 과감한 이 말에 사람들은 충격을 받은 듯 모두 입을 딱 벌리고 침묵했다.

"여자를 물건 같이 여겨 집안에 꼭 가두어두고 꼼짝 못하게 하여 집안에만 있으라고 하지요. 남자에게 옷이나 지어주고 남자 먹을 음식이나 만들며 집안의 온갖 일을 시켜 종처럼 부려 먹고 있지요. 음식이나 의복을 때를 따라 즉시 예비하지 못하면 아내를 꾸짖으며 야단치고 남편이란 사람은 술과 고기를 먹되 아내는 생각하지도 아니합니다. 자기는 경치 좋은 곳으로 놀러 다니며 온갖 것을 다 구경하고 돌아다니면서 아내는 대문 밖에 나가지 못하게 하고 있어요. 자기는 난봉을 부리고 노름을 하고 술을 마시고 망하더라도 괜찮다고 하고 만일 아내가 조그마한 일이라도 한 번만 잘못하면 반은 죽여 내쫓아버리지요. 잘하는 일이든 혹 잘못하는 일이든 자기가 하는 일은 아내가 상관치 못하게 하니 견디지를 못한 여자들이 물에 빠져 죽고 목매어 죽고 양잿물을 마시고 죽으니 몇 백 냥에 사드린 종이라도 이보다 낫습니다. 처첩을 여러 명 얻어 자신의 몸을 더러운 욕심과 사특한 일에 젖게 하는 남자가 항상 여자 위에 있는 현실이 너무 놀랍고 두려운 일입니다."

이런 내용은 요즘 배달해오는 '신학월보'에 실린 글이라 더 자신 있게 에스더가 말할 수 있었다.

그러자 첩으로 인해 우울증을 앓고 있는 중년의 여인이 물었다.

"저는 아들을 낳지 못하고 딸만 다섯이나 낳아서 대를 이을 아들을 낳게 하려고 시부모님이 다른 여자를 데려왔습니다. 그걸 어떻게 말리지요. 제가 아들을 낳지 못하는 죄를 지었으니 첩을 허락해야 되는 것이 아닙니까?"

그러자 이런 일이 다반사인 현실이라 모두 귀를 쫑긋 세우고 에스더의 입을 주시했다.

"아들을 못 낳고 딸만 낳은 것은 여자의 책임이 아니요, 남자에게도 책임이 절반 있는 것이요. 남자가 만일 아들을 낳겠다고 첩을 얻으면 여자도 아들을 낳기 위해 남편을 하나 더 얻어야 할 것이 아니요."

에스더의 말에 모인 여인들이 모두 까르르 웃음을 터뜨렸다. 그녀의 말이 속을 시원하게 해주었으나 그게 가능한 일인가. 현실은 남자들이 첩을 얻어도 당연한 일로 받아들이고 있지 아니한가.

여인 하나가 첩은 필요악이라고 들고 나섰다.

"여자가 아들을 못 낳으면 칠거지악 중 하나를 범하는

법이니 어쩔 수 없지요. 할 수 없이 첩을 얻는 걸 허락해야지요."

"제일 중요한 것은 아들이나 딸이나 다 똑같은 존재라는 점이요. 우리의 사고방식을 먼저 고쳐야 합니다."

에스더의 말에 모두 그게 아니라고 머리를 흔들었다.

"먼 훗날, 아마 앞으로 올 세상에는 딸이 아들보다 더 귀하게 여길 시대가 다가오고 있습니다. 이 말은 아들보다 딸 낳은 것을 더 기뻐한단 뜻이요."

에스더의 말에 방안에 가득 앉아있는 여인들이 믿기지 않는다고 머리를 흔들면서 얼뜬 표정을 지었다. 에스더의 이런 주장을 여인들은 수긍할 수 없어서 떨떠름한 마음을 감추지 못했다.

닥터 에스더는 사람들의 반응이 어떠하든지 대화의 줄기를 첩 문제로 끌고 갔다.

"첩 꼴이 보기 싫으면 남편을 데리고 교회에 나와 하나님을 믿으시오. 세상을 창조한 하나님은 한 남자와 한 여자를 만드시고 부부의 도를 세웠습니다. 이 둘이 만나 인류의 시작이 되고 생육의 근원이 되었습니다. 두 사람이 한 몸이 되어 간음을 막고 부부의 도리를 지키도록 하나님의 법이 정하고 있습니다. 여자와 남자가 부모를 떠나 그 둘이 한 몸을 이루는 것이 부부의 도리입니다. 이것이 하나님의 뜻이고 섭리입니다."

교회에 나와 예수를 믿으면 남편이 첩을 얻지 못한다니

듣던 중 정말 귀한 소식이었다.

"재산이 많은 남자는 처첩이 집에 가득하여 세 부인과 팔선녀란 말이 있는데 이건 하나님께서 정하신 일부일처의 법을 어긴 것입니다. 첩으로 인해 집안에 분란이 많고 거기서 태어난 자식들로 인해 집안이 편안한 날이 없을 것입니다. 이건 당대에서 끝이 나는 것이 아니고 자손들 대를 물려가며 지옥이 됩니다. 이런 생활은 죽어서 지옥에서 누릴 뿐만 아니라 이 세상에서 살아가는 동안 지옥 생활을 하는 것이 첩을 두는 집안이요."

여자들 중에는 일어나서 기쁨으로 환호하는 사람도 있고 박수가 방안이 떠나가게 울렸다. 에스더는 환호하는 청중을 둘러보고 구체적으로 여자들이 개선해야 할 것들을 말하기 시작했다.

"시골에서 부인네들이 밥을 먹을 때 어디서 어떻게 먹고 있습니까?"

서로 마주 보며 웃기만 할뿐 얼른 입을 열지 못한다. 나이 지긋한 할머니 한 분이 답했다.

"여자는 밥을 먹을 때에 방안에 앉아 편히 먹지 못하고 부엌에서 남정네들이 먹고 물린 상을 흙바닥에 놓고 먹지요."

순간 음울한 기운이 좌중을 덮었다. 현실이기 때문이다. 그들을 향해 에스더가 포문을 열었다.

"그 뿐만이 아니지요. 남편은 아내에게 항상 낮은 말을 하고 아내는 남편에게 높은 말로 대답하고 있지요. 왜 그런지 이유를 아세요. 누구든지 알면 대답해보시오."

맨 앞줄에 앉아 에스더의 말을 경청하던 젊은 아낙이 밖에 억지로 끌어다 앉힌 남편에게 신경이 쓰이는지 기어들어가는 목소리로 말했다.

"여편네가 남편에게 매를 맞지 않으면 여우가 되어 남편을 업신여기고 말을 안 들으니 무조건 두드려 패야 한다고 합니다. 여자란 자고로 매일 북어처럼 방망이로 맞아야 하는 것이지요."

그녀의 말에 일동은 와그르르 웃음을 터뜨렸다.

"아내와 남편은 하나님 앞에서 동등한 자리에 있습니다. 동네사람들과 외지 사람들이 무어라 말하든 이후부터는 두 가지를 행합시다."

에스더가 오른손을 번쩍 들어 '첫째' 하면서 집게손가락을 세웠다. 앉아있는 모든 여인들이 일제히 에스더를 따라 집게손가락을 치켜들었다.

"밥 먹을 때는 부인도 방에 들어가 남편과 마주앉아 평안히 먹기로 작정하십시오. 그렇게 하실 분은 아멘으로 대답하시오."

그러자 방 안팎에서 모두 우렁차게 목청껏 아멘으로 화답했다.

"두 번째는 내외간에 높고 낮은 말을 하는 것이 좋지 못하니 서로 같은 말로 대접하기로 작정하시오."

사람들이 웅성거리면서 서로 마주보며 눈웃음을 쳤다.

그게 가능한 일인가 하는 의심이 잔뜩 어린 표정들이다.

에스더는 이번엔 책을 번쩍 들어 올리고 독서를 권장했다.

"한 달간만 열심히 공부하면 한글을 읽을 수 있습니다. 우리 글로 쪽복음을 우선 읽어보시고 나중에 수많은 재미있는 책들도 읽을 수 있습니다."

그러자 여인들이 웅성거리면서 어떤 책을 읽으라고 그러느냐고 의아한 시선으로 에스더를 쳐다보았다. 사랑방에서 할아버지들이 목청껏 읽고 있는 『심청전』이나 『흥부전』을 말하는 것인가 해서 시큰둥한 표정을 짓기도 했다. 귀에 진물이 나도록 식상하게 들은 이야기들이기 때문이다.

그녀는 이런 때를 대비하여 가져온 책들을 번갈아가며 번쩍 치켜들었다. 『훈아 진언』 『천로 역정』 『장원량 우상론』 『인가귀도』 등 4권의 책이었다.

"그런 책을 사려면 얼마나 해요?"

"『훈아 진언』은 서 돈이고 『천로 역정』은 한 량입니다. 『장원량 우상론』은 두 돈 오 푼이고 『인가귀도』는 한 돈 오 푼이라고 해요. 이건 모두 한양의 종로대동서시에서 팔고 있으니 누가 한양에 가면 사다달라고 하세요. 우선 여기 제가 가지고 온 책 4권을 돌아가면서 읽으시기 바랍니다."

에스더가 4권의 책을 내밀자 서로 보겠다는 손들이 아우성치며 책을 움켜쥐었다.

"한글을 읽을 줄 모르는 사람들은 밤마다 교회에 가서

전도부인의 인도로 한글을 깨우치시기 바랍니다. 신문지와 농학 책을 읽지 아니하는 농부나 농부의 아내는 항상 새는 집과 허물어져가는 울타리를 벗어나지 못하고 가난하게 살게 되지요. 그리곤 절후나 조상만 원망하고 있지요. 우리의 글자인 한글을 배워 모두 책을 읽고 신문을 읽어야 합니다. 특히 하나님이 우리에게 무엇이라 하는지 기록된 글인 성경을 읽어야 합니다."

학질이 심하고 배가 아픈 사람들이 약을 청했다. 가져온 약은 턱없이 부족했다. 에스더는 미국에서 수입한 금계랍과 회충약을 혹시 한양에 가는 사람이 있으면 제중원에서 팔고 있으니 살 수 있다고 일러주었다.

학질이 걸리면 우상에게 절하고 부적을 부치고 무당을 불러 굿을 하지 않고 이렇게 에스더에게 약을 물어오는 것이 너무 기뻐서 에스더는 점점 뿌듯한 보람을 느끼기 시작했다.

3

매주 병원진료를 끝내고 두 번씩 계몽활동을 나가는 밤에는 몇 명만 모여도 에스더는 최선을 다해서 가르쳤다. 무엇보다도 자신이 여의사가 되기 위하여 희생하며 죽어간 남편의 이야기는 저들의 마음을 감동시켰다. 태어난 아기가 몇 시간 살지도 못하고 죽었고 두 번씩 유산을 하면서도 목숨을 걸고 우리말이 아닌 영어로 공부를 해낸 일을 간증하면서 에스더는 여인들 앞에서 울어버렸다. 주마등처럼 평양에 처음 왔을 적에 군중들이 던진 돌에 맞아 이마에 피를 흘리면서도 배부른 에스더를 보호하려고 몸으로 막아섰던 남편의 일그러진 얼굴이 다가왔기 때문이다.

십여 년 전 진달래가 지천으로 피어난 1894년 5월이었다. 닥터 홀을 돕던 김창식 조사랑 마펫의 한석진 조사를 평양감사 민병석이 잡아다 가두고 매질을 심하게 했다.

"양귀를 전할 것이냐?"

"그렇다. 나는 죽어도 예수 씨를 전할 것이다."

"좋다. 너희들을 참수할 것이다."

닥터 홀이 감옥에 다가가면 저들의 으름장을 놓은 목소리가 똑똑히 들렸다.

곧 사형을 시킬 것이란 소문으로 평양 시내가 술렁거렸다. 사형장으로 대동강변을 골라 평양사람들이 모두 볼 수 있도록 공개처형을 한다는 말도 돌았다. 닥터 홀은 발에서 불이 날만큼 한성의 영사관에 전보를 치고 감옥으로 달려갔다. 김창식 조사가 심한 매질을 못 견디어 내지르는 비명을 듣고 닥터 홀은 땅바닥에 주저앉아 엉엉 울었다. 구척장신인 양인이 그런 꼴로 우는 걸 보려고 사람들은 구름처럼 모여들었다.

대동강 물을 길러다 주는 사람이 오질 않아 돌을 넘긴 셔우드가 마실 물이 없었다.

　만삭인 에스더을 흘끔 보더니 박유산이 험악하게 날뛰는 군중들 속으로 돌진했다. 아내에게 물을 먹여야 한다는 마음이었을 것이다. 그는 아기 셔우드보다 만삭인 아내가 목이 마를 것이 더 걱정이 되었다.

　이걸 본 닥터 로제타가 소릴 질렀다.

　"나가지 마요. 창식이처럼 잡혀가면 어쩌려고 그래요. 에스더! 어서 나가 미스터 박을 안으로 들어오라고 해요."

　에스더가 부른 배를 한 손으로 안고 남편을 따라 밖으로 뛰어나갔다. 몰려든 군졸 중 한 사람이 남편의 상투를 휘어잡고 마구 발길질을 했다. 갑자기 당한 공격에 무방비로 맞던 박유산이 땅바닥에 나뒹굴었다. 저들의 매질이 에스더에게 향하는 찰나였다. 벌떡 일어난 박유산은 아내를 온몸으로 껴안았다. 사람들의 와자함이 곧 부부를 죽일 듯 험했다. 머리가 터져 남편의 얼굴로 피가 줄줄 흘러내려 눈을 뜰 수 없을 지경이었다. 아내를 앞으로 안고 보호하느라고 수없이 내려치는 사람들의 발길질과 주먹다짐을 박유산은 온몸으로 막았다. 그의 품에 안겨 에스더는 남편의 쿵쿵거리는 심장소리를 들었다. 죽어도 아내를 보호하겠다는 단단한 자세였다. 그의 품에 안겨 에스더는 아아! 이것이 바로 결혼식에서 선포한 '여자와 남자가 한 몸을 이루는' 것이구나 하는 깨달음이 왔다. 이렇게 있다가는 부부가 군중의 몰매를 맞고 함께 죽을 수도 있는 위험한 순간이었다. 바로 그때 닥터 홀이 나타나 고함을 치는 바람에 간신히 대문 안으로 밀려들어올 수 있었다.

잘 알려진 평양박해사건의 한 토막이 에스더의 눈앞에 살아나면서 남편에 대한 그리움이 사무치게 다가왔다. 차라리 그녀가 의사공부를 하지 않았다면 남편은 죽지 않았을 것이다. 에스더가 남편을 죽인 것이다. 가슴이 터지도록 아픈 회한이 몸을 가눌 수 없게 했다.

에스더가 간증을 하다가 울어대니 방안에 앉아있던 모든 여자들이 자신들이 품고 있는 한을 토해내며 함께 따라 울었다. 울음이 전염이 되어서 통곡소리가 마을을 뒤흔들었다.

남편을 제왕으로 섬기면서 일생을 살아가는 것이 여인의 길인 걸로 알았다. 그들 앞에 서서 남편이 죽게 된 사연을 말하면서 울어대는 에스더는 그간 참아왔던 여자들의 쌓인 한을 터뜨렸다. 아내를 의사로 만들기 위해 막노동을 하면서 일하다 먼 이국땅에서 병들어 숨을 거둔 남편의 이야기는 기막힌 화젯거리가 되었다. 아기를 셋이나 잃으면서 의사가 되기 위하여 고생한 그녀의 삶에 그들은 감동했다. 점점 사람들의 의식 속에 아내와 남편이 동등해야 한다는 신선한 마음이 살아나기 시작했다. 에스더가 살아온 삶 자체가 여자들에게는 희망과 용기를 불어 넣어주는 살아있는 교과서가 되었기 때문이다.

눈이 앞을 볼 수 없을 정도로 펑펑 쏟아져 내리는 산길을 닥터 에스더는 계몽교육을 마치고 나귀를 타고 집으로 돌아가는 길이다. 뿌듯한 기쁨과 피곤이 사방에 서린다. 귀가하는 시간엔 항상 남편 박유산이 곁으로 다가온다. 그를 떠올리면 힘도 나지만 때로는 슬퍼지기도 한다. 평양으로 가는 길목에 위치한 작은 산마을 어귀를 돌아서자 수호신으로 세워놓은 벅수 앞에 무당들이 우르르 몰려나와 에스더를 둘러쌌다. 여차하면 구타하고 행패를 부릴 기세였다.

나이 지긋하지만 데퉁스럽게 생긴 박수무당이 걸걸한 음성으로 발작적으로 악을 쓰며 에스더를 쥐어박을 듯 주먹을 휘두르고 고함쳤다.

"네가 감히 우리들이 모시고 있는 신을 무시하고 있어. 너 그러고 온전할 줄 알았어."

"내가 믿고 있는 하나님의 이름으로 명하노니 우상들은 내 앞에서 썩 물러나라."

에스더가 고함치며 대항하자 저들도 그들이 섬기는 산신이나 장군들의 이름을 불러댔다. 그들이 신당에 모시고 있는 최영 장군도 나오고 산신령님을 외치기도 하고 지신(地神)이나 수신, 칠성님도 나오고 심지어 달마까지 불러가며 주술을 외워댔다. 한참동안 서로 의지하고 있는 신의 이름을 부르며 대결하다가 지친 박수무당이 에스더의 턱밑에 얼굴을 바짝 들이밀고 따지기 시작했다.

"네가 감히 우리가 모시고 있는 신들을 우상이라고 욕하고 무시하고 있으니 너를 죽이고 싶은 마음뿐이다. 요즘 굿을 하러 오는 사람들이 거의 없고 점치러 오는 사람들도 푹 줄어서 우리가 굶어죽게 되었다. 여기가 어디라고 여기까지 와서 서양귀신을 들이대고 못된 짓을 하고 있어."

분위기가 험악해지자 그들 중 나이 지긋한 여자 무당이 나섰다.

"이러지 말고 우리 피차 모시고 있는 신들을 존경해주고 함께 먹고 살자. 이 땅 위에서 더불어 조용히 살자. 너만 먹고 살면 우리는 어쩌라고."

무지한 사람들을 후림대수작으로 꼬이는 일에 익숙한 무당이 나긋하게 협상을 벌렸다.

"나는 유일신 하나님을 믿는 사람이라 너희들이 모신 신을 인정할 수 없다. 너희들이 섬기고 있는 목주우상과 마귀를 버리고 하나님을 의지하기를 바랄 뿐이다. 그들은 모두 가짜다. 미신이다. 거짓 것들이다. 그러니 너희들도 나처럼 하나님을 믿고 새 삶을 살면 복을 받을 것이다."

"네가 너의 신을 믿듯이 우리도 우리 신을 목숨을 바칠 정도로 모시고 살고 있다. 우리 신들이 할 수 없는 일이란 없다."

"그럼 내 의술보다 너희 신이 빨리빨리 아픈 사람들을 치료하면 되지 않겠니. 너희들이 모든 방법을 동원하여 고치려다 못하는 걸 마지막에 내가 고쳐주고 있는데 어찌 이리 말이 많으냐."

에스더가 두려움도 없이 강하게 맞서자 저들은 뒤로 물러서는 듯 멈칫하더니 마지막 엄청난 힘으로 덤벼들었다.

"그럼 어디 우리 싸워보자. 다시는 이런 일을 하지 않겠다고 약속하지 않으면 널 이 자리에서 병신을 만들거나 죽일 것이다."

죽음을 앞둔 절박한 순간이었다. 둘러선 무당들이 어림잡아 이십 명이 넘으니 숫자로 우세한 저들에게 빌면서 생명을 살려달라고 애걸해야만 할 처지가 되었다. 자정을 넘긴 시각에 눈은 펑펑 쏟아지고 진퇴양난이었다. 순간 강한 힘이 에스더의 마음을 스쳤다.

'이렇게 무당들의 손에 맞아 죽게 하려고 하나님은 자식들과 남편을 저 세상으로 데려가면서까지 나를 의사로 길러낸 것이 아니다. 죽게 놔두지 않을 것이다. 사자 굴에서 다니엘을 살리셨던 하나님이 있지 아니하냐.'

눈을 감고 잠시 기도하면서 에스더는 마음을 가다듬었다.

그때 뒤에서 많은 사람들이 횃불을 들고 웅성거리면서 다급하게 달려오고 있었다. 밤길에 굶주린 호랑이나 이리라도 나타나서 에스더 일행을 헤칠 것을 걱정하고 있던 마을사람들이 멀리서 지켜보다가 사태를 짐작하고 손과 손에 횃불과 몽둥이를 들고 수십 명이 밀려왔다. 저들이 다가오는 것을 보고는 무당들 모두가 줄행랑을 쳤다.

조선민중은 사회가 변혁되기를 간절히 바라고 있다는 걸 에스더는 위생교육을 하고 있는 현장에서 실감했다. 조선왕조의 통치이념인 성리학적 이데올로기에 반기를 들고 있으며 새로운 사회, 새로운 가치를 찾고 있었다. 당대의 지식인들은 실학이라는 새로운 학문을 추구하면서 사회변화를 지향하고 있었다. 에스더를 더욱 놀라게 한 것은 민중 사이에는 정감록에 근거한 도참사상이나 미륵신앙이 상상이상으로 널리 퍼져있다는 사실이다.

에스더가 돌아온 조국 대한제국은 황제가 있고 독립국이라 말을 하지만 안으로 들어가 보면 말이 아니었다. 일국의 왕비가 일본 낭객에게 암살당하여 시신도 찾을 수 없을 정도로 태워버렸고 개혁을 한다고 상투 자르기가 한창이라 가는 곳마다 시끌시끌했다.

일본의 매서운 탄압에 신음하며 울타리 없는 거친 광야를 헤매는 가여운 백성들이 닥터 에스더 앞에 비참하게 나뒹굴고 있었다. 이런 시기에 여인들 앞에 나타난 에스더는 천상에서 내려온 선녀의 모습으로 그들에게 다가왔다. 분명 하늘에서 내려 보낸 구원의 밧줄이었다. 해서 그녀가 오는 날이면 온 마을이 떠들썩했다.

마을에 도착하니 사람들이 군데군데 무리지어 모여 수군거렸다. 강의 장소에 금세 모이지도 않고 밖에서 꾸물대며 이야기를 나누고 있었다. 이상하여 닥터 에스더가 작은 산골 교회를 이끌고 있는 진도부인에게 이유를 물었다.

"우리 동네에서 제일 가난하게 사는 과부가 새벽 우물가에서 금장도를 하나 주었답니다. 그게 팔면 천여 량이 나갈 것이라고 하더라고요. 그걸 예배당에 가지고 와서 주인을 찾아주라고 해서 모두 놀라 저러고 야단들입니다."

"그 과수댁이 교회에 나오는 교우입니까?"

"그럼요. 하나님을 믿으니까 정직하고 진실하지 일반 사람들이라면 몰래 감추고 꿀꺽했지요."

"그 금장도를 지금 어디에 보관하고 있습니까?"

"교회 강대상 위에 놓아두었습니다. 널리 알려서 주인이 나타나면 돌려주어야지요."

전도부인이 상세하게 사람들이 수런거리는 이유를 에스더에게 설명해주었다. 가슴 한가운데로 감동의 물결이 찡하니 스쳤다. 마치 박하 잎 뭉치가 가슴언저리에 안겨온 듯했다. 싸하고 화한 향기를 풍기며 파고드는 뭉클함이 에스더의 전신을 스치고 지나갔다. 바로 이거구나! 저들이 이렇게 성실하고 진실하며 정직하게 변하고 있구나!

한밤중을 조금 넘긴 시각에 금장도 주인이 나타나 물건을 찾아가며 치하하고 모인 사람들을 향해 일장연설을 했다.

"저도 교회에 다녀서 정직한 사람이 되어야겠습니다. 여러분들이 믿는 예수 씨 교가 나쁜 거라고 많은 사람들이 욕하고 사악한 교라고 야단이지만 제가 금장도 일을 당하고 보니 참된 진짜 교란 것을 알겠군요."

금장도 주인의 말에 모인 여인들이 모두 박수를 치면서 기쁨의 마음을 표했다.

금장도사건을 놓고 에스더의 강의는 또다시 우화로 시작되었다. 사람들은 숨을 죽이고 그녀의 입에서 나오는 한 마디라도 놓칠세라 온 정신을 집중했다.

'까마귀 한 마리가 연못가에 심겨진 홰나무 우듬지에 앉아서 밑을 내려다보니 거위 한 마리가 유유히 헤엄을 치며 고기를 잡아먹고 있었습니다. 그 모습이 얼마나 아름답고 평안해 보이는지 부러움을 금할 수 없었습니다. 날마다 우듬지에 앉아 눈처럼 흰 거위를 바라보다가 자신도 거위가 되는 방법이 없을까 하는 생각이 문득 들었습니다. 어째서 거위는 까마귀 자신처럼 검지를 않고 눈처럼 흰 깃털을 지녔는지 지켜보았습니다. 거위처럼 매일 목욕을 하고 물속의 것을 먹으면 희어질 것이란 생각에 이르렀습니다. 까마귀는 대단한 결심을 하고 홰나무 우듬지로 이사를 와서 자신도 물 위에 떠다니며 거위처럼 하루 종일 목욕을 하며 살았습니다. 몇날 며칠을 두고 그의 새까만 깃털이 거위처럼 희어지기를 기다렸습니다. 언제 보아도 그의 몸은 새까맣지 희게 변할 조짐이 보이질 않았습니다. 이렇게 여러 날을 지내고 보니 나무 위를 날며 따 먹던 좋은 열매노 먹시 못하고 나중에는 굶이 죽었습니다.

우리 사람의 미음도 죄를 지으면 새까맣거나 새빨갛게

되는데 이것을 눈처럼 희게 하는 것은 까마귀처럼 물에 목욕을 하는 것이 아닙니다. 우리 죄가 새까맣고 주홍같이 붉을지라도 눈처럼 또는 양의 하얀 털처럼 변화시키는 것은 하나님만이 할 수 있는 일입니다.

이처럼 금장도를 주은 우리 교우도 하나님을 믿기 때문에 마음이 눈처럼 희어져서 깨끗한 마음을 가질 수 있었던 셈이지요.'

에스더의 우화를 곁들인 강의에 모두 감동하여 얼굴에 미소를 담뿍 담아 환한 얼굴들이 되었다. 마음의 변화는 곧 얼굴에 나타났다.

밤은 깊어가고 여인들의 피곤이 느껴질 정도로 다가왔다. 이런 상황에서는 지루한 주입식 강의보다 재미있는 예화로 저들을 교육하는 것이 훨씬 효과적이었다. 에스더는 다시 예화를 들어서 금장도사건을 강조하기 시작했다.

'한 아이가 학교에서 친구의 공부책을 훔쳐가지고 왔답니다. 어머니가 그 책을 보고 칭찬하며 좋아하는 걸 보고 다음날에는 연필을 훔쳐오니 그것도 잘했다고 받아놓았습니다. 그 아이는 이렇게 남의 물건을 훔쳐오는 것이 어머니를 기쁘게 하는 걸 보고 매일 무엇이나 손에 잡히는 대로 훔쳐오기 시작했습니다. 자질구레한 것부터 나중에는 값나가는 것까지 집안에 넘치게 가져왔습니다. 바늘도

적이 소도둑놈이 되어 아이가 순검에게 잡혀가게 되었습니다.

아이가 수갑을 차고 끌려가며 어머니에게 할 말이 있다고 순사에게 애걸했습니다. 순사는 아이가 어머니를 사랑하고 존경하여 이렇게 청하는 것이라 믿고 어머니를 아이에게 데려왔습니다. 아이가 자기의 입가에 어머니 귀를 가까이 대라고 했답니다. 잡혀가면서 아들이 어머니에게 필히 할 말이 있는 모양이라고 생각한 어머니는 귀를 바짝 아들의 입에 대었지요. 그 순간 아들이 어머니의 귓불을 세차게 물어뜯어 피가 낭자하게 흘러내렸어요. 너무나 놀란 어머니가 소릴 질러 아들을 꾸짖으며 호통을 쳤습니다.

"이 몹쓸 놈아! 제 어미 귀를 물어뜯는 불효자가 어디 있느냐."

이런 어머니를 향해 아들이 독기어린 눈으로 흘겨보면서 말했습니다.

"어째서 제가 처음 학교에서 공부책을 훔쳐왔을 적에 야단을 쳐서 돌려주게 하지 않았어요. 그때 나를 때려주었더라면 오늘 이렇게 잡혀가지 않을 것입니다. 어머니가 원망스럽습니다."

그 어미는 대답을 못하고 고개를 푹 숙였답니다.'

위에 든 예화처럼 이 사회에서는 어머니를 여지리고 무시하지만 어머니의 자리는 자식을 교육하고 훈육하는 자리라는 점을 거듭 강조하면서 닥터 에스더는 여성교육의 중요성을 풀어놓기 시작했다. 금장도사건을 놓고 많은 사람들이 여직 가졌던 자신들의 가치관과 비교하면서 엄숙한 표정을 감추지 못했다. 강단에 선 에스더의 강의는 어머니의 중요성을 강조하기 시작했다.

"집안이 흥하고 나라가 부자가 되고 백성이 강하게 되는 길이 무엇이라고 생각합니까?"

모두 말을 아끼고 서로 눈치를 보면서 조용히 있었다.

"그건 바로 여자를 교육하는 길입니다. 인도, 청국 그리고 우리나라인 대한제국에서도 여인을 가르치기는 고사하고 물건처럼 여겨 집안에 가둬놓고 자식이나 낳게 하고 음식을 만들게 하며 구박하고 심하면 북어처럼 두드려 패고 여편네가 무엇을 안다고 주재 넘게 입을 여느냐고 평생 빛을 보지 못하게 하고 있습니다. 죄인도 이런 죄인이 없습니다."

에스더의 말에 막혔던 가슴이 얼얼하게 아파오는지 모여 앉은 여인들의 눈에 일제히 눈물이 서서히 차오르기 시작했다. 처음에는 눈물이 어른거릴 정도로 고이다가 나중에는 차고 넘쳐서 소리 없이 뺨 위로 줄줄 흘러내렸다.

에스더의 강의는 열기를 더해 계속되었다.

"여자들이 학문과 지식이 부족하여 자유권이 없고 금수와 같이 학대함을 받으니 이거 참으로 슬픈 일입니다."

앉아있는 사람들 중 나이 지긋한 여인이 맞장구를 쳤

다.

"맞아요. 맞아. 이제 우리 여자들도 배워서 일어설 때입니다."

하지만 기대했던 것보다 반응이 너무 미미하자 에스더는 질문을 강하게 던졌다.

"대저 나라가 문명하려면 여자에게 학문과 지식을 가르치는 것이 가하다고 생각하시는 분들은 손을 들어보세요."

모두가 쭈뼛거리면서 손을 드는 사람이 없다. 여자들도 남자들처럼 공부를 해야 한다는 사실이 생경스러워서 반응이 떨떠름했다.

"여자 없이 어찌 나라가 되며 성공함이 있겠어요. 아내 없는 남자는 자식도 없고 살림을 못하니 거지꼴이 될 것입니다. 그러나 주께서 여인들을 특별히 사랑하사 복을 내리고 학대받는 자리에서 인도하여 점점 진보하며 지식이 열려 남녀동등하게 되도록 우리 여인들을 축복하실 것입니다."

그러자 조금씩 여인들의 얼굴에 생기가 돌기 시작했다. 에스더는 저들의 마음을 끌어 모으려고 일부러 목청을 낮추었다. 모두 단 한 마디라도 놓치지 않으려고 귀를 기우려서 숨소리까지 들릴 지경이었다.

에스더는 구체적으로 예를 들어 지적하면서 강의를 계속했다.

'여인들이 학문이 없으니 자식을 낳아 기를 적에 어린 자식이 아파 울어도 그저 젖이나 입에 물리고 밥이나 입에 틀어넣어줍니다. 위생이 무엇인지 사람됨이 무엇인지 모르고 귀하다고 아이를 등에 업고 다니며 울면 거짓말로 오지도 않는 고양이가 온다, 쥐가 온다는 등 나중에는 호랑이가 온다 하여 어린 마음을 무섭게만 만들고 있습니다. 아이는 맞아야 사람이 된다고 막대기로 머리를 때려 골이 흔들리게 하니 이건 분명 소경이 소경을 인도하는 격이지요. 무릎 위에서 반드시 받아야 할 어머니의 교육을 받지 못한 아이가 커서 공자님의 학당을 백년 다닌들 그런 학문이 무슨 소용이 있겠습니까. 인격의 뿌리인 밑동이 허실하니 문제가 됩니다. 어머니가 어려서부터 교육을 받지 못하면 그 밑에서 자란 딸자식도 커서 몹쓸 사람이 되고 맙니다. 그런 여인과 함께 사는 남자는 물론 자식까지 모두 무지한 야만이 되니 그런 나라를 야만국이라 이릅니다. 문명국은 여인들이 어려서부터 배우고 가르침을 받아 자식과 남편을 잘 돌보는 결과입니다.

여인은 집안일을 주장하고 사나이는 바깥일을 주장하자면 집안을 맡은 여인이 무식하면 어찌 남편을 돌보겠어요. 무식한 아내는 남편에게 해가 됩니다.'

에스더의 약간 어렵고 딱딱한 강의를 들으면서 알듯 모를 듯 모두의 눈에는 확신하지 못하겠다는 빛이 어렸다.

이런 저들을 향해 막막하게 서서 입을 다물고 있던 에스더가 다시 열강을 했다.

"우리 형제자매들은 당장 눈앞에 보이는 일과 지금 편한 것만 생각지 말고 어서어서 여아를 학당에 보내어 여러 가지 책을 배우게 하고 무식한 나라가 한 번 떨쳐 일어나 문명한 나라가 되도록 힘쓰시기 바랍니다."

귀가 잘 들리지 않아서 맨 앞에 앉아 힘써 귀를 기우리던 백발의 할머니가 질문을 했다.

"여자 아이들이 학당에 나가 배우면 교만방자하여 집안 살림에는 마음이 없고 음담패설로 가득 찬 이야기책으로 세월을 보낸다고 그럽디다."

시집가서 시집살이 힘들다고 친정에 편지를 쓰지 못하게 글을 가르치지 않고 있는 현실을 잘 알고 있는 에스더는 쓸쓸한 웃음을 흘리면서 강하게 말했다.

"여자가 배워야 나라가 살고 개화하여 우리나라가 잘 살게 됩니다. 우리 여성들은 박차고 일어서야 합니다. 우리나라의 앞날을 위해 여아를 마땅히 가르쳐야 합니다. 여자들도 모두 책을 읽고 세상을 봐야 합니다."

요즘 들어 에스더를 위로한 것은 한성의 일부 세(賃) 책방의 활성화였다. 돈을 받고 책을 빌려주는 책방에서 많은 사람들이 책을 빌려가고 있다는 사실이다. 특히 기독교 서적을 많이 빌려가서 세(賃) 책방이 많은 돈을 번다는 것은 사람들이 시선을 밖으로 멀리 놀리고 있나는 증기이다.

많은 교회에서 여아들을 위한 학당이 문을 열고 있어서 그리로 보낼 것을 에스더는 강조했다. 공부시기를 놓친 여인들에게 전도부인이 매일 밤, 성경을 가지고 한글을 가르치고 있으니 그리로 가서 공부하라고 열심히 권했다.

에스더는 매일의 생활이 산적한 일로 인해 마음은 앞서 갔으나 몸이 따라주지를 않았다. 너무너무 일은 많았고 일꾼은 부족했다.

4

한밤중 다급한 노크소리가 닥터 에스더의 잠을 깨웠다. 겹친 피곤이 미간에 골주름을 만들었다. 그녀는 단잠에서 깨어나서 일어서는 순간 어쩔하니 어지러워 잠시 멈춰 섰다.

"죽어가는 사람이 있대요."

보조사가 다급하게 소리를 질렀다. 왕진가방을 들고 나섰다. 작년 일 년 그녀 혼자 진료해준 환자가 5,000명을 넘었다. 에스더가 첫해 평양에 와서 닥터 로제타와 둘이서 돌본 환자는 8,000명이나 되었다. 이렇게 진료를 할 수 있었던 것은 기다리는 남편이나 자식이 없으니 저녁 늦게까지 일할 수 있었고 일요일에도 위급한 환자들을 돌보았기 때문이다. 가정에 구속되는 일이 없으니 밤중에도 거침없이 쫓아가서 환자들을 돌보았다. 이 밤에도 에스더는 눈을 감은 채 졸면서 가마 위에 올라탔다. 가마꾼들의 헐떡거림에 등불을 든 사람도 힘들어 보였다.

솟을대문을 들어서니 잘 사는 양반집이다. 아담한 정원에 잘 다듬은 기화요초들이 희미하게 밝힌 불빛에 모습을 드러냈다. 환자는 파리한 얼굴에 젓가락처럼 야윈 폐결핵 환자였다. 이 집의 외동딸이라고 했다. 환자는 아직 숨을 쉬고 있었으나 여기저기 가족들이 숨어서 모두 훌쩍이고 있어 슬픔으로 집안은 아주 음울했다. 맥을 집어보니 희미하게 뛰고 있었다. 임종을 앞둔 상태다. 처녀의 뺨이 비정상적으로 볼록했다. 닥터 에스더가 환자의 입을 열어보니 입안에 생쌀이 가득했다. 놀란 에스더는 그 쌀을 입안에서 다 긁어내서 환자가 숨쉬기 편안하게 해주었다.

"어쩐 쌀을 이렇게 많이 입속에 넣었나요?"

"저승 가는 길에 배고프지 말고 요기하라고 입안 가득 쌀을 넣어주었지요."

환자의 어머니가 두 손을 비비면서 기어들어가는 목소리로 대답했다.

"좀 일찍 병원에 데려왔더라면 좋았을 걸 너무 늦었어요."

개화가 밀려오는 시국에 구중궁궐 같은 안방에 깊숙이 갇혀 지내는 여인들이 많았다. 변하는 사회의 끝사락에도 못 끼고 지내는 양반집안의 여자들이다. 안채에 갇힌 양반집안의 규수들은 한문을 읽을 정도의 지식을 지녔어도 오랜 세월 지켜온 토속신앙을 버리지 못했다. 그들이 옛부터 붙잡고 늘어진 미신의 뿌리는 참으로 골이 깊었다. 오래 묵은 도라지를 캐듯 조심스럽게 접근하여 뿌리 채 뽑아내려면 시간도 걸리고 노동력도 필요했다.

보름달 빛에 들어난 솟을대문이 휑하니 괴기스러움을 토해내서 몸이 으스스 했다. 그때 살며시 그녀의 뒤를 따라 나온 처녀의 어머니가 부끄러운 듯 몸을 도사리며 물었다.

"정말 제 딸아이는 살아나지 못합니까? 어려서 집 앞을 지나가던 중이 딸이 시집가기 전에 죽을 터이니 장수하려면 절로 보내 여승을 만들라고 했는데 그러지 않아서 죽게 되는 것일까요. 그 중의 말을 듣고 바로 그냥 절로 보낼 걸……"

에스더는 멈칫하고 서서 여인을 노려보았다. 시대가 이렇게 변했건만 그 말을 믿고 있다는 건 그만큼 구중궁궐에 갇혀 터널 비전에 빠져 있다는 뜻이다. 가마를 타고 자정을 넘긴 시간에 집으로 돌아오면서 에스더는 그녀의 말을 이렇게 바꿔보았다. 혹시 어려서부터 산속 암자로 보내어 여승을 만들었다면 건강 체질이 아닌 외동딸이 공기 좋고 물이 좋아 폐병에 걸리지 않았을 수도 있었겠구나. 처녀는 열흘을 더 살고 갔다. 병든 걸 감추고 집안에 가둬

놓고 비밀리에 무당이 오고 중이 오가고 부적을 부치고 한의사가 와서 탕약과 침으로 치료해도 소용이 없었다. 마지막 수단으로 서양의술을 베푼다는 에스더를 부른 것이다. 그래도 입에서 쌀을 꺼내주어 편안히 숨을 쉬다가 갔으니 다행이란 생각으로 에스더는 스스로를 위로했다.

진료시간을 마치고 계몽활동을 하려면 아무래도 평양 근교로 가야 한다. 한 시간 이내로 돌아올 수 있는 거리가 좋았다. 평양근교이면 청국이 가깝고 외래문물이 많이 들어와서 다른 지역보다 안목이 높아서인지 질문도 다양하고 벽촌보다는 진취적인 의견도 많이 나왔다.

저들 앞에 서서 닥터 에스더는 우선 위생교육부터 시작하였다.

"위생하기 힘쓰면 사람마다 병이 없고 강건해집니다. 환란 면한다고 이상한 사람들이 일러주는 비법을 쓰다가 위생 잘못하면 죽게 됩니다. 위생하는 이치대로 아니하고 스스로 병을 키워 죽는 것은 바보짓입니다. 약보다도 몸에 제일 좋은 것은 공기, 햇빛, 좋은 음식입니다."

들기름 종지에 솜 심지를 박은 호롱불 밑에 옹기종기 모여 앉은 여인들 중에서 십오 세에 이미 아기를 낳아 젖을 물린 젊은 새댁이 에스더에게 솔직한 질문을 던졌다.

"자꾸 위생, 위생 하는데 도대체 위생이 무엇이요?"

"병을 예방하고 치유에 힘쓰는 일로 아수 산난해요. 디러운 손을 늘 씻는 것이요. 몸을 깨끗하게 하는 일이요.
머리 감고 목욕하고 물을 끓여 먹어야지요. 집안을 깨끗
하게 하는 일이요."

그건 늘 하는 일인데 무슨 소리냐는 듯 모두 머리를 갸
웃거린다.

"습관적으로 매일 반복해서 깨끗하게 하라는 말입니다.
특히 물을 끓여 마시는 것이 중요한 위생입니다."

물을 끓여 먹어야 한다는 이야기가 나오니 닥터 로제타
가 어린이 병원에 만들어놓은 물탱크가 떠올랐다. 평양의
명물이 된 시멘트로 만든 커다란 물탱크 저수장이 화제에
올랐다. 어린 딸, 이디스를 죽게 만든 원인이 바로 대동강
물에 있었던 점을 잊지 못하고 빗물을 받아 모아서 쓰게
만든 물탱크였다. 양철지붕에 비가 오는 날 첫 물은 버리
고 다음에 오는 빗물을 물탱크에 모아서 쓰는 방식이었
다. 이 물탱크 허가를 받는 일이 쉽지가 않았다. 평양 주
민들은 이 도시를 큰 배라고 믿고 있었다. 저수탱크를 만
들려고 땅을 파면 배에 구멍이 나서 물이 밑에서 스며들
어 평양이란 거대한 배가 가라앉을 것이라고 믿고 있었
다. 그걸 미신이라고 말하면 전혀 통하지 않는다는 점을
간파한 닥터 로제타는 평양이 가라앉지 않도록 물탱크를
벽돌과 단단한 시멘트를 입혀 물이 스며나가지 못하도록
막을 것이란 다짐을 하고 그녀의 설득이 받아드려져 겨우
허락이 나왔다. 사람들이 그렇게 믿을 수밖에 없는 것이

물탱크가 어찌나 큰지 뗏목을 띄워도 될 정도라는 소문이 날만큼 엄청난 크기였기 때문이다. 이런 탱크가 땅속에 묻힌다는 것을 사람들은 상상할 수도 없었다. 아무튼 이 디스를 죽게 한 주범인 이질을 막는 비법으로 만든 물탱크는 그때까지 대동강 물만 마시던 평양 사람들에게 좋은 수원지를 소개한 셈이다.

빗물이 좋다는 이야기를 하고 있을 적에 귀엽게 생긴 새댁이 질문했다.

"의사 선생님은 미국에서 의술을 배웠다는데 도대체 의술이 무엇입니까? 여긴 서당에 가서 책을 가지고 공부하는데 의술은 무엇을 어떻게 가르치는 것인가요?"

기대하지 않았던 질문이지만 신선한 의문점을 가진 젊은 새댁이 귀여워서 에스더는 상세히 설명할 마음이 일었다.

"시체를 썩지 아니하는 약물에 담가두고 사지백체와 힘줄이 어떠하며 핏줄은 어떠하고 오장육부가 어떻게 생겼으며 어디 놓인 것인가를 낱낱이 배우고 공부하는 것이지요."

그러자 아기가 놀라서 울 정도로 젊은 아낙이 소릴 질렀다.

"죽은 사람을 약물에 담가놓고 공부를 한다고요. 그럼 사람 배를 갈라서 밥통과 창자를 본단 말인가요? 마치 죽은 도야지의 배를 가르는 것과 같단 뜻인가요!"

에스더는 말없이 웃으며 머리를 끄덕였다. 눈이 총총한 15세의 애 엄마가 공부를 했더라면 의사가 될 수도 있었을 터인데 하는 생각도 들었다.

"의술학당에서는 허다한 자잘한 기계들이 많아서 그걸 쓰는 법을 배웁니다. 이런 기계들이 의사의 이목을 도와주니까요. 사람 속 장기들의 소리를 듣는 청진기는 배가 왜 아픈지 의사의 귀에 들려주고 폐병이 어떠한 것을 들어 알게 하지요. 인후를 측량하는 거울이 있어 그 거울을 사람의 입속에 넣어 입을 닫지 못하게 하고 빛을 목구멍에 비춰보면 의사의 눈이 병든 원인을 상세히 보게 되지요. 또 눈 속을 보는 거울이 있어 안질이 난 눈을 보면 의사에게 어디에 병이 났는지 모두 그런 특수한 거울이 알려줍니다. 또 현미경이라는 것은 좁쌀보다 더 작은 것이 달걀처럼 크게 보이게 하는 기계지요. 이런 모든 것들로 아픈 사람을 보는 기계들을 다루는 법을 의술학당에서 가르치지요. 이런 병에는 어떤 기계를 쓰고 그래서 알아낸 병에는 무슨 약을 쓰는 것이 좋은지 다 배워 졸업한 뒤에는 병원에 그런 걸 설치하고 병을 고쳐줍니다."

"그 힘든 공부를 미국에 가서 미국말로 듣고 책을 읽고 다 배웠단 말입니까?"

아기가 젖을 물고 잠이 들어서 조용해지자 소녀티가 박힌 아기 엄마가 다시 질문을 던지며 놀라는 표정을 감추지 못했다.

"하나님이 함께 하시면 능치 못할 일이 없습니다. 기도하고 힘 있게 섰더니 그분이 내 손을 잡아 나와 함께 동행한고로 이렇게 의사가 될 수 있었습니다."

"오라버니가 공부할 적에 어깨 너머로 배운 동몽선습(童夢先習)이나 중국의 역사인 통감(通鑑)하고는 아주 다른 것이군요. 아아! 나도 의사가 되고 싶다."

아기를 안은 채 간절함이 어린 얼굴로 에스더를 바라보는 눈길에서 의사가 되고 싶어 죽을힘을 다했던 시절이 주마등처럼 에스더의 눈앞을 스쳤다. 바로 저런 얼굴로 에스더도 죽기 살기로 매달렸던 지난날들이 있었다.

다시 총기어린 아기 엄마가 물었다.

"한양에는 이화학당이 있다고 들었습니다. 의사선생님도 그 학당에서 공부하셨다고 하는데 거기서는 무엇을 가르치나요?"

공부를 한다고 하면 서당만 알고 있던 여인들에게 이런 질문을 받고 여아를 가르치는 곳이 어떤 곳이고 무엇을 가르치는지 상세히 일러주는 것도 계몽이 될 것이란 생각에 에스더는 머리를 끄덕이며 상세한 정보를 주기 시작했다.

"이화학당에서는 여자들만 모여 공부하고 있습니다. 남자들은 남자학당으로 가지요. 이화학당은 여자아이들을 교육하는 곳인데 천지창조자인 하나님께 경배하는 도리와 한글과 한문, 영어와 산학, 짐선 등 니러 가지를 기그쳐 지식이 넓고 재간이 있는 부인이 되게 하는 곳입니다. 이 교육을 받은 자 중에는 우매한 여자들을 가르치는 선생이 된 부인도 있습니다. 이 일이 날로 진보하면 차츰 대한에 무식한 부인이 하나도 없을 줄로 압니다. 이 학당을 세울 적에는 교육 받는 여아가 몇이 못 되었지요. 이화학당이 문을 연지 6개월 만에 제가 네 번째로 들어간 학생이었으니까요. 지금은 교육 받고 있는 여아들이 60명이 넘는다고 합니다. 혹 학생의 부모가 감사한 은혜를 생각하여 딸의 의복을 지어 입혀 도움을 주는 분도 더러 있습니다. 음식을 당하는 부모는 몇이 못 되지요. 바라기는 대한 여자의 부모 되시는 분들이 음식까지라도 당하여 주면 대한 전국에 여학도가 점점 많아져서 문명국이라 일컬어질 것입니다. 지금 60여 명의 이화학당의 여학도가 후일 600명, 더 나가 6,000명, 훗날에는 60,000명이 넘는 여학도들이 모여들 줄로 믿습니다."

입히고 먹이고 재우고 씻기고 가르치고 공책과 연필을 주고…… . 이런 모든 것을 감당하기에 버거워하는 선교사들의 경제적 어려움을 옆에서 지켜본 에스더가 아닌가. 여학당에 보내면서 식비와 입을 옷이라도 학부모가 감당해주기를 바란다는 마음을 에스더는 이렇게 전했다.

더워지면서 다시 콜레라가 전국을 강타했다. 에스더는 이런 난리 속에서도 진료를 쉬는 날은 황해도까지 가서 괴질을 물리치는 위생을 계몽하기 시작했다. 먹지를 못해 얼굴이 누렇게 들떠 담 밑에 오그르르 모여 앉아있는 아이들의 배는 맹꽁이처럼 볼록해서 영양실조의 기색이 완연했다. 일부러 교회도 없는 소메골이란 마을을 택하여 들어간 에스더는 마을을 한 바퀴 돌아보았다. 시궁창 냄새가 온 집안에 고인 초가집으로 들어갔다. 작년에 이엉을 잇지 못하여 지붕에서는 고약한 노린내를 풍기는 노래기들이 툭툭 처마 밑으로 떨어졌다. 마당에는 돼지와 닭들이 어울려 있어 돼지 배설물과 닭똥이 함께 썩어가는 독한 냄새로 가득했다. 활짝 열어놓은 방안에는 자고난 흔적이 그대로 남아 있었다. 마루에도 부엌에도 옻칠한 것처럼 그을음이 줄기줄기 달여 있고 구년 묵은 듯 오래된 시커먼 먼지들이 구석구석 쌓여 있었다. 시궁창도 울타리 가장자리를 파놓지를 않고 구정물을 그대로 마당에 내버려 더러운 물이 마당 구석구석에 고여 낡아 썩어문드러진 초가지붕에서 흘러나온 간장 색 빗물과 범벅이 되어 썩어가고 있었다. 사정은 모두 엇비슷했다. 콜레라는 전국으로 퍼지고 있는데 여기도 환자들이 속출할 여건이 갖춰져 있었다.

배가 고파 죽겠는데 무슨 말을 들으라고 보채느냐는 얼굴로 삶에 찌든 여인들 두어 명이 에스더를 힐끔거릴 정도였다. 전도부인이 일주일 전부터 와서 여인들을 모으려고 애를 썼지만 도회지에서 너무 멀리 떨어진 산골이라 우물 속처럼 갇혀 입에 풀칠하기도 힘든 사람들이 모여 사는 곳이었다.

이십 가구도 채 되지 않는 터라 닥터 에스더는 촌락을 돌면서 집집마다 기웃거려 사는 모양을 돌아보았다. 강의하기로 정해진 집으로 오니 여섯 명의 아낙들이 시무룩하니 툇마루에 일렬로 앉아 있었다. 바빠 죽겠는데 배 고픔을 면할 음식을 대접하는 것도 아니면서 왜 귀찮게 구느냐는 표정이 역력했다.

에스더는 그들 앞에 서자 말문이 막혔다. 동물과 같은 삶을 살며 소망도 없이 오로지 먹을 것만을 향해 돌진하는 촌사람들의 얼굴에서 깊은 좌절과 서러움을 보았기 때문이다. 지금 에스더는 배고픔을 면하게 하려고 여기 온 것이 아니다. 전국을 강타하고 있는 콜레라를 예방하려고 왔으니 그들에게 병에 걸리지 않도록 방법을 일러줘야 한다.

"여러분! 지금 콜레라라고 하는 괴질이 온 나라에 퍼져 사람들이 매일 죽어가고 있어요."

그러자 아기에게 젖을 먹이다 온 터라 저고리와 치마말기 사이로 젖가슴을 다 내놓은 여인이 방정맞을 정도로 퉁명스럽게 툭 내뱉었다.

"그건 너무 잘 살아서 배때기자 터지게 먹는 사람들의 이야기지 여긴 먹을 것도 없어서 그런 병에 걸리지 않아요."

먼 지역, 잘 사는 사람들의 병이라 치부하고 이죽대는 저들의 마음 밭에 왕과 위정자들인 양반에 대한 고까움이 덕지덕지 서려 있었다.

"이 병은 돈 있고 잘 먹는 부자들에게는 가지 않고 배고 프고 더럽게 사는 사람들을 찾아옵니다."

부자들이 걸리는 병이 아니고 어렵게 살아가는 사람들에게 찾아오는 병이란 말에 저들은 조금 기가 죽어 누그러진 얼굴이 되었다.

"여러분의 집을 다 둘러보니 괴질이 곧 닥칠 거란 예감이 듭니다. 이 병을 쫓아내기 위해서는 제가 일러주는 방법을 곧 써야 합니다. 괴질뿐만 아니라 병은 더러운 곳을 좋아하니 제일 먼저 집안을 깨끗하게 치워야 합니다. 위생이란 병에 걸리지 않도록 하는 방법을 일러주는 말입니다."

그러자 구미가 바짝 당긴 여인들의 눈에 호기심이 어리기 시작했다.

"첫째 방과 마루를 깨끗이 치우고 마당을 비질합시다."

그러자 제일 나이가 많은 여인이 피식 웃으면서 비꼬았다.

"집안을 치운다고 병에 걸리지 않습니까? 우리는 이런 곳에서 일생을 살고 있는데 갑자기 그게 무슨 소리요."

"나중에 후회하지 말고 오늘 당장 방과 마루를 성살하게 치웁시다. 돼지와 닭들은 마당 한 구석에 몰아서 작은 울타리라노 쳐서 온 마당에 똥을 싸면서 돌아다니지 않도록 하셔요. 아침저녁 마당을 비질하는 것 잊지 말라고요. 위생은 형세 있고 넉넉한 사람만 하는 것이 아니라 비록 작은 집 행낭에 사는 사람이라도 방과 문전을 정하게 쓸고 더럽고 상한 음식은 먹지 말고 특히 뒷간을 자주 치우세요. 깨진 항아리나 목궤를 짜서 묻어놓고 오줌똥을 받으세요. 그 위에 뚜껑을 덮으면 구더기를 막아 파리가 옮기는 병을 막을 수 있습니다. 측간의 오줌똥 위에 횟가루를 며칠 간격으로 조금씩 뿌려주세요. 이게 버러지를 죽입니다. 측간에 문을 달아 사람들이 밖에서 보지 않도록 하세요. 무슨 병이나 병들기 전에 미리 예방하는 것이 현명합니다."

그건 할 수 있는 일이라고 받아들이는 태도를 보였다. 에스더는 자신감을 가지고 다시 말했다.

"두 번째는 몸을 정갈하게 매일 씻고 더러운 옷을 입지 말고 빨아서 깨끗하게 입어야 괴질에 걸리지 않습니다. 자주 목욕하여 몸에 때가 없게 하시오. 헤어진 옷이라도 깨끗이 빨아서 정갈하게 입는 것이 위생입니다."

옷을 빨아 입는 것은 마땅히 할 일이라고 모두 머리를 끄덕인다.

"세 번째는 마시는 물은 반드시 끓여 먹어야 합니다."

"힘들게 해온 나무를 때서 물을 끓이라니 말도 되지 않아요. 음식 끓여먹는 나무를 해오는 일도 얼마나 힘이 드는데 마시는 물을 끓이라니요."

"더운 날씨에는 물속에 사람이 보지 못하는 아주 작은 각색 벌레들이 많이 있어요. 이건 특별한 기계로 봐야 보이는 것들인데 이게 병의 원인이 되니 반드시 물을 끓여드셔야 합니다."

나무도 귀한 벽촌에서 물을 끓여 먹으라니 무슨 뜬딴지 같은 소릴 한단 말인가. 모두의 표정에 어이없다는 떨떠름함이 어렸다. 그렇게 하고 싶어도 그런 물질이 없고 욕망이 없는 삶이다. 꿈이 있고 재미가 있는 생활이라면 날마다 쓸고 닦고 하겠지만 우선 입에 풀칠하기도 바빠서 산과 들을 쑤시고 다녀야 한다. 입에 넣을만한 풋것이라도 찾아 허우적거리는 삶에 집안 청소니 물을 끓여 먹으라고 하니 이게 무슨 배부른 소리란 말인가. 그들의 입장을 헤아려볼 수도 있었다.

일상생활 이야기가 나오자 모두 침묵했다. 위생이란 배부른 자들의 일상일까. 에스더는 부황으로 누렇게 들뜬 아이들의 얼굴이 앞을 가리자 마음이 울적했다.

마련해 간 회충약을 나누어 주고 에스더는 가마를 타고 평양근교의 좀 잘 사는 마을로 향했다. 거긴 평양으로 돌아가는 길목에 있는 마을이고 전도부인이 잡아놓은 곳이다. 마을 입구에 들어서니 골마지 낀 묵은 김치에서 나는 냄새가 진동한다. 하수구에서 나는 냄새였다. 이곳은 이미 도심의 물결이 들어와 있어서 모두 단정하게 앉아 에스터를 기다리고 있었다. 더구나 서당이 동네에 번듯하게 자릴 잡고 있어서 어느 정도 지식수준도 있는 곳이라 바로 위생학 강의를 시작했다.

"집안이 깨끗하면 집 주인의 의복도 자연히 정할 것입니다. 여기 모인 분들이 입고 있는 옷이 깨끗한 것을 보니 집안도 아주 청결하리라 봅니다. 집안이 더러우면 그 집에 사는 사람의 마음에도 먼지와 시커먼 그을음이 있게 마련입니다. 위생이 무엇인지 몰라 예전엔 더러운 가운데 살았지만 지금은 진리를 깨달은 형제자매들이니 옛 구습을 고치고 집안을 깨끗하게 하여야 합니다. 제가 여기 오기 전에 들린 마을은 정말로 빈곤한 곳이라 마당에서 닭과 도야지가 함께 살고 쓰레기와 구정물도 마당에 버려 냄새가 진동했습니다. 그 사람들은 시골 궁촌에 살며 배가 너무 고픈 지경에 진토에 묻혀 살고 있으니 양식을 구하는 일에 너무 골몰해서 집안을 정쇄케 하지 못한다고 합디다. 참 어리석은 말입니다. 먹을 것이 풍족하고 준우조장(峻宇彫墻)에 능화도벽으로 치장한 정결한 집이라도 오래 쓸지 않고 간수하지 않으면 집안이 더러워질 것입니다. 비록 수간초막에 달팽이집 같은 곳에 살아도 비질을 자주 하여 집안이 정결하면 이것이 바로 위생의 이치를 따라 살고 있는 것입니다. 그러므로 아침저녁으로 하루 두 번씩 물을 뿌려 쓸어서 집 안팎을 정쇄케 하셔야 합니다. 두 번째로 할 일은 벽을 종이로 도배해야지요. 종이가 없으면 매흙질을 자주 하여 집안을 분통처럼 깨끗하게 하고 살면 괴질이 깨끗한 곳을 무서워해서 줄행랑을 칠 것입니다."

모두 그런 일쯤이야 할 수 있다고 수군덕거리면서 밝고 자신감 넘치는 얼굴로 응했다.

"이 세상에서도 원님이나 관찰사가 새로 부임하면 동헌과 선화당을 먼저 수리합니다. 거미줄과 먼지를 없애고 도배장판을 정결하게 한 뒤에야 높으신 분들이 들어와 거처하는 법이지요. 우리 몸은 성전입니다. 하나님의 성신이 거하는 깨끗하고 거룩한 곳이란 말입니다. 주를 믿는 우리들은 마음을 정결케 하고 마귀의 일을 아주 거절하고 영혼과 육신이 온전히 깨끗한 사람이 되어야 하나님의 성신이 우리 속에 들어와 함께 하실 것입니다. 육신이 거처하는 집도 집안과 마당을 정결케 하여 더러운 쓰레기를 없애고 악독한 냄새가 없게 한 뒤에야 사람에게 위생이됩니다. 우리 주를 믿는 형제들은 부지런히 마음을 정결케하고 육신을 강건케 하는 동시에 집안까지 정쇄케 하여주를 믿지 아니하는 외인들에게 본이 되시기 바랍니다."

집 안팎을 정결케 하고 육신과 영혼을 깨끗이 하라는 말인데도 듣는 무리들은 마치 오뉴월 염천에 물 마른 논에서 타 죽어가는 벼처럼 에스더의 강의 내용을 생명수처럼 맛있게 받아 먹었다.

늦었지만 모여 있는 환자들을 진료하고 나오는데 이 마

을에서 제일 잘 산다는 집의 하인이 에스더에게 다가왔다.

"저의 마님이 몹시 아픕니다. 왕진을 부탁합니다."

여종의 말씨나 옷이 양반집안의 예절을 갖추고 있었다.

"많이 아픕니까? 제가 너무 피곤해서요."

"꼭 오셔야 합니다. 아주 위독하십니다."

몸은 천근만근 아래로 가라앉았지만 죽어가는 환자라는 말에 그냥 지나칠 수 없었다.

안방에 누워있는 여인은 치질을 앓아서 일어설 수조차 없을 지경이었다. 머리를 집어보았다. 열은 없었다. 안방 마님은 기어들어가는 목소리로 하소연했다.

"아무도 제 병을 다스리지 못합니다. 그간 좋다는 약을 다 써봤지만 차도가 없고 점점 더 치질이 성이 나서 이제는 피가 흐릅니다. 아무도 못 고치는 제 병을 서양의사는 고칠 수 있다고 해서 이렇게 청한 것입니다."

여자는 서양의사가 집에 와줄 것인가 해서 긴장했다가 말이 통하는 조선여자가 들어오자 마음이 놓이는지 말이 많았다. 일어나 앉지도 못하고 우묵하게 꺼진 눈을 간신히 뜬 걸 보니 생을 포기한 모습이었다. 상세히 환부를 훑어보는 에스더에게 병자는 기어들어가는 목소리로 하소연했다.

"10년이나 된 병이라 전 살지 못합니다. 죽음만이 저를 편히 놔줄 줄로 압니다. 너무 괴로워요. 너무 힘들어요."

에스더가 진찰을 해보니 이렇게 크게 자란 치질을 처음 보았다. 너무 커서 그냥 치료는 힘들고 수술을 해야만 될 지경이었다.

"아무래도 칼을 대서 째야하는 수술을 해야겠습니다. 너무 뿌리가 깊어 시간이 오래 걸리는 대수술이 될 것입니다."

"이러나저러나 죽을 목숨, 차라리 수술을 해도 죽고 그냥 있어도 죽는다면 수술이나 해보고 죽고 싶습니다."

"그러면 평양의 광혜여원으로 오셔요. 다행히 닥터 로제타 선생님이 7일 뒤에 미국에서 돌아오시니 잘되었습니다. 혼자서 하기에는 너무 큰 수술입니다."

많은 치질환자를 치료했지만 이렇게 크게 자라 창자까지 미친 큰 치질은 처음이라 에스더도 놀라서 가슴이 두근거렸다. 수술 뒤에 분문이 넓어 탈장될 것을 막기 위하여 서지도 앉지도 못하게 하고 장시간 누워있어야 하는 환자였다. 곪지 않도록 수시로 약을 넣어주고 돌봐야 하는 시간과 노력이 필요한 환자지만 살려야겠다는 마음에 에스더는 마음을 다잡아먹었다.

"입원하여 오랫동안 누워 지내야 합니다."

"그럼 살아날 수 있단 말입니까?"

"수술 뒤 병원에 입원하여 치료를 잘 받으면 괜찮습니다."

그러자 여자는 아픔에도 불구하고 벌떡 일어나 앉아 에

스더의 손을 잡고 눈물을 글썽거렸다. 그 순간을 놓치지 않고 에스더는 하고 싶은 말을 했다.

"수술 뒤에 완쾌되면 제가 믿는 하나님을 믿으세요. 그러면 일생 행복하고 기쁘게 살 수 있습니다."

순간 여자는 놀란 듯 움찔했다. 종갓집의 맏며느리로 서양 신을 믿는다는 것은 살아도 죽은 것이나 다름없기 때문이다. 양반집에서 서양귀신을 믿는다니 이것이 무슨 말이냐고 당장 초상당한 집과 같이 될 것이 뻔했다. 그러나 사는 것이 죽는 것보다 낫지 아니한가. 여자는 대답을 못하고 머뭇거리기만 했다.

"당신의 치질 치료는 어렵고 큰 수술을 해야만 합니다. 저도 하나님의 아들 예수 씨에게 기도하고 그분과 함께 수술하는 것입니다. 그분의 도움 없이는 이런 수술을 못합니다."

여자는 에스더를 보면서 눈물을 글썽거렸다. 말은 하지 못하고 에스더의 손을 힘주어 꼭 잡았다. 손으로 전해지는 강렬한 힘에서 긍정적인 대답을 감지할 수가 있었다.

5

닥터 에스더가 직접 두 눈으로 미국여성들의 가치관과 환경을 본 탓일까. 계몽운동을 하고 저들을 치료하면서 에스더는 지금까지 어려운 환경을 견디고 참아온 조선의 여자들에 대하여 존경심과 안타까움을 감출 수가 없었다. 조선여성들은 어느 만큼씩은 모두 순교자들이다. 모성의 순교자요, 남편과 가정의 순교자요, 시댁식구들과 시부모의 순교자요, 더 나가 조선이란 나라의 순교자였다. 조선의 남자들은 책임이라는 쓰디 쓴 껍데기는 버리고 욕망이라는 달콤한 알맹이만 여자들로부터 취하여 빨아먹고 있었다. 이런 인습굴레를 벗어던지고 아내인 에스더를 위해 헌신한 남편 박유산은 아무리 생각해도 하늘이 보낸 사람이었다. 조선의 모든 여성들에게 그녀의 남편을 롤 모델로 저들 앞에 자신 있게 제시할 수 있어 행복했다.

불쌍한 여인들을 육적으로 세우는 일 뿐만 아니라 영적으로 세워주는 작업은 너무 거대했다. 육신의 치료만 해도 어디부터 손을 대야할지 겁이 났다. 힘든 일은 환자들이 한 가지 병을 앓아서 오는 것이 아니라는 점이다. 합병증에 걸려서 한 부분 수술을 하고 난 뒤에 연이어 피부병을 치료해야 하고 잇달아 귓병이나 부인병을 치료해야만 했다. 나중에는 치아까지 더러는 눈병까지 여러 가지 병을 함께 돌보는 경우가 허다했다.

위생문제도 가르쳐야 하고 악독한 구습을 깨트리는 일도 해야 한다. 미신타파와 축첩반대운동까지 전부 시간을 드려 노력해야 할 일들이다. 특히 첩을 얻는 일이 남자들의 능력으로 알고 모두 당연히 여겼다. 속을 끓이면서도 입을 열지 못하고 있는 여성들의 의식을 깨우쳐야 한다. 거기에 곁들어 에스더 자신을 이런 자리까지 세우신 하나님의 능력도 알려야 한다. 그 힘의 근원도 소개하자면 몸이 수천 개라도 감당 못할 상황이다. 다행히 선교사들이 훈련시켜놓은 전도부인들을 데리고 다니면서 협력을 받았지만 이런 그녀의 활동은 누가 봐도 살인적인 일정이었다. 병원진료는 물론 틈틈이 학당에 나가 학생들을 가르쳐야 하고 닥터 로제타가 개척하고 있는 맹아학당에도 한쪽을 잡아주어야 한다.

점점 몸이 망가지고 있다는 것을 에스더 스스로 느꼈다. 그러나 어쩔 수가 없었다. 그녀는 비탈길을 내려가고 있는 관성이 붙은 자전거처럼 달리고 있었다.

장마가 시작되어 사방이 질척거린다. 실내 구석구석에 고인 눅눅함에 병균이 마구 꿈틀거리는 음울한 날씨였다. 병원으로 사십대의 여인이 에스더를 찾아왔다. 300리 길을 걸어왔다고 한다. 얼굴은 말린 대추처럼 주글주글하고 눈가는 다크 서클이 또렷하다. 세상을 등지고 있는 모습의 여인이다. 대개 죽음을 앞두면 순해지는 법인데 여자의 눈에는 독이 잔뜩 어려 있다. 손에 잡히는 모든 것에 행패를 부리고 된욕이나 게정을 마구 퍼부을 듯 극도의 증오가 속에 들끓고 있었다.

"저란 여자는 이 나이가 되어서도 갓난아기 때부터 찼던 지저귀를 차고 삽니다. 오줌이 줄줄 세어 나와 하루에도 몇 번씩 기저귀를 갈아 차야 합니다. 남편도 제 몸에 밴 오줌냄새를 참지 못하고 첩을 얻어들였지요. 처음에는 강샘도 부렸지만 지금 그런 마음은 전혀 없습니다. 저란 여자는 몸에서 나는 뒷간 냄새를 없애 보려고 이날까지 발광하는 삶을 살았습니다. 요즘 같은 장마철에는 기저귀를 제때 말릴 수도 없고 냄새가 온 집안에 진동해요. 어쩔 수 없이 집을 나와 산중의 암자에 혼자 살고 있습니다. 저는 지옥대문 앞에 서 있는 기분입니다. 지금 제 심정은 보이는 것마다 모두 때려 부수고 싶을 뿐입니다."

닥터 에스더는 다정하게 웃으면서 여자의 아랫도리를 진찰했다.

"서양의술이 명의인 편작과 같다고 해서 죽기 전에 여길 마지막 찾아왔어요."

사정이 너무 딱해서 진찰을 해보니 여자는 방광질루라는 병을 앓고 있었다. 방광과 질 사이에 오줌이 새나오는 병이다. 이 여인의 경우 인공관을 삽입하는 수술이 필요했다. 누관폐쇄수술을 집도하자면 혼자서는 손이 모자란다. 보름 전 미국에서 돌아온 닥터 로제타와 호흡을 맞추면서 해야 성과를 올릴 수 있다. 피차 바쁘니 시간을 맞춰야 했다. 다행이 사흘 뒤에 일정이 잡혀 수술할 수 있었다. 집도 시간이 길기는 했지만 수술은 성공적이었다.

여자는 오줌이 멈춘 것이 믿어지지 않는지 머리를 갸우뚱거렸다.

"아무래도 귀신이 재간을 부린 것 같아요. 당신들 혹시 접신한 귀신들이지요. 맞지요?"

여자는 너무 놀라서 입을 다물지 못하고 에스더를 향한 경외감을 감추지 못했다.

"집도한 의사들은 귀신이 아닙니다. 예수 씨가 도와주신 수술이었습니다. 당신도 예수 씨를 믿으세요. 굉장한 힘을 얻을 것입니다."

여자는 예수 씨란 아마도 여직 들어보지 못한 귀신들 중의 하나로 서양귀신인 모양이라고 생각하고 쉽게 받아들였다. 그녀는 병들어 살아오면서 수많은 신들을 섬겨왔기 때문이다.

바쁜 일정에도 시간을 내서 에스더를 제일 많이 반기고 모이기를 힘쓰는 황해도의 작은 마을에 계몽교육하려고 도착했다. 모두 근심어린 얼굴로 잘 웃지도 않고 에스더를 맞았다.

"무슨 일이 있어요? 어쩐 일로 이렇게 모두가 침울하지요?"

그러자 이 지역을 맡은 전도부인이 다가와서 귀엣말을 했다.

"열심이 아주 특심한 교우 한 분이 동헌에 잡혀가 매를 맞고 있습니다."

"예수 씨를 믿는다고 잡혀갔나요? 요즘은 그런 일로 잡아 가두지 않는 걸로 알고 있는데요."

전도부인은 한참 뜸을 드리다가 마지못해 에스더의 귀에 입을 바짝 대고 속삭였다.

"성황당나무를 도끼로 찍어내버렸어요."

"네에! 성황당나무를 잘라버렸다고요?"

퍼뜩 지난번 강의 중에 이 나라에 팽배한 미신에 관한 내용이 떠올랐다. 하나님 외에 다른 신을 믿는 것은 십계명을 어기는 죄라고 말한 내용이 이번 사건을 일으킨 것이 분명했다. 얼마나 강하고 순수한 믿음인가! 성황당의 나무에 색색의 헝겊을 걸어놓고 음식을 바치면서 절하는 것은 우상 섬기는 것으로 바보 같은 짓이라고 에스더가 말한 것이 이런 큰일을 터뜨린 셈이다.

"잡혀간 지 얼마나 되었습니까?"

"의사 선생님이 다녀가신 다음날 글쎄 이 분이 도끼를 가지고 가서 대대로 섬겨온 성황당나무를 찍어버렸어요. 온 동네가 발칵 뒤집히고 관에서 나와 잡아갔는데 문제가 아주 커요."

"그럼 관과 잘 타협하여 나오도록 해야지요."

에스더는 안타까워서 이렇게 다그쳤다. 자신의 강의내용이 이렇게까지 큰일을 저지를 줄은 예상하지 못하였기 때문이다. 그러자 전도부인은 머리를 세차게 흔들면서 한숨을 삼켰다.

"관에서는 나무를 벤 벌금으로 돈 천 냥을 바치든지 아니면 성황당 삼간을 지어 놓든지 하라고 닦달이 났어요."

"그럼 우리 교우는 뭐라고 응했나요?"

"절대로 그렇게 못하겠다고 했대요. 돈도 없지만 그 교우의 주장은 사람에게 학대 받는 것이 하나님의 학대보다 좋다고 때리든지 죽이든지 마음대로 하라고 버티고 있어요."

"감옥에서 매를 맞아 죽어나오는 사람이 많은 줄로 아는데 어쩌지요."

에스더는 걱정이 되어서 한숨이 저절로 나왔다. 전도부인은 에스더의 얼굴을 찬찬히 보면서 잔잔한 기쁨이 어린 표정으로 말했다.

"어제 제가 관에 가서 옥에 갇힌 교우를 만났더니 매를 많이 맞아서 옷이 피로 얼룩져 있었어요. 그분 말이 매를 맞으며 생각하기를 육신은 죽여도 영혼을 능히 죽이지 못하는 감옥이 조금도 두렵지 않다고 하더군요. 예수 씨가 십자가상에서 받은 고난을 생각하면 자신이 당한 매 맞음은 아무 것도 아니라고 말하기도 했어요. 그 교우의 아들도 잡혀 갔어요."

아들도 잡혀 갔다는 말에 에스더는 화들짝 놀라서 말문이 막혔다.

"여자 혼자 힘으로 어떻게 몇 백 년 된 성황당나무를 잘랐겠어요. 아들이 도왔지요. 그 아들도 대단해요. 예수 씨를 믿는다고 호통치는 관원의 핍박과 성황당나무를 잘랐다고 아우성치는 사람들의 구박을 견디는 것이 믿음이라고 하더라고요. 형틀에 매어 볼기를 맞으면서 글쎄 세례문답서를 외우면 힘이 난다고 해요."

아마도 저들이 관에 승복하고 예수 씨를 거부하고 화해했다고 하면 몸이 지쳐 있는 에스더는 낙심하여 푹 쓰러졌을지도 모른다. 이들의 강한 믿음처럼 자신의 믿음도 약해져서는 안 된다는 생각이 쓰러져가는 자신을 보듬어 안아 세울 수 있었다.

평양 광혜원 의사로 8년이 넘어가면서 요즘 부쩍 에스더 자신의 건강에 이상이 오기 시작한 걸 실감할 수 있었다. 아침에 잠에서 눈을 뜨면 식은땀이 나고 열이 오르기 시작했다. 급성늑막염이 발생하면서 폐결핵 초기 증상이 나타나기 시작했다. 이런 지경에 이르러서도 에스더는 일을 멈추지 않았다. 아니 멈출 수가 없었다. 열네 살 나던 해인 1890년 10월부터 스크랜턴 대부인의 추천으로 보구여관에서 처음으로 닥터 로제타를 만나 통역과 간호보조 일을 시작한 뒤 18년의 세월이 흘렀다. 이제 미국에서 의사 자격을 받은 어엿한 의사가 되었다. 선교 나온 의사들의 반열에 끼어 서서 일할 수 있는 능력까지 갖춘 자리에 서 있는데 아프다고 물러설 수는 없다. 악착같이 아프면서도 일에 매달리는 에스더를 보면서 닥터 로제타의 근심걱정은 대단했다.

"아무래도 네 남편 박유산의 병이 너에게 옮겨온 것이 분명하다. 무조건 일을 중단하고 쉬어야 한다. 시골에라도 내려가서 휴양을 하는 것이 좋겠다. 잘 먹어야 한다. 푹 쉬어야 한다."

그래도 에스더는 묵묵히 오직 일에 돌진할 뿐이었다. 식은땀을 흘리며 골골하면서 악착같이 버티는 에스더를 향해 닥터 로제타는 근심어린 눈길을 보냈다. 에스더가 돌아와서 일을 도우면서 점점 그녀가 원했던 방향으로 모든 일이 뚫리고 있는 판에 에스더에게 찾아온 병은 닥터 로제타를 두려움에 떨게 했다. 남편 닥터 홀과 딸 이디스를 잃었던 당시와 똑같은 슬픔이 강하게 그녀를 사로잡았다.

악착같이 물고 늘어지는 강인한 성격으로 에스더는 불가능을 가능으로 옮긴 삶을 살며 의사가 되었다. 바로 그 성품이 몸이 말을 듣지 않을 정도로 수척해가도 그대로 돌진했다. 그 자리에서 쓰러져 죽어도 그때까지 일하려는 그녀의 마음자세가 닥터 로제타로서는 몹시 두려웠다.

농촌순회를 마치고 평양으로 돌아가는 가마 앞을 막아서는 여인이 있었다. 놀란 가마꾼들이 비키라고 야단했지만 꼭 에스더를 만나야겠다고 고집을 부렸다. 에스더가 가마를 멈추게 하고 내려서 여인과 마주했다.

"저는 중풍으로 쓸어져 10년이 넘게 반신불수로 살아

온 여자입니다. 그동안 병을 치료하려고 재물을 다 낭비해서 집에서도 천덕꾸러기가 되었지요. 일 년 전에 우연히 에스더 의사선생님을 만났더니 찬미 책을 주시면서 거기 쓰인 글씨를 따라 읽고 그 내용대로 기도하라고 하셨지요."

그제야 평양근교의 마을 입구에서 만난 중풍병자 여인이 기억났다.

"제 눈에는 중풍병이 나은 것으로 보입니다."

에스더가 놀라운 일이라고 감탄하였다. 여인은 경쾌한 음성으로 그간의 일을 알렸다.

"주신 찬미 책을 놓고 매일 읽고 쓰인 데로 빌었어요. 곡을 모르지만 열심히 그 내용을 웅얼거리면서 차츰 병이 나았습니다. 이거 보세요. 걸어다닐 수 있고 팔을 번쩍 들 수 있어요. 게다가 육신만 고침을 받은 것이 아니라 영혼의 병도 고침을 받았어요."

"영혼의 병이라니요?"

"제가 첩을 얻은 남편을 무척 증오하고 그 여자를 미워했지요. 선생님이 주신 책을 읽은 다음부터는 미움도 증오도 차차 없어져서 마음이 아주 평안합니다. 제게 강 같은 평화, 바다 같은 사랑이 넘쳐나요."

전도부인의 도움을 받은 것도 아니고 교회에 나온 것도 아니다. 순전히 혼자 찬미 책을 읽고 빌고 웅얼대서 영육 간의 병을 고쳤다는 말이다. 의심 없이 기도하면 산이라도 옮길 수 있다더니 곡도 모르고 웅얼대면서 치유의 역사가 일어난 셈이다.

이런 기쁨의 소식을 접하면서 에스더는 물러설 수 없었다. 아무리 아파도 힘 있게 서기로 하고 진군하는 심정으로 앞만을 향해 달려갔다.

그날도 여전히 아픈 몸을 끌고 가마를 타고 논둑길을 지나고 산길을 휘돌아 이른 마을에는 에스더가 온다는 기별을 듣고 사람들로 물결쳤다. 여기는 두 번이나 다녀간 곳이다. 저들과 아주 익숙했다. 몸도 찌뿌드드하고 자꾸 눕고 싶었지만 저들 앞에 섰다. 이상할 정도로 호기심어린 눈을 반짝이는 여자들 앞에 서면 힘이 샘물처럼 솟아난다. 칼날 위에서 춤을 추는 무당의 신기가 바로 이런 것일까 할 정도로 힘이 펄펄 났다.

찬미 책을 읽고 치유함을 받은 중풍병자를 만난 기쁨으로 에스더는 '기도란 어떻게 하는 것인가' 하는 강의를 시작했다. 교회에 모인 탓인지 거의가 믿는 사람들이었다. 예화를 드는 것이 가르치기에 아주 좋은 방법이었다. 에스더는 느긋한 목소리로 술술 이야기보따리를 풀었다.

"옛날 옛적 충청도에 김지성이라는 백성이 살았습니다. 그곳에 낙향한 어느 재상이 김지성 부친의 무덤자리가 명당인 걸 알고 자신의 아버지를 그의 묘 위에 압장(壓葬)했답니다."

에스더의 예화 도입에 강한 반응이 왔다. 아무리 미천하고 무지렁이 같은 백성이라도 조상의 무덤 위에 압장을 하다니 이건 있을 수 없는 일이라고 모두 흥분하여 웅성거렸다. 에스더는 조용한 음성으로 이야기를 계속했다.

"이런 변을 갑자기 당한 김지성은 조상에게 면목이 없다고 죽기로 작정하고 식음을 전폐하고 누워버렸습니다. 양반의 무서운 기세를 거역하여 대들 힘이 없으니 원한을 품고 죽기로 했지요. 절친한 친구가 죽겠다고 작정하고 누워있는 친구를 찾아왔습니다. 공연히 그렇게 죽지 말고 한성에 올라가서 석 달만 구르면 해결될 것이니 어서 일어나서 음식을 먹으라고 했습니다."

예화를 놓고 모인 사람들의 의견이 다양했다. 양반을 어떻게 다스려. 그건 불가능한 일이다. 그냥 참고 지내야지 죽으려고 나서면 안 되지……. 에스더 앞에 앉아 있는 여자들은 서로 치고 받으면서 의견이 분분했다. 모두가 조상의 무덤자리로 부귀영화가 결정된다고 믿고들 있었다. 그만큼 무덤은 신성한 곳이고 조상을 섬기는 자리다. 무덤만큼 사람들의 관심을 끄는 주제가 없었다.

에스더는 모여 앉은 사람들이 실컷 떠들게 한 뒤 다시 이야기를 계속했다.

"김지성은 한성으로 올라가 종로 사거리에 가마때기 한 장을 깔았답니다. 그 위에서 밤낮 몸을 구르며 주문을 외듯 웅얼거렸습니다."

모인 사람들이 모두 가슴을 치기도 하고 배를 잡고 웃음을 터뜨렸다. 삼개월간 한성에 가서 방법을 간구하라고 친구가 한 말을 엉뚱하게 이해한 김지성이 저들의 웃음보를 건드린 셈이다.

　　"사람들이 꼬여들기 시작했어요. 김지성이 무엇이라 말하는지 들으려고 모두 귀를 쫑긋거렸지요. 제 원통함을 굽어 살펴주시라고 조석이나 먹고 날마다 밤중까지 가마때기 위에서 굴렀습니다. 아무리 보아도 정신은 멀쩡하고 미친 사람은 아닌데 이러니 이상히 여긴 구경꾼들의 숫자가 매일 점점 늘어나서 거리가 혼잡해질 정도였습니다. 이렇게 몸을 구르는 일이 석 달을 열흘 앞두고 있을 적에 소문이 왕의 귀에까지 들어갔어요. 호기심을 누르지 못한 왕은 밤에 평민으로 가장하고 나와 본즉 진짜로 가마때기 위에서 구르면서 소원을 빌고 있는 김지성을 보게 됩니다. 그래 왕이 물었답니다. '왜 그렇게 밤낮으로 구르는 것이요?' 그러자 김지성은 눈물을 글썽거리면서 대답했답니다. '원통한 일이 있어서 이럽니다.' 그러자 왕은 그 원통함이 무엇인지 상세히 말해보라고 했답니다. 그러자 김지성은 상대방이 왕인 줄도 모르고 사연을 상세히 고했지요. 그 뒤 왕명이 떨어져서 조사에 나선 즉시 남의 뫼에 압장한 재상을 벌주고 그는 조상의 무덤을 되찾았답니다."

　　에스더의 이야기가 끝나자 거기 앉아서 에스더의 강의

를 듣던 모두의 마음이 기막히게 시원해졌다. 일제히 춤을 출 듯이 신나게 박수를 치며 환호했다.

에스더는 연이어 기도의 방법을 결론으로 이끌기 시작했다.

"우리도 이렇게 하나님께 매달려 기도하면 좋으신 하나님은 우리의 소원을 들어주십니다. 우리는 매일 원하는 바를 하나님께 김지성이 가마떼기 위에서 몸을 굴리듯이 그렇게 간절하게 기도해야 합니다."

그러자 에스더의 코밑에 자리를 잡고 앉아 열심히 듣고 있던 허름한 옷차림의 여자가 손을 번쩍 들고 일어나서 말했다.

"저는 남의 집에 매여 일을 돕고 있는 사람입니다. 의사 선생님의 말을 듣고 보니 제가 옳게 기도하고 있다고 느껴져 너무 기쁩니다."

그녀가 얼마나 명료하게 말을 또박또박 잘하는지 방안은 쥐죽은 듯 조용했다.

"아침에 일어나 옷 입을 때는 이렇게 기도합니다. 군인의 갑옷으로 내 몸에 더 하사 귀신들의 악한 짓을 대적하게 해주세요. 세수할 적에는 내 마음 정결하게 씻어주세요. 마당 비질을 할 때는 내 마음의 악한 것을 쓸어버려주세요. 아궁이에 불을 사를 때는 내 마음의 열심이 불 같이 일어나서 예수 씨를 독실하게 믿게 해주세요. 이런 식으로 전 매일 한 순간도 쉬지 않고 기도합니다."

그녀에 말에 감복한 에스더가 박수를 쳤다. 너무 기뻐서 눈물이 날 지경이었다. 어디에서도 이렇게 진실한 기도를 하는 사람을 만난 적이 없었고 자신도 그 점을 배워야겠다는 마음이 달아올랐다. 남의 집에 매여 일하면서도 영혼의 자유함이 특심해서 어여뻐 보였다.

밤늦게 몸을 흔들면서 조랑말을 타고 집으로 향하는 에스더는 그제야 밀려오는 육신의 아픔과 피곤함으로 곧 쓰러질 듯했다. 아침에 눈을 떴을 때나 이렇게 일을 마치고 피곤함에 젖어 집으로 향할 때 남편이 그리웠다. 아무도 없는 캄캄한 방에 홀로 들어설 적의 막막함은 그를 더 보고 싶게 만들었다. 어서 따라죽고 싶다는 묘한 마음이 들 정도로 남편에 대한 그리움이 사무쳤다. 어째서 닥터 로제타가 몸을 아끼지 않고 일을 하는지 이해가 되었다. 그녀처럼 에스더도 일에 몰두했다. 이래야 남편에 대한 죄책감과 그리움을 잊을 수 있기 때문이다.

6

1908년 4월, 개화기의 3명 여선구자들을 환영하는 행사가 열렸다. 귀국환영회란 명칭을 달고 열린 행사는 조선의 역사상 여성들이 주최한 첫 공개 행사였다. 여기에 천 명이 넘는 남녀 관객이 참석하여 열광적인 환영회를 개최했다. 미국에서 의사가 되어 돌아온 박에스더인 김점동을 비롯하여 미국 오하이오 웨슬리안 대학에서 영문과를 졸업한 하란사와 나머지 한 사람은 윤정원으로 동경명치대학 고등과를 마치고 2년간 교사실습까지 마친 교사였다. 세 여성의 외국유학은 조선사회에서 모든 여성들의 동경의 대상이 되었고 국가적인 화제였다. 세 사람의 환영회는 경희궁인 서궐에서 열렸다. 고종황제도 참석한 이번 행사는 신문에 대대적으로 다음과 같이 보도했다.

'……우리나라 오백여 년 부인계에서 외국에서 유학하여 문명한 지식으로 여자를 교육함은 처음 있는 아름다운 일이라 하지 않을 수 없다. 이에 여자의 학업이 점차 발달됨은 가히 칭찬하고 축하할 일이다.'

에스더는 고종황제에게서 받은 메달을 닥터 로제타에게 받쳤다. 그녀를 이 자리까지 끌어준 롤 모델이요 또한 굄돌이 되어준 은인이기 때문이다. 메달을 받아들고 닥터 로제타는 함박웃음을 흘리며 너무 기뻐서 어쩔 줄 몰라 했다.

"우리 에스더가 이제 성공했다. 나는 네가 아주 자랑스럽구나."

"지금까지 인도해주신 선생님! 감사해요. 사랑해요."

닥터 로제타가 에스더를 가슴에 꼭 안았다. 어머니 곁

에서보다 더 오래 함께한 그녀의 선생이요, 롤 모델이요, 사랑하고 존경하며 우러러보는 의사이다.

그간 조선은 여필종부, 삼강오륜을 기본으로 하는 유교적 이데올로기로 유지되었던 사회다. 여성은 현모양처로 효녀와 열녀로 사회적 인정을 받아야만 했다. 이런 가치관으로 보면 박에스더나, 윤정원, 하란사 같은 여성은 모두 반사회적 반국가적 인물들이다. 전통에 맞서서 자신이 추구하는 가치를 실천한 여성들이요, 남편을 조력자로 거느리고 공부한 여성들이기 때문이다. 이들이 나라로부터 표창을 받았으니 조선은 더 이상 여성의 지위가 유교전통에 억매인 나라가 아니라는 점을 만천하에 공포한 효시가 된 셈이다. 오랜 세월 여성을 억눌렀던 어둠의 세력을 뚫고 찬란한 여명이 여성들 위에 쏟아지기 시작했다.

메달을 받은 날 저녁, 에스더는 책상 앞에 앉아 눈을 감았다. 이런 날 남편이 옆에 있다면 얼마나 좋을까! 너무 허전했다. 남편이 없는 나날이 점점 견디기 힘들었다. 조선 최초의 양의로 여의사란 칭호는 명예로운 것이지만 에스더에겐 무거운 짐이었다. 더구나 자신을 위해 죽어가며 공부를 시켜준 남편 박유산은 시도 때도 없이 그녀 곁에 다가와서 에스더를 아프게 했다. 남편이 그녀의 곁을 떠난 뒤에야 에스더는 찬찬히 흘러간 날들을 퍼즐 맞추듯 되돌아보게 되었다. 의사가 되기 위해 몸과 마음과 혼과 영을 다해 돌진했을 때는 전혀 생각지도 못했던 일들이다. 이 세상에 태어나서 마땅히 남편으로서 받아야 할 아내의 돌봄이나 사랑을 전혀 맛보지 못하고 가게 한 것이 씻을 수 없는 회한으로 다가왔다. 제대로 밥을 지어준 적이 몇 번이나 되었던가. 정성껏 옷을 빨아서 챙겨준 적이 몇 번인가. 다정하게 대하면서 웃어준 적이 과연 몇 번인가. 오로지 공부에만 돌진하느라고 남편의 미세한 마음의 움직임도 모르면서 지내지 않았던가. 세 번이나 자식을 죽여 내보낼 적에 남편의 아픔은 얼마나 컸을까. 생각해 보니 아내로서 한 일이 전혀 없었다. 오로지 자신의 목표만을 향해 달리느라고 남편이 옆에서 무어라하든 주마강산처럼 그를 바라보지 않았던가. 그저 그림자처럼 항상 옆에 있어 바쁜 그녀를 도와주는 남자로 생각하고 무심히 흘러 보낸 시간들이 너무 안타까웠다.

남편이 각혈하기 며칠 전, 공부에 지쳐 그대로 책상에 엎드려 잠이든 그녀를 그는 조심스럽게 안아다 침대 위에 눕혔다. 잠결에 알았지만 일어날 힘이 없어 모른 척했다. 얼마를 자고 눈을 뜨니 화장실에서 소리를 죽이며 빨래하는 소리가 났다. 에스더는 가만히 다가가서 조금 열린 화장실 문틈으로 보니 그는 아내의 팬츠들을 빨고 있었다. 벌써 한 달째 너무 피곤하고 공부에 지쳐 빨지 못하고 장롱 속에 처박아 팽개쳐둔 것들이다. 순간 친정어머니의 말이 떠올랐다. 개짐이라도 빨아줄 남자라고. 아침에 일을 나가는 남편에게 줄에 널린 팬츠들을 보면서 말했다.

"미안해요. 제가 해야 되는데."

"공부 끝나고 나중에 해. 지금은 내가 당신을 돌봐야 하잖아."

그날 학교로 가면서 에스더는 속으로 다짐했다. 공부가 끝나면 남편에게 멋진 아내가 될 것이다. 매일 아침과 저녁 밥상을 무엇으로 차릴까 식단을 하나하나 연구하여 노트해 적으리라 결심했다. 그날의 노트에는 아침상엔 계란 부침, 된장찌개, 시금치나 취나물, 식초와 고춧가루를 넣은 오이무침 등을 메모했었다. 그걸 단 한 번도 해주지 못했는데 그는 가버렸다. 식사다운 음식을 해준 적이 없었다는 자책감으로 너무 마음이 아팠다. 그토록 아내를 사랑한 남자를 곁에 살아있을 적에 왜 더 신경을 써주지 못했던가. 몸이 허약해지니 자꾸 죽은 남편 생각뿐이다.

아직도 방방곡곡에 이름도 없이 빛도 없이 흑암 위에 앉아있는 여자들을 찾아가야 한다. 에스더는 담배나 술의 폐단이 무엇인지 계몽할 내용을 작성해 놓았다. 새벽에 일어나니 머리가 무거웠다. 기운이 없어 움직이기도 싫었다. 드디어 쓰러지고 말았다. 두 달 동안 병원 문을 닫아야 하는 사태까지 갔다. 집에서 쉬어도 그녀의 병은 차도가 없었다.

닥터 로제타의 성화로 남경에 가서 병세가 호전되기를 기다리기로 했다. 남경은 선교사들이 병들면 가서 쉬는 휴양도시다. 버거운 일들을 닥터 로제타에게 맡기고 에스더는 쓸쓸하게 떠났다.

돌봐야 할 많은 환자들을 뒤에 두고 기차에 올라 닥터 에스더는 기름방울처럼 혼자가 되었다. 사람들 틈에서 자신을 잊고 살아온 뒤에 처음으로 혼자가 되니 뜬금없이 차창에 필봉이 언뜻 스친다. 동학군에 가담했다가 다리를 다쳐 외국으로 돌면서 국제무역을 하여 부자가 되었다는 소식을 풍문으로 들었다. 번 돈의 대부분을 독립군 자금을 대느라고 바쁘게 움직인다는 소식이 그녀를 기쁘게 했다.

7

평양 주막이나 장터에서는 사람들이 모여앉아 슬픔에 가득 찬 마음을 토로했다.

"우리의 보배, 조선의 부인의사가 죽어간다는군."

"아까워서 어떡하지. 미국까지 가서 어려운 공부를 마치고 왔는데 많이 아깝다. 귀신 같은 솜씨로 사람의 배를 째고 꿰매고 한다는 소문이 파다한데 더 살아야 하는 사람이 왜 죽지. 아깝다, 아까워. 정말 아깝다."

"우리의 부인의사가 남경으로 떠나는 날 양의사가 따라나와 배웅하면서 몹시 울었다는군."

그러자 모인 저자 사람들이 모두 훌쩍이고 더러는 눈물

을 펑펑 흘렸다.

"남편이 아내를 여의사 만들려고 미국 땅에서 막노동을 해 번 돈으로 공부를 시키고 죽었다고 하더군. 공부하느라고 힘이 들어 아기도 모두 유산해서 자식이 없는 것도 불쌍해 어쩌지."

"닥터 홀의 부인하고 똑 같구나. 그 서양 여의사도 세 살 된 딸과 남편이 평양에서 병들어 죽어 한강언저리 양화진에 묻혀 있는데 모두 가슴 아픈 사연들이다. 우리를 위해 일하다 죽었으니…… 죽은 사람들이지만 아직도 많이많이 아깝다. 너무 아까워."

"도대체 무슨 병이 들었다고 그래요? 의사이니 좋은 약을 쓰면 금세 일어날 것이 아니요."

"남편처럼 폐병이 걸렸다는군 그래. 그 병에 걸리면 약이 없지. 부자든 가난뱅이든 그 병에는 귀천이 없다고 하는데 어쩌지."

"폐병에는 개고기가 최고인데 미국까지 가서 공부한 여자가 개고기보신탕을 먹을 수 있을까. 열흘만 매일 먹으면 폐병쟁이들도 자리를 박차고 일어나는 것으로 아는데 그걸 누가 가서 일러주었으면 얼마나 좋아."

"급한 대로 번데기를 삶아서 한 말만 먹어도 살아나는 법이야."

저들은 폐병에 좋다는 음식을 늘어놓으면서 말들이 많았다. 밑바닥 서민들까지 에스더의 병을 걱정하고 안타까움을 감추지 못했다. 팔십 줄에 들어선 머리가 허연 노인도 질척하니 주름살을 타고 흐르는 눈물을 투박한 손등으로 쓱 닦으면서 울먹였다. 평양사람들은 죽은 닥터 홀을 무척 사랑하고 있었다. 저들의 머리엔 청일전쟁 뒤 황폐한 폐허에 버려진 환자들을 돌보다 죽은 그를 아직도 잊지 못하고 있었다. 더구나 그의 아내, 닥터 로제타는 남편과 딸을 저 세상으로 보내고도 오뚝이처럼 일어나 다시 평양으로 돌아와 평양 주민들을 치료하고 있다. 그런 여인을 존경의 선을 넘어서 경외하고 사랑하고 우러러보고 있었다. 죽은 딸을 기념하면서 딸의 저금통에서 나온 돈과 친지들의 돈을 모아 지은 어린이 병원이 얼마나 평양 주민들을 기쁘게 했던가! 이디스 마거리트 기념하여 지은 병동이 화재로 타버리자 다시 일어서서 홀 기념병원 건너편에 벽돌과 화강암으로 새 건물을 지어낸 여자가 바로 그들이 사랑하는 닥터 로제타란 여의사이다. 남편과 딸을 조선 땅에 묻고 이제 가장 믿고 의지하면서 길러낸 조선의 여의사, 에스더까지 죽음의 길로 보내는 마음이 얼마나 아팠을까! 이런 생각에 평양의 양반들이나 천민들까지 모두 울먹이고 있었다.

남경으로 향하는 차창에 에스더는 자신의 모습을 비춰보았다. 폐병말기 환자의 특유한 야리야리한 얼굴에 발그레해진 뺨은 실처럼 파란 심줄이 들어날 정도로 창백했다. 그녀의 몸은 병을 이겨내지 못한 초췌함이 역력했다.

그녀 자신이 보기에도 전신에 짙게 깔린 죽음의 그림자가 어른거렸다. 할 일은 산더미처럼 많은데 이렇게 떠나야 하는구나. 눈을 감고 어지러운 마음을 다잡았다.

남편 박유산의 모습이 또렷하게 살아났다. 이렇게 조국을 떠나서 에스더는 돌아오지 못하고 남경에서 죽을 수도 있다. 의사로서 폐병이 어떤 병이란 걸 너무 잘 알고 있었다. 하지만 닥터 홀과 이디스, 그리고 남편이 있는 곳으로 가니 죽는 것이 그다지 두렵지는 않았다.

이 땅에서 그녀는 최선을 다해 살았다. 하지만 남편과 함께 이 땅 위에서 단 사흘만 살 수 있다면 하는 간절한 소망이 용솟음쳤다. 그러면 하루는 그를 위해 서민들처럼 아늑하게 가꾼 집에서 하루를 보낼 것이다. 마당에 봉숭아, 꽈리, 옥잠화와 앵두꽃, 매화를 심어놓고 둘이 느긋하게 나란히 앉아 잘 가꾼 꽃밭을 바라볼 것이다. 그날 하루는 그의 팔베개에 누워 보통 여자들처럼 재잘거리며 웃을 것이다. 이틀째 되는 날은 헌칠하게 자란 아들, 딸 세 명과 함께 그녀가 손수 차린 밥상에 둘러앉아 즐거운 식사를 할 것이다. 남편의 얼굴에 질펀하게 퍼져나가는 만족한 웃음을 볼 수 있을 터이니 얼마나 좋을까! 셋째 날은 그와 손잡고 산이나 강을 찾아가 느긋하게 하루를 보낼 것이다. 이렇게 단 사흘만 남편이 곁에 살아있어 준다면 얼마나 좋을까! 남편에게 단 사흘이라도 가정의 평화를 맛보게 하고 싶다는 마음이 그녀를 사로잡았다.

삼십대에 가버린 닥터 홀의 죽음은 그만큼의 소명을 하나님이 허락하셨기 때문이다. 어린 이디스의 죽음도 나름대로의 소명을 다했기에 가버린 것이다. 이제 에스더도 할 일이 앞에 산더미처럼 쌓였지만 그녀의 역할은 이 땅 위에서 그만큼으로 끝난 셈이다. 그렇다면 자신이 이 땅 위에 태어나서 한 일은 과연 무엇이란 말인가? 달리는 기차 안에서 에스더는 곰곰이 생각했다. 그녀가 한 일은 단지 앞장서서 횃불을 높이 드는 일이었다. 황야 한가운데로 길을 뚫는 일이었다.

갑자기 달리는 차창에 엄청난 환영이 어른거린다. 앞장선 그녀 뒤를 하얀 가운을 입은 셀 수 없이 많은 대한의 여의사 무리가 줄을 이어 따라오고 있었다. 고개를 한껏 뒤로 꺾었지만 대열의 끝이 보이지 않았다. 아늑한 편안함과 행복감이 그녀를 감싸면서 살살 깊은 잠에 빠져들었다.

에스더는 남경을 거쳐 한성에 돌아와 33세의 나이로 남편을 따라갔다. 미국에서 우리나라 최초의 여의사가 되어 돌아와 일한 지 꼭 10년 만인 1910년 4월 중순, 목련꽃이 한창 핀 봄이었다. ✿

예수님의 씨앗 같은 사람

나는 어려서부터 큰 꿈이 있었다. 하얀 가운을 걸치고 환자들을 돌보는 여의사가 되는 것이었다. 고등학교 시절 이과로 가서 뜻을 함께 한 친구들 셋이서 열심히 도전했다. 의과에 지원하려면 독일어가 필수라는 말을 듣고 『황태자의 첫사랑』이나 『호반』을 원어로 탐독하면서 나름대로 엄청나게 준비를 했다.

입학원서 쓰는 날 어머니와 오빠는 한방의 말로 내 꿈을 날려버렸다. 그들의 주장은 명백했다.

"여자가 의사가 되면 박복하다."

"여자란 자고로 자식을 품에 끼고 따끈한 구들장을 등에 지고 누워 뒹굴어야 팔자가 좋은 법이다."

결국 사범대학에 들어가는 걸로 타협하고 2학년에 의과대학으로 편입해 준다는 말에 속아 나는 고등학교 선생이 되었다. 지금도 고희를 넘긴 나이에 나는 하얀 가운을 입고 환자를 돌보는 꿈을 자주 꾼다. 이런 지경에 김점동이란 인물은 일찍부터 내 관심을 끌었다. 그녀는 나보다 훨씬 힘든 시절, 흑암 위에 앉아서 앞을 보지 못하고 굴속에 갇혀 살아야 했던 형편에 태어난 여자였다. 내 나이보다 60여 년 앞서 태어난 여자가 어떻게 태평양을 건너 미국에 가서 한국 최초의 여의사가 되었는지 늘 관심을 가지고 자료를 모아들이기 시작했다. 흩어진 다양한 조각 자료들을 모아 읽으면서 격변하는 시대에 모든 굴레를 벗어던지고 도전한 김점동은 현대를 살아가는 우리 여자들에게 주는 메시지가 어마어마했다.

그 당시 예수님을 예수 씨라고 불러서 상당히 흥미로웠다. 해서 『예수 씨의 별』이란 타이틀을 달아 세상에 이 책을 내놓는다.

예수님처럼 33년을 살다간 그녀가 너무 가여워서 여러 인물을 배치하여 소설적 장치를 시도하기도 했다. 청일전쟁이나 동학군의 농민전쟁에 빠져들어 소설적 장치가 너무 복잡해지는 어려움을 겪으면서 등장인물과 역사적 배경을 축소하느라고 애를 먹었다.

우리나라의 자주적 근대화를 가로막는 여러 가지 엄청난 장애물과 상상할 수도 없는 격동기를 뚫고 살아간 김점동(나중에 세례를 받고 남편의 성을 따라 박에스더로 알려짐)이 관통하는 줄거리가 좋겠다는 생각에 소설을 여러 번 수정하고 고쳐 쓰느라고 진땀을 흘렸다.

등장인물들의 묘사에 무리가 있다면 이건 소설적 장치에 의한 것이니 이해해주기 바란다. 『예수 씨의 별』이 널리 읽혀 낙망한 여성이나 고난의 길에서 허덕이는 분들에게 위로가 되고 큰 힘이 되기를 바란다. 예수를 의지한 믿음이 험악한 인생을 어떻게 승리로 이끌었는지, 이 책을 읽는 분들에게 이 글이 인생의 길잡이가 되기를 심히 소원한다.

2017년 4월 단행본 작가 후기를 전집에 고쳐 쓰다
2023년 10월
신촌 서재에서
이건숙